KB264883

산들내 민들레

김규성 시인의 산행일기

산들내 민들레

김규성 지음

문학들

이어령은 "내 글을 딱 보면 이어령 문장인지 알 수 있다. 단문이고 현재형이고 메타포리칼한 특징이 있다. 그것이 지금은 표준 문장처럼 됐다"고 했다.

요즈음은 속도감이 있어야 한다. 드라마도 전개가 눈부시게 빠르다. 말도 그렇고 문장도 그렇다. 지루해서는 낙제다. 아무리 속 깊은 의미망을 거느리고 있어도 시간을 끌면 낭패다. 하여 심층적 복선을 깔고 있는 만연체의 복문은 환영받지 못한다. 찬찬히 들여다 볼 여유가 없는 것이다.

그러나 나는 문장의 슬로시티를 택했다. 나름의 전략이다. 내가 그리는 금수강산의 산천초목을 독자들에게 천천히 슬로비디오로 재생하고 싶었다. 천년이 가도 한 결인 대자연과 모국어와 음률을 날것으로 옮기고 싶었다.

꼭지마다 산야초들이 제목과 안방을 차지하고 있다. 우리 곁의 흔히 지나치기 쉬운 잡초이다. 그러나 동의어로 읽히는 민초들에게 참으로 절실한 약초이다. 명실공한 민초인 것이다. 따라서 그것은 모국어와 동격이다.

그렇게 이 땅의 산 그 주인인 초목, 그 언어인 모국어를 그들이 써준 악보로 그렸다. 나는 산경山經과 초경草經의 겉돌고 서툰 기자에 불과하다.

한편, 나는 산에 오를 때마다 하산을 생각했다. 산이 좋을수록 내리막길이 바빴다. 산의 의연하고도 간곡한 언어를 이웃과 나누고 싶어서였다.

『현대시학』에 연재하던 것에 몇 꼭지 더했다. 아무래도 성에 차지 않는다. 산에게도 이웃에게도 부끄럽기만 하다. 그러나 아직도 얼마의 내일이 있기에 감히 용기를 내었다.

단 몇 사람의 독자라도 내 뜻을 눈치채 준다면 다시 산에 오르는 발길이 그만큼 가벼울 것이다.

2011년 봄
대덕 산채에서

| 차례 |

봄

나는 음풍농월이나 산방한담으로 사치스럽게 하릴없는 게으름이나
피우려고 산속에 들지는 않았다. 세상에 밀린 빚을 보다 경건하고 성
실히 갚기 위해 쇠진한 기력을 끌고 이 오지의 자가수행처를 택한 것
이다. 고백하자면 아무리 해도 저잣거리의 행선行膳에 거뜬히 이르지
못한 벌충인 셈이다. 하여 이곳에 짐을 풀기 전, 묵은 보따리 속에서
아직도 어깨춤을 들먹이고 있는 한 줌의 소회를 털어놓고자 한다.

민들레

고향 가는 길 노송 한 그루

어미 소가 젖을 물리듯 땅을 향해 허리 구부려온

저 아득한 길

가까이 갈수록 아름다운 절拜이다

— 「귀향 2」

기침이 자지러지게 나온다. 통상의 감기 치고는 너무 굴침스럽고 뻔뻔한 장기 투숙 같다. 처음에는 폐나 기관지에 이상이 있는 줄 알았다. 또 봄에 자주 이는 꽃 알레르기가 가탈을 부리는 게 아닐까 가라사니 부려 자위해보기도 했다. 그러다가 내 대신 걱정을 해주는 주위의 등쌀에 밀려 용하다는 이비인후과에 들렀더니, 위로 치솟아 오른 속 열로 후두가 헐어 생긴 염증이니 걱정 말고 꾀꾀로 시심사심 치료해야 한다고 한다. 괜히 잘 못 짚고 감기타령이나 해대며 나아가 멀쩡한 폐에게 굽 잡힐 폐를 끼칠 뻔했다. 일단 제대로 짚은 처방에 따라 차츰 잦아드는 낌새가 엿보이지만 아직은 한번 시작하면 걷잡을 수 없이 폭발하는 기침 탓에 전화를 하기도 겁이 나고 여럿이 모인 자리에 가기도 객쩍다. 말을 많이 하면 한결 기침이 더한다. 그런데도 세상은 심술이라도 부리듯 자꾸만 이 말 저 말 시켜댄다. 그러나 나는 세상과 겉돌아 딴 숨 쉬듯 거칫거리는 말을 곰비임비 주절거릴 순 없다. 그렇지 않아도 그동안 세상이 너무 시끄러워서 나만이라도 말수를 줄이려던 참이었는데 그것을 미리 눈치 채고 몸이 이리 수고롭게 거드는 것이다. 내게 있어서 기침은 병이 아니라 우연만하게 부개비잡힌 약인 셈이다.

엊그제만 해도 오솔길, 고샅길, 둑길, 한길 어디나 길에는 발자국이 있었다. 크고 작은, 깊고 얕은, 곧고 굽은 흔적이 뚜렷했다. 그때 길은 곧 말이었다. 발자국마다 말이 찍히고 말을 묻혀 날랐다. 풀을 뜯는 소는 풀의 말을 전하고 물꼬를 트는 삽질에 싹둑 꼬리가 잘린 지렁이는 잽싼 구분동작으로 말마디마다 다리를 놓았다. 달팽이는 혀를 길게 빼 밀어 아직도 제 말을 못 알아듣는 길을 막았다. 고추잠자리는 하늘의 말을 빨갛게 칠해 물어 날렸다. 그러면 아이들은 굴렁쇠를 몰아 그 말을 지우고 새 말을 기르기 시작했다. 민들레는 이듬해 다시 찾아와 한살 더 가볍고 가려운 말수를 뿌리고, 나도 첫사랑과 그 길을 숫티 섯돌게 오가며 가려운 귀엣말을 이엄이엄 수놓았다. 제꺽하면 허공이나 가시밭길로 달아나 버린 들짐승, 산짐승, 날짐승들의 국경 없는 치외법권도 제삿날로 읽을 수가 있었다. 눈이 길 닿게 내리는 날이면 실호흡조차도 들킬 듯 선명한 발자국들이 새

길 위에 마치 꽃무늬처럼 다채로운 탄화를 그렸다. 아무리 싸리비를 세워 그 발자국들을 쓸어내도 빗자루 발자국까지는 지울 수 없었다.

그렇게 길은 뒤에 오는 발자국들이 감 잡고 따를 수 있도록 앞선 발자국을 뚜렷이 남겨두어야만 길다운 길이다. 생명의 종적을 찾을 길 없는 길은 길의 가치를 지니지 못하기 때문이다. 사람과 사람 이 외의 행로가 남북 분단 표지처럼 토라져 따로 놓는 길은 길이라고 하지 않는다. 만물이 함께 공유하며 소통할 수 있어야만 길이다. 그 러나 지금은 시골조차도 그렇게 졸금졸금 살아 숨 쉬는 길 냄새를 맡기 어렵다. 도시는 도로와 건물, 차도와 인도의 구별이 삼엄한 국 경처럼 뚜렷하다. 차량들은 미끈하게 닦아놓은 포장도로를 일사불 란하게 총알처럼 오가고, 사람들은 걸핏하면 멀쩡한 것을 궁따듯 뜯 어고치기 일쑤인 보도를 무표정하게 사뭇 달린다. 어쩌다 알 만한 누군가와 옷깃을 스치는 몇 십억 분지 일의 행운도 빚어지지만 대브 분 어깨 싸움으로 소 닭 보듯 지나치는 것이 일상적인 보도의 살풍 경이다. 가령 보도나 도로를 가다가 무슨 착상이 떠올라 일 분만 제 자리에 멈춰 섰다고 하자. 그는 난밖 사람 아니면 얼빠진 갈개꾼이나 장애물 취급을 받기 마련이다. 잠시 머뭇거릴 수도, 쉴 수도 없는, 그저 직진과 질주만이 허용되는 공간이 도시의 길이다. 그 길에는 거리거리 표지판과 이정표뿐 발자국이 없다. 사람의 발자국도, 짐승 의 발자국도 없다. 도둑의 발자국도 없다. 청소부의 발자국도, 그 빗 자루자국조차도 없다.

겉만 번지르르 닦은 포장도로는 겨울에는 발바닥이 동상이라도 걸린 것처럼 시리고, 여름에는 성난 대장간처럼 이글거린다. 그래서 맨발로는 엄두도 낼 수 없다. 그 주범인 아스팔트는 대지의 숨구멍조차 틀어막은 생명체의 무덤이다. 지상과 지하의 통로를 닫아버린 맨홀 뚜껑이 아스팔트길의 정체다. 거기에는 보다 빠른 자동차와 보다 매끄럽게 포장된 길을 만들어 눈부신 속도의 포로가 되어 가는 길밖에 없다. 낙엽 한 잎 온전히 썩어 거름이 될 권리조차 허락되지 않는다. 비 한 방울 샐 틈 없는 괴물의 각질뿐인 아스팔트길을 보면 아우슈비츠 수용소나 빠삐용이 갇혔던 기아나의 감옥 벽을 펼쳐서 깔아놓은 착각에 빠지곤 한다. 기껏 한 길도 못되는 그 '수평절벽'에 넘어지기라도 하는 순간이면, 천 길 약손으로 떠받쳐 주던 흙길에 익숙한 이들은 생사가 일순간인 뇌진탕을 각오해야 한다. 그러니 도시에서는 넘어져서는 안 된다. 편리와 자유와 시간의 효율을 가장한 불편과 구속과 분망奔忙의 자가당착을 포식해야 하는, 전쟁이나 질병보다도 몇 배 더 많은 사람의 목숨을 앗아가는 죽음의 길, 시인이나 철학자의 산책이 불가능한 길, 그 길 아닌 길 위에서 우리는 크고 작은 미치광이나 허공을 향해 허벙저벙 길을 묻는다.

보릿고개가 한참이던 시절에는 대부분이 눌어붙은 가난을 들숨 날숨 없이 세습하기 일쑤였다. 그때는 굶주리는 만큼이나 술을 많이 마셔댔다. 어깨동무해 가는 가난과 술의 함수관계는 도무지 떼 놓을 수 없는 공식이었다. 마을에는 아이들만 빼놓고는 거의가 술꾼이었다. 여자들도 대접술은 보통이었다. 자국도 없이 고된 일과 숙명 같은 절망의 악순환을 뜬머슴처럼 견뎌내려면 그렇게들 못 이긴 척 술하고라도 타협하는 수밖에 없었다. 그러나 가난을 이유로 자살하거나 미치는 사람은 없었다. 그리고 미친 사람과 미치지 않은 사람은 확연히 구분되었다. 미친 사람도 곱게 미치기 때문에 이웃에게 피해를 주는 경우는 거의 없었다. 문마다 활짝 열어놓고 살았지만 도둑은 찾아볼 수 없었다. 대개 산림법(땔감을 구하기 위해)이나 조세법(잔치용 막걸리를 집에서 빚기 위해)을 어기는 경우가 다반사였지만 마을마다 평화롭고 범죄 없는 마을이었다. 보리개떡 한 접시도 기꺼이 나누어 먹는 탓에 누구네 할 것 없이 잔칫날은 마을 전체의 생일이었다. 불이라도 나면 남녀노소 가릴 것 없이 소방대원이요, 초상이 나면 너나없이 서로가 슬픔 곤한 상주였다. 아이들이 도리에 어긋나면 내 자식 네 자식 없이 꾸짖고 벌을 내렸다.

그런데 사람과 사람 사이의 길을 막는 벽이 갈수록 두텁다. 그리고 벽과 벽이 띠를 만들어 소수의 집단이기주의를 마칼바람처럼 키운다. 오랜 사람몸씨와 겉도는 그 괴물은 여간 교활하고 사나운 게 아니다. 군국주의의 망령이 씌운 나치도, 일제도 그 중 하나였다. 소위 현대판 제국들은 저들처럼 뒤가 뻔한 '강자의 잔치'를 경계해야 한다. 이 대명천지에 이제 아예 드러내놓고 뻔뻔스러운 이 땅의 일부 기득권층도 마찬가지다. 한편, 누구나 없이 어차피 빈손의 종착역을 향해 가야 하는 마당에 다만 구두가 조금 싸고 낡았을 뿐인 길 위의 나그네들은 행여 저들을 부러워해선 안 된다. 그것은 못내 독립운동가가 친일 귀족들을 시새워하는 자기부정 즉 이도저도 못 되는 두발걸이 자괴감에 다름 아니다. 영혼을 잃은(혹은 없는) 영화의 길보다 가난해도 떳떳한 '사람의 길'을 택했다면 그에 따르는 나름의 진통은 기꺼이 감수해야 하지 않겠는가.

그래도 때로 자신이 가뭇없이 초라해질 때면 잠시 일손을 털고 출가라도 하듯 호젓한 비포장 길을 거닐어보자. 새 길에게 밀려 폐허처럼 버려진 헌 길을 따라 가다보면 눈에 익은 초목들의 도열이 기다리고 있다. 그런데 가만 보면 먹을거리나 약초 아닌 게 없다. 공해에 찌든 기화요초와는 비교할 수 없는 영양과 약효를 지닌 산 보물들이 손을 흔든다. 오지에서도 오이 붓듯 가지 붓듯 싱싱하게 제 몫을 다하는 약초들이 아무런 악조건 속에서도 어연번듯하고 질기굳기가 약초와 같은 사람들을 알아보고 한무릎공부처럼 반기는 것이다. 그 행운을 통해 참다운 세상의 요긴한 진면목인 자신을 재발견할 수 있다는 것은 아직도 세상이 살 만하다는 이야기에 다름 아닌가.

오늘은 민들레가 먼저 아는 체를 한다. 다가설수록 마냥 웃고 있다. 더 가까이 오라는 것이다. 가만 보니 바람을 부리고 있다. 바람이 그 강렬한 번식욕을 부지런히 사방에 실어 날라주고 있다. 먼지도 털어주고 있다. 민들레는 맛이 짜서 병충해를 거의 입지 않고, 생명력이 몹시 강하여 도시의 시멘트 벽 틈에서도 잘 자란다. 잎과 줄기는 겨울에 죽었다가 이듬해 다시 살아나서 밟아도, 밟아도 다시 꿋꿋하게 일어서는 풀뿌리 백성과 같다 하여 민초 중의 민초로 상징되기도 한다. 사람이 사는 곳이면 지구상 어디든지 골고루 널려 있는 민들레는 수백 종이 있다. 우리나라의 도시 도로변에서 흔히 볼 수 있는 민들레는 대부분 서양민들레이다. 그러나 서양민들레보다는 토종민들레, 특히 하얀 민들레의 약효가 뛰어나다고 한다. 민들레는 쓴맛이 나는데 이 쓴맛이 위와 심장을 튼튼하게 하며, 위염이나 위궤양을 치료한다. 열을 내리고 소변이 잘 나오게 하고, 염증을 없애며, 젖이 잘 나오게 하며, 독을 풀고 피를 맑게 하는 등의 작용을 한다. 또 땀을 잘 나게 하고 변비를 치료하며, 뼈와 근육을 튼튼하지 하고, 갖가지 눈병에도 효과가 있다. 천식, 기관지염, 임파선염, 늑막염, 간염, 담낭염, 요로감염, 결핵, 각기, 수종을 치료하기도 한다. 꽃이나 뿌리는 술을 담가 먹기도 하는데 강장제로 효과가 좋다. 먹을거리로도 제법이다. 어린잎은 국거리나 나물로 먹는다. 뿌리는 가을이나 봄에 캐서 된장에 박아 두었다가 장아찌나 김치를 담가 먹는다. 뿌리를 말려 볶아서 가루를 내어 물에 타서 마시면 맛과 빛깔은 물론 향기까지 커피와 비슷하다. 훌륭한 민들레 커피가 탄생하는 것이다. 민들레는 아무리 단단한 아스팔트길에도 보란 듯이 고개를 내밀어 꽃을 피우고 꼿꼿이 서있다. 두수한 차바퀴에 짓밟혀도 어느새 옷깃을 여미고 있다. 놀라기에는 너무 태연하고 의젓하다. 아무리 아스팔트를 두껍게 깔아도 그 밑은 수천만 배의 흙이라는 사실증명이다. 자연의 승리선언인 것이다. 민들레는 쉴 새 없이 퍼붓는 매연을 뒤집어쓰고도 전봇대나 가로수 곁에 하얀 피켓을 들고 서있다. 잘 보이지 않을까봐 떼를 지어 뜸마을로 서 있다. 하필이면 길마다, 길을 따라 도열해 있다. 언젠가 자연에게 되돌려져야 할, '사람의 길이 아닌 길'을 지키고 있다. 맘 놓고 사람이 다닐 수 있는, 사람 말고도 살아있는 것들의 합창으로 싱그러운, 참된 길의 의미를 잊지 갈라는 경고이자 시위가 분명하다.

아스팔트도 모진 전체주의에 반기를 들듯이 아니면 제풀에 겨워 가끔 흔들릴 때가 있다. 그 틈새를 뚫고 민들레가 환호하고 있다. 무심코 지나치려다 누가 부르는 것 같아 뒤돌아보니 하마터면 저를 밟아버렸을지도 모를 나를 향해 부여잡을 듯이 반갑게 웃는다. 그러나 내 시린 눈은 한 치 앞만 좇기에도 지쳤다. 저마다 뒤처지면 죽을 것처럼 다투어 내닫는 고속도로의 갓길을 겨우 따르며 고향의 천일야화 같은 오솔길도, 첫사랑 검고 큰 눈도 하얗게 잊고 말았다. 그렇듯 저 그윽한 눈길과 마주해도 차마 눈돌림질하며 지체할 틈이 없다. 그저 달리면서라도 못 이긴 척 뒤돌아 보아두는 수밖에. 잠시라도 저 눈겨룸에 한 추렴 들 수 없는 게 미안하다. 너무 미안하다.

저무는 뒷골목 노점에서 풋고추 한 줌을 사려고 하자 굶주린 벌침 같은 시선들이 나를 향해 일제히 달려온다. 나는 정지된 한 순간 반짝반짝 빛나는 눈총을 맞는 빛나는 과녁이 되어야 한다. 혼자서 반경 십여 미터 생살여탈의 열쇠를 쥔 것 같다. 차라리 구걸보다도 아픈 눈길이며 손짓이라니! 소주 한 병 값도 못 되는 내 이천 원의 권력이 어머니처럼 늙었거나 건성으로 아이를 걸쳐 업고 오들오들 떠는 좌판을 고르고 나면 마수걸이도 못한 남은 눈들을 한참동안 절망시켜야 한다. 때 아닌 풋고추 몇 개조차도 맘대로 살 수 없게 닦달하는 저 골목의 숨 가쁜 민들레들! 내 하릴 없이 바쁜 길은 가나오나 민들레들에게 붙들려 도무지 오지랖을 펼 수 없다.

아무리 초라하고 힘겨운 인간 이하의 삶이라 할지라도, 국가와 민족이라는 텃밭의 민들레인 민중은 엄연하고 당당한 국가의 기간 구성원이다. 그들에게 절체절명의 마지노선은 그 성실한 만큼의 인격적 자존을 지키고 가정의 평화와 안식이 깨지지 않을 만큼 최소한의 가계나마 꾸려갈 수 있는 평범한 자유와 권리이다. 그것은 민주

사회의 일차원적 요소요, 만고불변의 천부인권이다. 그러기에 가난
으로부터의 자유, 기회의 사실상 차단으로부터의 자유, 상대적 박탈
감으로부터의 자유, 부의 양극화가 빚는 계급 차별로부터의 자유가
주어지지 않는 한 민주주의는 한낱 변질된 자본주의의 하수인에 불
과한 사이비 민주주의일 수밖에 없다.

　민들레를 비롯한 나물을 거둘 떠는 조심조심 큰 것만 슬금하니
고르고 나머지는 뒤에 오는 이들의 발품을 기약해야 한다. 아무리
하찮은 사물일망정 내 몫만 거두고, 이듬해와 뒷사람들의 몫에 대한
배려가 없는 싹쓸이로는 결코 그 주인일 자격이 없다. 기업도 그렇
다. 아무리 몸집 부풀리기가 급해도 근로자라는 대지의 몫은 남겨놓
고 거두어야 한다. 만약에 깜빡 잊고 이삭까지 거두고 말았다면 부
랴부랴 몇 배를 근로자의 기름진 땅에 심어 놓아야 한다. 씨앗도 남
기지 않고, 거름도 뿌리지 않고 몽땅 거두어가려는 욕심은 근로자라
는 문전옥답을 황폐화함으로써 결국 제 농사를 망치는 자가당착임
을 잊지 말고 말이다. 그러기에 기업은 노사가 함께 땀 흘려 가꾼 농
사를 수확할 때는 반드시 그 이삭이 아닌 알곡을 근로자와 나누어야
한다. 기업이 뿌리는 씨앗은 일견 기업의 소유 같지만 그것을 거두
고 가꾸는 근로자의 대지에 뿌려야한다는 사실을 잊지 말라는 이야
기다. 소위 국민의 공복을 자처한 위정자들 역시 국민의 몫을 먼저
챙겨야 함은 너무도 당연한 수순이듯이.

　등산은 먼저 간 헤아릴 수 없는 발자국의 이삭을 줍는 일이다. 그
높고 험한 에베레스트 산도 최초의 등정 후부터는 더러 제 나라 국

기 게양 사건에 그칠 적도 있지만, 그래도 제이 제삼의 등정 소식 역시 늘 신기록처럼 새롭다. 시간이 다르고, 사람이 다르고, 국적이 다르고, 기후가 다르고, 장비가 다르고, 무엇보다도 그 발자국 하나하나가 같을 수 없기 때문이다. 그리하여 오늘도 전 세계의 수많은 산악인들이 그 먹잘 것 없고 혹독한 위험천만에 다투어 기꺼이 목숨을 건다. 철학과 종교, 사상도 마찬가지다.

인류 사상의 태동기이면서도 동시에 황금기였던 2500년 전의 중국, 인도, 그리스 등의 경지를 뛰어넘지 못한 채 그 아류적 해석 아니면 해체와 조립을 반복해 온 것에 지나지 않을지도 모른다. 그러기에 소위 고등종교와 첨단과학이 낳는 미신은 난감하기 이를 데 없다. 장난꾸러기의 손바닥처럼 늘 뒤집혀온 숱한 학설은 결국 또 하나의 미신을 위한 온상이곤 했다. 숱한 종교의 사원이 늘어날수록 죄악이 늘고, 병원이 늘어날수록 불치 환자가 늘어나고, 경찰서가 늘어나도 도둑은 늘고, 최첨단 가전제품이 늘어나도 오히려 사람 살기 더 바쁘기만 한 것도 저마다 절대지존의 거처라는 종교와 허울 좋은 과학문명의 미신을 입증하는 산 자료이다. 실패한 공산주의의 허구는 물론, 그것을 빌미로 승리에 도취한 듯 떠들어대도 여전히 우울한 현대 민주주의의 미신은 또 얼마나 반민주적이며, 비이성적이며, 비과학적인가. 지하의 밴텀은 얼마나 난감할까. 다수의 행복이야말로 최고의 지상 과제라는 그 지극한 상식이, 자칫 극소수를 위해 대다수가 복무해야 하는 신 노예사회로 변질돼 갈지도 모를 미신의 소용돌이를 과연 민주주의라고 불러야 하는가.

그러나 우리는 끊임없이 반복하여 여울져가는 시간의 이삭을 주우며, 문명의 매연 속에서 보이지 않는 불안과의 전쟁을 벌인다. 한살 덜미 잡힌 '도시중독'을 끊고 시골의 단순한 자연생활로 돌아가지 않는 한 도리가 없기 때문이다. 문명의 종말이 와, 다시 노아의 방주 속에 극소수의 자연(인)으로 승선하기 전까지는 불가항력인 탓이다. 그렇다고 절망하여 쉽사리 포기할 것은 아니다. 어쩌면 이 순간도 우주는 에덴을 향한 귀향의 발길을 서두르고 있는지 모른다. 아담 스미스의 "보이지 않는 손"은 이제 '소유의 미적분微積分'인 경제를 떠나 '존재의 상수常數'인 자연에게로 돌아섰는지 모른다. 판도라 상자의 마지막 보물은 욕망에 인질로 잡혀 '문명에 오염된 희망'이 아니라 자연에 띠앗머리를 둔 소박한 진실이라야 맞을 것이다. 그렇다. 우리는 지금 유례없이 극성스럽고 혼란한 과도기의 막다른 고비를 넘는지도 모른다. 머지않아 그칠 줄 모르고 질주하던 문명의 눈먼 방황을 끝내고, 대자연의 품에 안겨 맑고 따뜻한 몸과 영혼을 더불어 나누기 위한 마지막 희생제의를 치르는 것인지도 모른다.

물론 자연으로의 회귀라고 해서 원시 그대로의 단순한 물리적 되돌림은 아니다. 그렇다면 그것은 '이브의 괴담'이 다시 시작되는 불합리와 '악순환의 반복'에 불과하기 때문이다. 인류 역사가 자연의 순리를 버리고 문명의 괴리를 좇기 시작하면서 치른 엄청난 대가를 결코 소홀히 할 수 없지 않은가. 그 악몽을 반면교사 삼아, 애초보다도 더 강건하고 곡진하게 자연의 일원으로 복귀함으로써 다시는 그런 과오를 되풀이 하지 않는 불퇴전의 경지에 이르러야 한다. 그리고 그 낙원은 진리의 보고인 각자 현재의 위치에서 오염되지 않은 인류의 힘과 언어로 이루어야 한다. 그러니 앞서 가는 발자국은 칸

드시 또 하나의 자연인 뒷사람 몫을 걱정하여 쌀 한 톨, 흙 한 줌 허투루 하지 않고 '최소한의 필요'만을 겸허하고 고맙게 누리는 단순한 행복을 추구해야 한다. 서로가 서로의 알곡이 되고 이삭이 되고 거름이 되는 자연의 위대한 대오隊伍에 자연스럽게 녹아들어야 한다.

진달래

어디일까, 참 아름답다

나는 이곳을 여직
아름답다고 생각지 못했다

누이와 형의
슬픈 가난 그리고
아버지의 술로 얼룩이 진
외딴 산골일 뿐

그런데 이제야
다른 눈길들이 찍은
사진으로 보니 어! 절경이네

  골방마다 밀주 단속을 피해 솜이불을 뒤집어 쓴 막걸리가 숨죽여 익어 가는 산촌은 앞 뒷산 다투어 진지리꽃이 봉화를 밝히면 괜히 덩달아 누룩처럼 끓어오르기 시작했다. 아이 어른 없이 입을 모아 "맘보"라고 부르는 철이 누나가 또 서울 술집에서 맘보바지를 입고 내려오면 윗마을 운학이 누나는 들꽃 댕강 꺾어 산발머리에 꽂고 새 무덤 봉분에 식칼을 내리꽂으며 배반한 첫사랑 이름을 외쳤다. 겨울 방학 때 섯다판에서 벼 한 가마를 잃은 초등학교 육 학년 춘호는 걸핏하면 허장강 같은 폼으로 엄지손가락을 바짝 조이는 시늉을 하고, 머슴살이 새경 대신 주인집 딸을 보쌈 하여 바다 건너 첩첩산중으로 도망쳐 온 재영이 형은 아들을 둘씩이나 낳자 당당히 족쇄를 풀었다. 사춘기를 여드름꽃처럼 넘긴 숫총각들이 찐빵으로 부풀어 오르는 숫처녀 젖가슴에 저마다의 통행증을 만드느라고 갑바쁘던 그해 봄은 진지리꽃이 이듬해 것까지 앞당겨 붉었다.

  그러나 우리 집은 그렇게 들뜬 고향의 숨결에서 한참이나 격리되어 있었다. 아버지의 술과 어머니의 한숨, 그 바람 잘 날 없는 투사전透寫戰의 틈바구니에서 숨 막히는 불안의 깍지에 가위눌린 우리 형제는 그늘 속에서 웃자란 풀처럼 앞당겨 철이 들어야 했다. 그렇게 갑작바람인 집단 우울증을 몸 밑천처럼 껴안게 된 가족사의 첫 장은 누나가 열었다. 열 살 고사리 등에 핏덩어리 나를 들쳐 업고 피난길

바질바질 겯고틀던 누나는 거꾸로 내가 비척비척 업음질 하려고 다가갈 즈음 발자국도 없는 먼 길을 떠나고 말았다. 칼날처럼 풀 먹여 달여 놓은 눈빛 무명 저고리 동정이 유일한 이승의 알리바이였다. 봄볕이 유난히 간지러운 날, 대처 바람 몰고 훌쩍 내려온 친구에게 박가분 냄새 자욱한 블라우스 빌려 입고 흑백사진 한 장 화들짝 찍은 뒤 마치 도둑질이라도 한 듯 후닥닥 벗어 던져주고는, 괜히 내 딭터진 바지만 화난 듯 찬물에 뒤스럭뒤스럭 헹구어대던 누나였다. 진지리꽃빛 블라우스가 꿈속에조차 아른거려 어머니가 손도장 찍어드신 아스라한 항아리 밑바닥 보리쌀 훔치다가, 덧꿰매다 지친 내 검정 고무신짝에게 들켜 후닥닥 제자리에 도로 쏟아버리고 만 누나였다. 그토록 아리잠직하고 아금바르던 누나는 시집간 후에도 진 고생 마른 고생 고생박물관을 차리더니, 차마 못한 말을 뱃속의 아기랑 가슴 막장에 묻고 천지가 온통 들숨 날숨 없이 하얀 첫새벽 끝내 무명 옷고름 바투 꼬아 질끈 눈감아버린 것이다. 화장할 때면 눈썹을 그리는 데 오랜 시간이 걸리던 누나는 온 세상이 눈부시던 날 화장기 없이 초승달 매고른 눈썹에 눈발 꽁꽁 얼어붙은 채 그 짧고 애절한 사랑만큼이나 질긴 청춘을 고향 앞산 양지바른 어둠 속에 꽁꽁 묻었다. 나는 누나의 평생보다도 더 오래도록 진지리꽃 보이지 않는 객지를 떠돌고 나서야 눈 녹은 봉분을 비구니처럼 삭발해주고 연분홍 진지리꽃보다 고운 블라우스 한 벌 하늘 멀리 아른아른 살라주었다. 그러나 그것은 동떠나듯 하청을 칠 진혼제가 아니었다. 객고에 부대끼는 숨찬 세월을 핑계로 차츰 무의식의 심연으로 침잠해 가던 모진 슬픔의 응혈凝血을 형이 또 확인사살하고 말았다. 누나가 남기고 간 핏빛 기억의 천형을 함께 치르던 형이었기에 상처는 곱절이나 깊었다. 꺼진 불을 살리듯 아등바등 추슬러 끌고 가려던 세상에의 억지 희망에 대한 참담한 부관참시였다. 아홉 살 때였다. 열두 살 형을 따라 뒷산에 올랐다가 진지리꽃 보석처럼 박힌 등치 몇 배의 갈퀴나무 둥치를 업둥이처럼 등에 진 채로 꼬챙이 같이 날선 나무끌텅들 진을 치고 있는 산벼랑을 데굴데굴 구르는 형을 우두커니 지켜보아야 했다. 그때 내가 할 수 있는 일이라곤 그저 발 동동 구르며 소리쳐 울어대는 그뿐, 지상에는 애꿎은 산 메아리만 울려 퍼지고 있었다. 그 뒤로 형의 숙명은 하염없이 구르던 그 산벼랑을 목 쉰 묵음默音으로 허겁지겁 기어오르는 혈투에 다름 아니었다. 덩달아 나 역시 그때 산벼랑에서 발 동동 구르던 것처럼 지나새나 형을 지켜보며 고상고상 가슴 졸일 수밖에 없었다. 그러던 어느 여름. 그 유난한 서울 월드컵 함성 울려 퍼지던 날. 평생을 가난과 불안과 울화를 등에 지고 오르던 이승의 벼랑 끝에서 더는 버틸 수 없어 마침내 상처투성이 손아귀 아주 부려버린 형의 추락 소식을 들어야 했다. 그리고 내가 할 수 있는 일이라곤 장대비 사납게 퍼붓는 낯선 도시 입관실에서 발가벗은 몸에 아직도 선연한 뒷산에서의 흉터를 새삼 확인하는 그뿐이었다. 나는 거기서 조국이라는 화려한 시계탑 속에 겨울잠처럼 도사리고 있는 가장 잔혹한 시간의 상처를 뚜렷이 보았다. 사십여 년이나 멈춰버린 핏빛 진지리꽃을. 삼우제가 끝나도 내 귀에는 진지리꽃 흥건한 고향 뒷산의 산 메아리가 형이 앓다 간 이명耳鳴을 부려놓듯 자처울고 있었다.

고향은 아직도 혀끝에 맴도는 사투리(나는 그냥 사투리라는 말이 좋다), 금세라도 단내 나는 발자국을 찾아낼 것만 같은 추억의 현장, 발가벗고 물장구치며 놀던 동무가 남아 있어야 비로소 그 이름이 허용된다. 두고두고 텃새의 보금자리일 것만 같던 천년 세월이 수장水葬되자 침 튀기며 쏟아지는 사투리를 보따리로 뿌리 깊은 정붙이들이 철새처럼 뿔뿔이 사라진 수몰지구는 고향이 아니다. 그뿐인가. 마을이 통째로 농공단지, 댐, 공동묘지, 골프장이나 해수욕장으로 변한 경우 등 이제 어디를 가도 제대로 된 고향은 없다. 깎이고, 헐리고, 뚫려 엊그제의 아련한 흔적조차 찾아내기 난감하기만 하다. 운 좋아 낯익은 선후배 한 둘이라도 당산나무 아래 모정에서 나비치며 반갑게 맞아주면 그저 송구스럽고 고마울 뿐이다. 헌데 그들도 어줍게 표준어에 길들여져 말맛이 안 나기 일쑤다. 그나마도 자식들을 당연한 듯 도시로 내보내고 쭉정이처럼 남은, 그 등록되지 못한 인간문화재들이 마포 바지 바람 새듯 눈감는 날이면 고향의 맥은 아주 끊기고 말 것이다. 그렇듯 고향은 추억의 현장이 아니라 추억의 상상 공간으로 사라져 간다. 하여, 굳이 본적과 주소를 따로 할 필요가 없는 영원한 실향민은 텃새와 철새 구분이 없는 아스팔트 사막의 제5계절을 엉뚱한 세월의 뒤밀이꾼처럼 냉갈령을 부리며 서성거릴 뿐이다.

민족의 원초적 환경이자 벼릿줄인 고향의 상실은 자칫 민족의 변질과 퇴화를 부른다. 그러기에 고향은 잃었어도 그 대리만족적 예비 공간인 민족은 잃지 말아야 한다. 세계화의 격랑 속에서 꼭 단일 민족의 순수만을 고집하기는 어렵게 되었지만 그래도 배달겨레의 나부랑납작한 집단무의식에서 우러난 순결한 혼과 넋은 길이 보전되

어야 한다. 아무리 난밖사람 가리지 않고 언틀먼틀 다민족 사회로
접어드는 문명의 격변기라 해도 감히 아버지를 부정할 수 없듯이 태
생적 혈청조차 저버릴 수는 없기 때문이다. 민족의 해체는 자아의
정체성 곧 자기상실을 의미하며, 종의 기원조차 지우는 역사와 인륜
의 자살행위이기 때문이다. 아무리 세월이 흘러도 육친의 정만큼 끈
끈하게 감돌아치는 게 어디 있을까. 경각의 생명을 주고받는 수혈이
나 장기이식은 근친의 것이어야 하듯 끈적끈적한 점액질인 피와 만
고불변의 '생명문生命紋'인 유전자를 나누었기 때이다. 혈육이 가장
뿌리 깊은 생명의 기표이며 모국어라면 민족은 씨족이 그 원심력을
넓힌 확대 공간이며 그 위에 시간을 교직하듯 쌓아 올린 만고일월의
시계탑이다. 지금껏 민족을 정치적 이해타산으로 소모해 왔다면 이
제는 문화적 자산으로 재생산해야 한다. 문화의 소멸은 곧 민족의
해체를 동반하기 때문이다. 그리고 그 문화의 중심에는 모국어가 자
리하고 있다.

모국어는 살아 있는 박물관이다. 모국어를 사랑하는 이들은 저마
다 낱낱의 문화재이다. 모국어 속에는 어머니의 젖 냄새와 아버지의
땀 냄새가 살아 있다. 닦은 방울 같은 민족의 얼과, 지혜와, 피가 온
전히 녹아 있다. 고향이 사라져 가는 마당에 민족을 확인하고 겨레
의 정을 기리기 위한 대안으로는 모국어가 으뜸일 것이다. 참으로
한국적인 것을 나타내려면 그 언어는 당연히 모국어일 수밖에 없다.
외국인이 한국을 제대로 알려면 일단 모국어로 잘 표현된 한국을 자
국어로 온전히 번역하는 과정을 거쳐야만 가능할 것이다. 모국어 중
에서도 수천 년을 동고동락해 온 지방 고유 언어는 그 소리와 맛깔

이 남다르다. 잠시 그 몇을 입술에 보릿대 위의 앵두처럼 올려놓고 넋이 오르게 얼려보자. 고츠보다는 꼬추가, 돌보다는 독이, 달래보다는 달룽개가, 바위보다는 바우가, 가시보다는 까시의 음감이 한결 혀와 귀에 익고 사물의 원형에 가깝다. 그런데 경음을 연음화한다고 멀쩡한 고유 언어의 손발을 자르고, 맛을 걸러내고, 모를 깎아내는 등 맛과 성질과 감각을 저버리고 일사불란하게 꿰맞추는 것은 미풍양속에 준거한 관습법을 일거에 편익적 실정법으로 대체하는 것처럼, 이모저모 어우러지며 굽이쳐온 역사와 전통과 정서에 대한 분별 없고 무자비한 배반이다. 어느 틈에 한국어의 획일적 특별법이자 문화의 중앙집권적 도구로 자리 굳힌 표준어를 한결 보드랍고 미끄터운 외국어로 도배한 현대 언어는 햏여 진짜 언어가 아니다. 혼배잡종에 불과한 탈 국어, 곧 이방의 언어다. 그러다보니 인위적 언어순화의 역작용으로 오히려 욕설이 아무렇잖게 난무하는가하면, 예전에는 감히 입에 오를 수 없는 잔혹하고 살벌하고 거친 말들이 두루뭉수리 일상화되어 가고 있는 실정에 이르고 말았다.

고향에서는 진달래꽃을 진지리꽃이라고 했다. 헌데 언제부턴가 그 말은 어머니와 나만의 추억 속 공용어일 뿐 같은 방언권의 전라도 그것도 인근 마을은 물론 심지어 고향 친구들조차 천연덕스럽게 모르쇠 하는 것이었다. 마치 고향 사랑방을 광적으로 휩쓸던 메바네 (삼봉 비슷하지만 한 단계 높은)라는 일본어 일색의 화투놀음을 이상하게도 바로 옆 동네에서조차 전혀 모르던 것처럼. 그러나 분명 전라도 서해안 산골짜기에서는 그렇게 불렀다. 지금은 어느새 새살붙이 같아도 그때는 몸에 맞지 않는 새 옷처럼 어색하기만 하던 진달래라는 표준어는 학교에서 책 읽을 때만 건성으로 따라 불렀지 돌아서면 여전히 진지리꽃으로 통했다. 진달래는 아담한 키에 타원형의 잎은 삐친 듯 어긋나 있다. 은은하고 화사한 분홍색 꽃은 잎이 나오기 전부터 가지 끝에 송이송이 모여 피는데, 통꽃으로 다섯 갈래인 꽃부리 끝은 약간씩 갈라져 있다. 수술은 열 개이며 암술은 한 개이다. 열매는 익으면 껍질이 말라 쪼개지면서 씨를 퍼뜨리는 여러 개의 씨방으로 된 삭과蒴果이다. 진달래는 한국에서 아주 오래 전부터 개나리와 함께 봄을 알리는 대표적인 꽃나무의 하나로 사랑받아 왔는데, 개나리가 주로 양지바른 곳에서 잘 자라는 반면에 진달래는 양지는 물론 약간 그늘지며 습기가 있는 곳에서도 잘 자란다. 가지가 많이 달리기 때문에 가지치기를 해도 잘 자라며 추위에도 잘 견딘다. 뿌리가 얕게 내리고 잔뿌리가 많아 쉽게 옮겨 심을 수 있다. 참꽃으로 부르기도 하는데 제주도에서 자라는 참꽃나무와는 다르다. 봄이면 온통 산을 분홍빛으로 물들일 만큼 흔하면서도 볼수록 고운 꽃이 진달래다. 진달래과에 속하는 낙엽 활엽 관목인 진달래는 전설 속 두견새의 피 맺힌 절규에 빗대어 두견화라고도 한다. 저지대나 고산, 계곡, 바위 위의 황폐한 땅이나 기름진 땅을 가리지 않고 전국 어디나 잘 자란다. 그러나 대기 오염에 약해서 도심지에서는 생육이 어렵다. 진달래와 철쭉을 구분하지 못하는 이들이 있지만 진달래가 철쭉보다 한 달 가량 먼저 핀다. 진달래는 꽃이 먼저 피고 꽃이 지면서 잎이 나지만 철쭉은 잎이 먼저 나오고 나서 꽃이 피거나 꽃과 잎이 동시에 핀다. 전국에 고루 분포된 진달래의 종류로는 꽃이 하양

게 피는 흰 진달래, 가지와 잎에 털이 난 털 진달래, 꽃이 넓은 타원형인 왕진달래, 잎 표면에 광택이 있고 양면에 사마귀 같은 돌기가 있는 반들 진달래, 열매가 약간 길고 가느다란 한라산 진달래가 있다. 진달래 잎은 정유, 플라보노이드, 락톤, 페놀산, 타닌 및 당질, 인, 칼슘, 철분, 비타민 B, C 등을 많이 함유하고 있다. 진달래꽃의 주성분은 아자레인이다. 예전에 산에 가면 누구나 무심결에 연한 잎을 따 입에 물곤 하던 진달래는 가난에 지친 산골마을에 다양한 먹을거리를 주는 고마운 구황식물이기도 했다. 화전놀이라 해서 삼짇날이면 사내들이 지고 온 장작과 솥을 냇가에 내려놓고 야외 취사준비를 마치면 아낙네들은 준비해온 쌀가루에 진달래꽃을 살짝 얹어 곱게 색깔을 내어 화전을 부쳐 먹던 풍습이 있었다. 꽃은 날것으로 먹거나 화채 또는 술을 만들어 먹기도 한다. 술을 빚어 먹을 경우 담근 지 백 일이 지나야 맛이 난다고 하여 백일주라고도 하는데, 대개의 약주가 그렇듯 한꺼번에 많이 먹지 말고 조금씩 음미해 가면서 먹어야 몸에 좋은 것으로 알려져 있다. 진달래꽃이나 잎, 뿌리 등으로 빚는 두견주는 독특한 향기를 뿜낸다. 고려 개국 공신 복지겸이 불치의 병을 앓자 그의 딸이 백일기도 중 터득한 비법에 따라 약주를 빚어 드렸다는 고사처럼 고려 때부터 빚어온 가양주이다. 지금도 당진 면천에서는 중요무형문화재로 전승되고 있다. 한방에서는 진달래로 신경통, 두통, 류머티즘, 진통, 해열을 다스리며 천식, 기관지염, 기침감기, 고혈압, 토혈, 이질치료에도 사용한다. 그밖에 해독이나 소염작용이 뛰어나서 입안의 염증, 인후염, 후두염, 피부가 헐거나 상처가 났을 때, 위염, 소화기염증 치료에도 쓰인다. 한편 꽃술에는 독성이 있으므로 음식이나 약으로 사용할 때는 떼어내야 하며, 두견주는 많이 마시면 혈압이 떨어질 수 있으므로 저혈압인 경우엔 주의해야 한다. 진달래꽃은 겨울이 하릴없이 길기만 한 산촌에 느닷없이 산불처럼 번져 동시다발의 화사한 봄을 선물하는 꽃으로 두고 두고 사랑을 누려왔다. 애달픈 두견새의 전설 말고도 숱한 이야기들을 품고 있는데, 깎아지른 절벽에 핀 진달래를 탐하는 수로 부인에게 꽃과 함께 즉흥시로 바친 무명 노시인의 헌화가는 후대에 소월을 통해 재현되었지만 그 맛과 격이 감히 미치지 못한다. 세월 따라 변하는 젖꼭지 빛깔에 비유해 앳된 처녀를 연달래, 성숙한 처녀를 진달래, 노처녀를 난달래라고 불렀는가 하면 한때 민중 화가들이 북한의 국화, 진달래를 그렸다고 국가보안법 위반으로 구속하던 시절도 있었다. 하지만 북한의 국화는 진달래가 아니고 산목련이라 부르는 함박꽃나무라고 한다. 홀로 눈부시거나 띄엄띄엄 작은 군락을 이루는 매화나 목련에 비해 비록 키는 작지만, 낮은 포복으로 일거에 온 산하를 뒤덮듯 물들이는 봄의 전령 진달래의 꽃말은 신념, 청렴, 절제이다. 어찌 보면 내가 그동안 추구해온, 그리고 앞으로 더욱 그렇게 살아야할 지침 같기만 하다. 이를테면 살아 있는 한 권의 경經인 셈이다.

징검다리만 건너면 해방이었다. 추격자의 영역은 다리까지였다. 이윽고 아버지 발소리 들리지 않는 신천지. 아직 발가벗고 뛰어들기에는 한참이나 이른 산골짜기 살여울. 반짝이는 눈길로 피라미 떼 좇아 물살을 거슬러 오른 아이는 갓 가슴을 가리기 시작한 누나의 젖꼭지보다 한살 뽀얗고 볼그작작한 진지리꽃을 따먹고 놀았다. 그러나 어느덧 부엉이가 자명종을 치고 별들은 비상등을 깜빡이기 시작했다. 그때서야 소스라치게 일장춘몽에서 깬 아이는 집에서 너두 멀리 나왔다는 사실에 놀라 누이에게 줄 쥘채풍물 같은 진지리꽃 다발을 묶어 허리춤에 숨기고 징검다리를 되돌아가며 아버지의 삼킬 듯 타는 시선을 떠올렸다. 그 아이의 쥐악상추 같은 확대판인 나는 이제 징검다리 건너 어둠 속의 아버지를 만나러 하현달을 등불 삼아 달아나듯 좇아가고 있다.

작년 이맘때는 행인들 눈에 잘 뜨지 않는 외진 숲 속에서 아직 이슬 촉촉한 진지리꽃이 나를 보고 웃는 줄만 알고 가슴 졸여 다가갔다. 그러나 웬 벌이 내 뒤통수를 갈기고 그 안방 속으로 쏜살같이 달려가는 게 아닌가. 너무나도 당연하고 당당하게 주인처럼. 예나 이제나 자연과의 물물교환에 있어서 제턱에 진지리꼽재기인 나는 그 집터서리 쩍말없는 진지리꽃의 숨 가쁜 가루 하나 날라준 적이 없었다. 벌과 꽃은 서로의 몸을 통해 필요를 나눈 광의의 '사회적 육친'이었지만, 나는 아무런 수그도 없이 한낮 꽃이나 '눈탐' 하며 그도 모자라 잠시의 풍광인 그 파안대소를 아무런 망설임도 없이 꺾어버리는 뻔뻔스런 이방인이자 침략자에 불과했다. 그래도 진지리꽃은 방방곡곡 어느 산 가리지 않고 해마다 더 신나게 피어, 다른 것은 몰라도 이 땅의 민족 중 하나임에는 분명한 나를 향해 기꺼이 손짓하는 순정을 하염없이 베풀고 있는 것이다.

나는 내 이름에 각별히 신경 쓰지 않았다. 솔직히 말해서 신경 쓰지 않으려고 애써 왔다. 만고불변의 단체명만으로도 뭇 샛강의 이름을 지우며 유유히 흐르는 강물처럼 이름 따위야 어떻든 부질없는 이 해타산엔 부엉이셈하며, 없는 듯 가만히 외진 골짜기의 진지리꽃으로 지내고 싶어서였다. 다만 내 익명이나 무명의 본명인 "보통사람들"의 성실한 이름값에는 누를 끼치지 않으려고 자신과의 숨은싸움에 가혹하다싶은 악다구니를 써왔다. 진지리꽃은 갈수록 산만해지는 손금을 아련한 초등학교 소풍 길로 끌고 간다. 달콤한 추억과 아픈 기억을 얼버무린 고향의 임자몸 같은 상징이기에 입 밖으로는 할 수 없이 진달래이지만 입속에서는 여전히 진지리꽃이다. 버젓이 호적이름으로 자리 잡은 진달래를 두고 제대로 기리거나 지키지도 못할 터이면서 다 늦게야 굳이 아명을 들먹이듯 진지리꽃 운운한다는 것이 철종이란 상감마마를 쾌득이나 원범으로 부르는 결례로 자칫 된서방을 맞을 시대착오인지도 모르겠다. 그러나 아직도 첫날옷처럼 첫 곧이듣게 입속을 맴도는 그 이름을 쉽사리 접을 수 없다. 진지리꽃! 동일한 언어권에서조차 무참하게 잊히고 사라져가는 모국어 중의 모국어! 이제 아흔 줄에 드시는 어머니가 유일한 증인인 우리만의 은어 아닌 은어. 쉽사리 구개음화한 형용사나 부사도 아니고 그렇다고 게을러서 어운도 안 닿게 줄여버린 동사나 접속사도 아니고, 버젓이 제 터울을 대접받는 고유명사임에도 그토록 감쪽같이 사람들의 입과 머리에서 사라질 수 있다니. 꿈을 꾸는 것일까, 억울했다. 그런데 마침 지역 언어의 마술사라는 미당의 시에 예의 진지리꽃이 솔곳이 숨어 있는 게 아닌가. 능수능란한 시작詩作에 비해 아둔할 만큼 시의 위의를 비껴선 그 역사적 행각은 엿살피듯 반어법적으로 배우는 터지만 만약에 아버지와 동갑의 이웃마을 태생인 그분이 아니었다면 나와 어머니는 꼼짝없이 남다른 기억력을 모함 당할 판이었다.

중학교 때 나는 이차돈의 죽음에 대해 고개를 저었었다. 목을 가르자 하얀 피가 솟구쳤다는 사실史實이 아무래도 목에 가시처럼 걸렸다. 헌데 무공해 포도 농사를 짓는 시인에 들었다. 백포도주는 흰 포도로 만든 것이 아니라 적포도주를 오래 발효한 결정이라고. 나는 고개를 끄덕이다 숙연해지고 말았다. 그것 참, 선혈이 순백으로 정제된 엄연한 사실事實이었다. 중생이 부처로 발효된 눈부신 탈색이었다. 그러나 저 진지리꽃만은 내 앙가슴이나 기억의 심연에서 행여 진달래술로 발효되거나 증류되지 말고 그냥 붉고 설레는 산유화로 생생하기를 바랄 뿐이다. 어디서건 진지리꽃(그래, 나에겐 영원히 진지리꽃이다!)이 눈에 밟히면 가던 길을 멈추고 아는 체를 해야만 직성이 풀린다. 오므린 듯 편 꽃마다 누나와 형의 등굽잇길 맴도는 귀엣말이 흥건히 고여 있는 것만 같아서다. 나도 모르게 희미해지는 고향의 정취와 첫사랑을 비바리치듯 아련하고 살뜰하게도 돌이켜 주는 그 들뜬 손짓이 새록새록 그립고 갸륵하기만 해서다. 우리의 전통적 정서와 가장 밀접한 저 진지리꽃이야말로 수천 년에 걸쳐 한결같은 시공時空을 함께 나누어 온 모국어이기 때문이다. 우리의 핏속에 그 빛과 향기와 생명력이 녹아 흐르는 혈육이기 때문이다. 무수한 기화요초가 오구탕을 치는 휘광 속에서 자장磁場이 끌리듯 소리 소문 없이 다가온 진지리꽃. 아무쪼록 그가 잔부끄럼 많고 귀가 질긴 나보다는 싱싱하고, 향기롭고, 귀 밝아 이름값을 제대로 지켜갔으면 좋겠다. 산행 길 오후. 발 부르튼 햇빛이 진지리꽃에 앉아 쉬고 있다. 꽃잎은 햇빛을 감싸 안고 있고 햇빛은 그 손을 어루만져 주고 있다. 서로 쉽게 베풀고 있다. 쉽다는 것은 편하다는 것이며 그만큼 자연스럽다는 뜻이기도 하다. 나도 이제 저처럼 쉬운 사랑을 할 때가 되었다.

갈대

산굽이 에돌아 강물 흐르고 그것을
산기슭의 무덤이 물끄러미 굽어보다가

좀 쉬어가라고 손짓하면, 강물은
무덤에게 이제 그만 쉬고 내려오라고
목청을 세운다

태양은 어둠과 너나들이 짜고

그런 무덤과
강물을 동시에 나란히 어루만져 준다

— 「江陵」

산중에 드니 내가 제일 졸병이다. 자연 속에서 가장 부자연스런 이방인이어서이다. 자연의 일원으로서의 인간은 실로 개미만도 못하다. 모오리돌이나 길섶의 풀 한 포기만도 못하다. 그들은 온전한 자연이지만 인간은 걸핏하면 겉탐을 내 걸태질하듯 자연을 거스르는 미숙한 침입자에 지나지 않는다. 그러기에 이곳에서는 개미나 잡초에게도 한참 뒤지는 그야말로 지극한 겸손이 허락될 뿐이다. 저잣거리에서 입으로만 나불거리던 하심下心을 비로소 절실히 익히게 된다. 겸손할수록 자연은 많은 것을 쉽게 빨리 가르쳐 준다. 차츰 내 빈속에 자연이 저절로 다가와 곁눈 주듯 안기기도 한다. 길트기로 자연의 언어를 한 마디 두 마디 가다듬는 맛이 아기자기하고 새롭다. 귀하게 여기던 것들은 하찮게 멀어지고 흔한 것들이 새록새록 귀하게 다가온다. 늦게나마 자연의 품 안에 들기를 잘했다. 깨금발로 금쳐놓는 것 같지만 지금까지 한 일 중에서 제일 잘한 것 같다. 세월의 고삭부리가 다 돼가는 마당에 새판잡이로 전원생활을 하려면 집은 20평도 크다. 15평 정도면 충분하다. 텃밭은 100평을 넘지 않는 게 좋다. 그 이상은 힘에 겹다. 외관은 튀어나면 불편하다. 살똥스럽지 않게 마을 전체의 분위기와 어울리는 정도가 좋다. 그것은 곧 삶의 터전인 주변 환경에의 배려와 참여를 뜻한다. 거기에 풍경(환경)의 전체적 조화를 구하는 풍수의 가치와 묘미가 있다. 나는 이 실뚱머룩하게 크고 넓은 집과 밭에 편하자고 새 보금자리를 편 게 아니다. 땀을 흘리려고 왔다. 굳은살을 박으러 왔다. 그동안 안일의 땟자국이 서려 있다면 그 부분을 땀으로 씻어내기 위해서다. 좀 더 구체적으로는 늦은 나이에라도 시를 쓰게 해준 아내에게 묵은 만큼 아픈 빚을 갚으려는 조바심에서다. 평소 건강과 음식에 조예와 취미가 깊은 아내가 청정지역에서 맘에 드는 성취를 하도록 외조를 해보고자 해서다. 그 결실이 이웃에는 걸쌈스럽게 못 미치더라도 최소한 자손들에게는 온전히 전해지도록 할 것이다.

그렇다고 그게 다는 아니다. 내게는 아이들은 물론 아직도 일일 점호를 빠뜨리지 않는 친구만 해도 다섯이나 엄연히 산 밖 세상에 있다. 생사문제가 해결되지 않고서는 누구나 이승과 저승의 경계인 일 수밖에 없다. 마찬가지로 아무리 탈속오도脫俗悟道를 꿈꾸는 터라도 산 속에 아주 묻히는 경우는 드물다. 기껏 산과 바깥의 경계를 서성거리다가 그 어정쩡한 경계를 지우는 한 평 대지의 품에 안길 따름이다. 되풀이 하건데 나는 음풍능월이나 산방한담으로 사치스럽게 하릴없는 게으름이나 피우려고 산속에 들지는 않았다. 마음을 비우기 위해 산을 오른 이들이 산정에서 비운 그 마음을 세상과 살뜰히 나누듯, 산바람 물소리로 닦은 해맑은 창窓으로 지나온 발자국을 되짚어 살펴보고 산중생활에서 단련된 청정한 심신을 작으나마 바깥이 바람 쏘일 수 있도록 할 수 있다면 족하다. 다시 말해 세상에 밀린 빚을 보다 경건하고 성실히 갚기 위해 쇠진한 기력을 끌고 이 오지의 자가수행처를 택한 것이다. 고백하자면 아무리 해도 저잣거리의 행선行善에 거뜬히 이르지 못한 켤충인 셈이다. 하여 이곳에 짐을 풀기 전, 묵은 보따리 속에서 아직도 어깨춤을 들먹이고 있는 한 줌의 소회를 털어놓고자 한다.

개혁은 선택이 아니라 필수이다. 우리는 그동안 기우제라도 지내듯 기도문처럼 개혁을 외쳐왔다. 한편 진정으로 개혁을 필요로 하는 이들의 울음빛 곤한 피부에 와 닿지 않는 개혁은 한사코 경계해 왔다. 민생을 외면한 개혁세력이 어느덧 잠포록한 개혁 대상으로 변질되고 마는 경우처럼, 진정한 민중사랑에 기초하지 않은 개혁은 결국 실패할 수밖에 없는 역사의 교훈을 너무도 식상하게 배웠기 때문이다. 민생이라는 속살은 외면한 채 피상적 민주나 구두선적 애국 따위의 외투만 만지작거리기에 급급한 정권의 격화소양처럼 실속이 없는 위선과 이기利己에 지쳤기 때문이다.

그러나 일부 미숙한 개혁세력들의 시행착오를 아픈 기억의 속살에서 떨쳐내기 어렵다 해도, 개혁은 이 땅은 물론 지구상에 한 구석이라도 핍박받고 소외당하는 음지가 남아 있을 때까지는 그들과 운명을 같이 해야 하는 영원한 현재형이다. 따라서 걸핏하면 민주와 민족과 민생을 부르짖는 개혁의 전도사들은 진정 애국이라는 그 험난하고 성스러운 명제를 풀기 위해 우선 자신들의 노적을 헐어 궁핍한 이웃의 민생에 충당하는 자기개혁부터 솔선수범해야 한다.

양극화의 꼭짓점을 누리는 소위 '극소수의 선진국민(?)' 에게서 감히 민중을 걱정하는 악어의 눈물이 나오는 간지러운 연기처럼 구역질나는 살풍경이 어디 또 있을까. 그들이 풍만한 배를 약간만 다이어트 해도 양극화는 간단히 해결되는 묘책을 두고 말이다. 헌데 그 쉬운 길은 접어두고 걸핏하면 전가의 보도처럼 꺼내곤 하는 "고도성장을 통한 선진 조국 창조"야말로 얼마나 뻔뻔한 감언이설이던가. 염불삼매에라도 빠지듯 목메이게 노래해온 조국근대화의 실상을 반추해보자. 산업화의 역군이라는 완장에 취해 "우리도 한번 잘 살아보자"고 그 열악한 현장에서 배곯고, 잠 못 자며, 피땀을 흘리고도 여전히 절대적 혹은 상대적 박탈감의 "절망과 기아선상에서 허덕이는 민생고"를. 정작 그 거룩한 성전聖戰(?)의 숨은 일꾼들은 지금 절망적인 양극화에 대한 분노가 하늘을 찌르고 있다. 그런데도 여전히, 빛 좋은 개살구이던 성장의 떡고물타령을 리바이벌 하자고 이미 사어화死語化한 유언비어가 횡행하고 있으니 이 가증스럽고 무감각한 파렴치를 어쩌면 좋은가. 더는 속지 말아야 한다. 오히려 속는 것이 죄다. 이제부터라도 실패한 개혁의 아픈 경험을 채찍 삼아 실질적이고 심층적인 개혁을 추구해야 한다. 민중의 건강한 삶을 그 머리맡에 위치시키고 말이다. 아직도 이 땅에 순결한 개혁의 사도들은 널려 있다. 그리고 어느 때보다도 민생개혁을 절실하게 바라는 민중들은 국민의 대다수를 차지하고 있다.

딴죽 치는 세상에 귀를 주듯 개혁에 피로를 느낀다는 이들에게 묻고 싶다. 언제 성에 차게 개혁이라고 제대로 해본 적이 있느냐고. 그리고 덧들이듯이 일러주고 싶다. 그동안 진정한 개혁의 실체가 아닌, 개혁을 빙자한 정략적 앵무새들의 낯간지러운 구호에 귀가 가려웠을 뿐이라고. 도저한 사회적 요구인 개혁을 외면하다가 일단의 개혁이 전략 부재 혹은 시행착오로 실패하면 노골적으로 반개혁의 숨겨둔 이빨을 드러내는 그 지독한 흑심에 지쳤을 뿐이라고. 아직도 도처에 산재해 있는 불평등과 탈법, 도덕적 불감증, 합법을 가장한 계급구조의 심화, 위험수위를 넘어선 양극화, 부정부패의 만연 그리고 그 때문에 고통 받는 다수 국민들의 절망을 부정할 국민들은 별로 없을 것이다. 개혁은 그 독버섯 같은 지배구조의 악순환과 비리의 온상을 도려내 국가 동맥의 원활한 소통을 기하자는 지극히 마땅하고 실질적인 자위권이다. 우리의 정치 현실을 반성해 볼 때 시급히 개혁해야 할 당면과제가 산적해 있는데도 불구하고 개혁이 효과적으로 시행되지 못하는 데 문제의 심각성이 있다. 무엇보다도 즉흥적이고 근시안적인 땜질식의 개혁에 연연하여 심층적이고 구조적인 개혁이 이루어지지 못한 탓에 진정한 개혁의 가치가 윈 새끼를 꼬듯 왜곡되거나 폄하되고 있다. 급변하는 국제 정세를 좇느라고 막상 국내 정치는 현상유지에만 급급하다보니 차분히 내면을 들여다보고 개선할 철학과 시간이 없는 점도 문제다.

개혁은 강약의 균형을 위한 수단이다. 강자를 위해서라면 수수방임이 최선의 정책이다. 가만히 두면 약육강식의 동물적 울골질은 약자에게 형식적이나마 최소한의 보루인 상식적 기회마저 잠식해버리고 만다. 그러기에 정치적 자유와 권리는 확충하되 사회적 불평등은 최소화해주는 국가의 밟다듬이 역할이 다수의 인권과 복리를 위해 필요한 것이다.

역사에 신중하지 못하고 민중에 치열하지 못한 혁명은 물 위에 뜬 기름이기 일쑤였다. 그 무기인 구호적 포퓰리즘은 녹슨 권력과 위선의 색안경으로 변질되곤 했다. 서민 대중의 피부에 와 닿지 않는 개혁은 지나고 보면 고스란히 그 폐해를 서민 대중에게 지우기 마련이었다. 개혁의 과실을 적재적소와 나누지 못하는 지도자는 부패한 정권 못지않은 민심의 이반을 불러왔다. 개혁을 정권 쟁취의 수단으로 삼아 실제로는 그것을 인질로 권력의 현상유지에만 급급한 사이비 개혁세력들은 반민주적 기득권 수호에 연연하는 수구나 다름없이 경계해야 한다. 개혁이 '애국愛國 위장취업자들' 의 보호색이나 구두선으로 오용될 때의 허탈감은 그만큼 개혁의 당위성을 좀먹고 실질적 개혁을 방해한다. 오히려 그 반작용만 키워 어렵사리 국민윤리의 최상위에 자리매김 해놓은 사회정의와 자유민주의 가치를 노회한 수구의 반역적 전리품으로 헌상하고 만다.

지금은 흔히들 다양성의 시대라고 한다. 겉으로는 민주주의가 제 모습을 찾았다는 유쾌한 새 소식 같다. 그러나 절대적 권력을 해치하고 제각각의 상대적 자아를 존중하려던 순진한 도전은 다시 새로운 반전에 배반당하고 말았다. 다양한 욕구의 시대라고 해석되는 현대는 실은 영웅이 사라진 시대의 대체물 즉 파리 목숨처럼 명멸하는 "특별"을 만들지 않으면 못 견디기 때문이다. 그리고 그 이면에는 교활한 자본주의의 흉계가 숨 가쁘게 작동하고 있다. 이제 다시, 평범한 사람들은 그 상대적 가치를 존중받는 게 아니라 일시적으로 돌출 생산된 가치 즉 특별의 들러리 역할에 충실해야 한다. 그러나 그 특별은 열광의 순간이 지나자마자 거추장스럽고 초라하기 짝이 없는 쓰레기로 전락한다. 그리하여 한때의 어지러운 굿판이 지나간 현장에는 그 용도 폐기물을 처리해야 하는 보통사람들의 피곤과 배신감만 남는다.

보통 사람들. 그 쪽 맘에 드는 단어를 한때 특별한 사람들이 미리 써 먹어버려서 그 비슷한 표현을 찾기가 여간 곤혹스럽지 않다. 성실하고 순박하고 따뜻한, 그러면서도 두드러지지 않고 평범한 사람들. 역사의 현장에서 궂은일은 도맡아 해놓고도 꽃다발은 죄 유명인에게 양보하고 돌아와 흔연히 제 일에만 열중하는 무명들. 전쟁이 터지면 최전방을 육탄으로 사수하고 평화시엔 저마다의 일터에서 제 몫 몇 곱의 땀을 흘리는 숨은 전사들. 애국은 정략적 구호일 뿐 조국과 민중의 피와 땀을 팔아 사욕을 채우기에 급급한 위정자들에게 연례행사처럼 속으면서도 조상의 뼈가 묻힌 조국을 하늘처럼 우러르며 본능적으로 사수하는 음지의 애국자들. 입이 닳도록 자식들에게 정직과 성실을 가르치며 묵묵히 솔선수범하는 진정한 도덕 교사들. 최소한의 의식주에도 감사하며 가족간, 이웃간의 화목을 절대명제로 삼아 살아가는 작지만 따뜻한 사랑의 실천자들. 권리보다는 의무에, 투쟁보다는 평화에, 거짓보다는 진실에, 비난보다는 칭찬에 익숙한 이웃들. 아무리 작은 것도 받고 나면 곧바로 큰 빛처럼 꼭 그 이상 되갚아야만 맘 편한 사람들을 어떻게 불러야 할까. 백성은 좀 고풍스럽고, 민중은 좀 딱딱하고, 시민은 좀 막연하다. 그러나 분명 대다수 이웃이 그런 사람들이기에 기적처럼 이 나라가 지탱되고 있다. 마땅한 이름은 찾기 어렵지만 그런 사람들이 오늘도 열심히 이 땅을 지켜가고 있는 것이다.

길을 가다가 갑자기 길이 뚝 끊어진 곳에 이를 때가 있다. 그때마다 못 갈 데라도 간 듯 이내 되돌아오고 말았다. 그러나 가시덤불 헤치고 벼랑 에돌아서라도 지쳐 쓰러질 때까지 나아가야 했다. 아니면 최소한 몇 발자국이라도 더 다져놓든지. 그것이야말로 길을 먹고사는 신발에 대한 보은이자 예의인 것을. 그러다 보면 생사가 기껏 발자국 하나에 지나지 않다는 호기로 우주를 휘휘 넘나들 통로를 찾아낼 수 있을는지도 모르는 것을. 나는 너무 게으르고 겁이 많아서 한 사코 남이 낸 길만 졸졸 따르다가 여태 내 길이라고는 제대로 가보

지 못했다. 그리고 이제 무수한 발자국 위의 돌이킬 수 없는 낯선 외
길을 가며 눈은 흐리고 무릎은 자꾸 삐걱거린다.

그러나 내 기억 속에 못 박힌 길의 원형, 금수강산은 산마다 봉우
리 둥글고 구불구불한 비탈과 등성이 좇아 골짜기 물도, 강물도 미
꾸라지가 요동치듯 굽이굽이 맴돌아 흘렀다. 초가지붕도 아낙네들
엉덩이처럼 둥글고, 대부분 단층인 기와집도 반달같이 둥근 기왓장
에 새가 살포시 깃을 펴는 품새의 지붕이었다. 마을 수호신인 당산
나무도 춤사위 무르익는 부챗살을 펼쳐놓은 양 둥글고, 산중 터줏대
감인 소나무도 세월을 활쏘기 하듯 구부정하니 둥글었다. 산의 축도
인 봉분도 고봉 밥그릇처럼 둥글었다. 사람 얼굴도 엇비슷하니 둥글
납작했다. 산, 강, 당산나무, 묘와 사람 사이, 그리고 집과 집, 마을과
마을을 잇는 길 역시 지형지물 따라 구불구불하고, 에돌고, 들쭉날
쭉 감칠맛 나게 아련했다. 그래서 방방곡곡이 걸음걸음 천년의 사연
을 머금고 올그랑살그랑 반기는 길과 더불어 알콩달콩 쌓인 정을 나
누어왔다.

그런데 언제부턴가 산허리를 뚫어 터널을 내고, 목을 후려치듯
산 고개를 잘라 고속도로를 만들기 시작했다. 강은 굽이치며 완급을
조절하던 턱과 모롱이를 깎고, 모래를 파내고, 갈대를 뽑아 수직의
새 물길을 각선미 자랑이라도 하듯 닦아놓았다. 초가집은 민속촌의
유물이 된지 옛날이고, 기와집도 납골함이나 규격품의 성냥갑을 쌓
아 놓은 듯 곧추 선 아파트에 치여 변두리나 달동네에 땅강아지처럼
후줄근히 엎드린 외주물집으로 숨죽이고 있다. 도로변은 하늘을 찌
를 듯 늘어선 메타세쿼이아 행렬이 직선의 고공비행을 뽐내고, 소나

무는 전봇대를 꽂아놓은 듯 쭉 뻗친 외래 수종에 쫓겨 시름시름 소름끼치는 괴질을 앓는다. 묘지를 보자. 흙과 공기로 돌아가야 할 시신을 가루로 빻아 사각의 신발장 속에 단단한 열쇠를 채워 가두어 두는 납골당과 납골묘가 신종 고인돌촌 이루어 가뜩이나 비좁은 땅을 천만년 억류해 놓기 바쁘다. 사람들은 또 어떤가. 코를 세우고, 쌍꺼풀을 내고, 턱을 깎고, 억지로 주름살을 펴는 등 오천 년 진경산수화의 흔적을 지우고 피카소의 날선 입체화로 바꾸는 것이 유행이다. 도로를 보자. 고개 넘고 모퉁이 잡아 돌 때마다 무궁무진한 얘깃거리를 머금고 기다리던 구불텅구불텅 낯익은 길은 하루도 거를 수 없는 일기장의 소재 겸 무대이며 숨은 철학자들의 산책로였지만 직선의 고속도로는 주변을 살필 겨를도 없이 귀청이 먹먹한 소음 속에서 졸음에 겨워 오로지 속도만을 좇는 대형사고의 함정이며 전시장이다. 그런데 사방의 바위를 뚫고 언덕을 깎아내고 방죽을 메우고 묘를 파내고 아름드리 고목을 베어내고 제멋대로 천년 물길을 돌려 만든 고속도로 곁에 시간을 초월한 듯 평화롭게 곡선의 여유를 누리던 옛길은 폐허나 미아처럼 흉물스럽게 버려져 있다.

곡선이 바퀴를 상징한다면 직선은 창을 상징한다. 죽창은 직선이다. 인명을 직접 찌르는 잔혹한 흉기이다. 그러나 그것을 반쯤 구부리면 갈퀴가 되고, 아주 둥글게 구부려 바구니를 만들면 벼라별 먹을거리를 담는 그릇이 된다. 구부릴수록 흉기가 이기利器로 바뀌는 것이다. 아이들은 그 테를 굴렁쇠로 굴려 우주를 무단횡단하곤 했다. 88올림픽 개막식 행사 때 전쟁 이미지가 강하던 한국에 평화 이미지를 부각시키며 세계의 시선을 한 몸에 사로잡던 그 아름다운 맵시다. 온몸이 바퀴인 굴렁쇠처럼 바퀴는 둥글수록 잘 구른다. 그러나 그 바퀴를 직선으로 펴놓으면 이내 멈추고 만다.

눈물방울만 한 하나의 빗방울로부터 출발해 망망대해를 지향하는 하천은 자전하면서 공전한다. 그러나 그 걸음은 한사코 느리다. 바다에 이르기 전 되도록 많은 강촌을 먹여 살려야 하기 때문이다. 하여 곳곳에 호수를 만들고, 다리를 잇고, 마을을 살찌운다. 강은 한사코 구불구불해야 자기정화는 물론 더 많은 길이와 유역면적을 거느릴 수 있다. 그리고 그만큼 많은 물을 저장할 수 있다. 그것이 강의 사명이며 역사다. 계곡은 바위나 돌, 그리고 모래가 바닥을 깐다. 강의 보금자리는 모래와 자갈, 그리고 갈대숲이다. 무궁무진하면서도 변화무쌍한 자연의 쉴 새 없으면서도 한갓진 생명놀음의 발씨 익은 현장이다. 그것들은 바닥을 이루며 자동 정수기 역할을 한다. 강의 만수받이로 하수구이며 허파이다.

그 중에서도 갈대는 늘 살아 있다. 살아서 강을 돌본다. 천관산이나 무등산 정상의 억새처럼 뜬구름 벗해 바람결에 유유자적하지 않고, 가장 낮은 곳에 뿌리를 박고 아늑한 둥지를 틀어 숱한 물고기에게 안식을 준다. 밤낮없이 하늘의 산소를 머금어서는, 빗방울의 기억을 잊고 천직인 양 제 사타구니를 간질이며 지상을 흐르는 강을 먹여 살린다. 억새가 소승이라면 갈대는 대승보살인 셈이다. 자칫 억새와 혼동하기 쉬운 갈대는 강이나 습지, 냇가에서 자라는 벼과의 여러해살이풀이다. 갓 쓰다듬어 놓은 붓털이나 몽실몽실 명주실 같은 은발이 일몰의 바람을 불러 목욕재계하는 정경은 절로 잠든 시심을 일깨운다. 줄기의 속은 비어 있지만 뿌리는 단단하기 이를 데 없다. 그 속에서 곤충들과 새들이 집을 짓고 알을 낳으며 보금자리를 펴고 더불어 사는 모습은 볼수록 아름답다. 예전에는 제법 단단한 줄기로는 방 돗자리를 엮고, 볏짚 대신 초가집 지붕을 덮기도 했다. 이삭으로는 방 빗자루를 만들어 썼다. 소는 그 두꺼우면서도 날카로운 갈댓잎을 맛있게 먹어치우곤 했다. 아마 김삿갓의 벙거지도 갈대였을 것이다. 갈대의 땅속 어린 줄기는 죽순처럼 요리를 해서 먹으면 연하고 맛이 달다. 날것으로 먹기도 하는데 달콤한 맛이 난다. 옛날 중국에서는 갈대의 어린싹을 매우 귀한 요리 재료로 여겼으며 지금도 동남아시아 지방에는 갈대 순으로 만든 요리가 있다. 또한 갈대는 귀하게 쓰이는 약초이지만 너무 흔해서 그 중요성을 잊기 쉽다. 한방이나 민간에서 약으로 소중하게 여기는 갈대는 뿌리를 주로 사용한다. 갈대 뿌리는 당분, 단백질, 고무질, 무기염류 등을 간직하고 있어서, 이뇨, 지혈, 발한, 소염, 지갈, 해독, 진토 등의 다양한 약리 효과가 있다. 열을 내리고 소변이 잘 나오게 하며, 숙취를 없애고 간을 보호한다. 돼지고기나 닭고기 등 고기를 먹고 체하거나 중독되었을 때, 갈대 뿌리 말린 것을 진하게 달여서 복용하면 대개는 즉시 풀린다고 한다. 방사능 중독과 그로 인한 백혈구 감소증을 치료하는 효과도 있다. 방사능에 중독되었을 때 갈대 뿌리를 달여 마시면 백혈구 수가 늘어나고 인체의 면역력이 강화되며 조혈기능이 높아져서 차츰 몸의 기능이 정상적으로 회복된다. 해독작용이 강하여 농약중독, 식중독, 알코올중독 또는 중금속중독에 갈대 뿌리를 달여 먹으면 풀린다. 특히 알코올중독에는 갈대 뿌리를 차로 달여 꾸준히 마시면 신통한 효과가 있다. 숙취를 없애려면 음주 전후에 갈대뿌리 차를 마시면 된다. 당뇨병, 황달, 각종 암, 구토, 만성복막염, 폐의 열로 인한 해수咳嗽, 부종, 관절염, 방광염, 소변불통 등의 치료에도 쓰이는데, 갈대의 땅속줄기를 캐서 물에 잘 씻은 다음 그늘에 말려 두었다가 잘게 썰어서 달여 먹는다. 가능하면 깊은 산속 오염되지 않은 맑은 물가에서 자란 것을 쓰는 것이 좋다. 갈대는 독이 없다. 싹, 잎, 줄기, 꽃, 뿌리 모두 약효가 있다. 달여 먹거나 즙을 내 먹기도 한다. 다만 속이 더부룩하거나 차서 토하는 경우에는 복용을 삼가야 한다.

한정된 공간에서의 한계점을 넘어서는 개발은 역주행이다. 마치 개혁이 개악이 되고 마는 것처럼. 지금은 미개발보다 오히려 난개발이 문제다. 웬만하면 거미줄 같은 도로망과 하늘을 찌르는 건물에 갇힌 국토도 이제 좀 쉬고 싶은데, 사방에서 산허리를 뚫고 논밭을 메우고 강을 가로지르고 고갯마루를 깎아 내리느라고 법석이다. 지자체마다 선거용 전시효과를 노리기에는 도로나 건물만 한 게 없는 탓일까. 여기 저기 들쑤셔 얻어진 떡고물로 선거 때 쏟아 부은 본전을 뽑으려는 흑심이 아니라면 도저히 이해가 안 가는 이상한 개발이 곳곳에서 애꿎은 지축을 흔들고 있다. 마치 생화를 치우고 조화를 꽃듯이, 생의 자연스런 율동인 곡선미와 흙의 생기를 짓밟고 직선공학과 콘크리트로 상징되는 죽음의 박제미학이 점령군처럼 들어서면서, 순박하고 끈끈하던 이 나라의 인심이 하루 다르게 칼날 위의 살얼음판처럼 사나워졌다.

눈을 들어 초병처럼 사방에 진치고 있는 산세를 다시금 살펴보자. 아직도 어머니의 젖가슴처럼 둥글기만 하다. 해와 달도 차바퀴도 여전히 둥글다. 계곡은 굽이굽이 굴곡을 따라 그 깊이와 길목을 지키고 있다. 만물이 그렇듯 사람 역시 환경의 산물이다. 인간은 정서의 토양인 자연환경과 생활 여건에 따라 만들어진다. 그런데 태초부터 알뜰살뜰 갈고 닦아온 곡선의 미학, 곡선의 정서, 곡선의 철학을 죽이고 하루아침에 직선적 사고방식을 강요하는 등쌀에 너나없이 정서적 공황에 빠져 방향감각을 잃고 허둥대고 있다. 하천 정비라는 허울의 직선적 물길이 홍수와 물 가뭄의 재앙을 앓듯, 다투어 곡선을 버리고 고딕체 같은 직선을 취하기 바쁜 탓에 너나없이 창끝처럼 날카로워지고 살벌해지고 아예 드러내놓고 이기적이 돼간다. 수천 년 동안 곡선의 원형질을 집단무의식으로 해온 한반도가 외틀어져 홍수처럼 밀려든 직선적 사고방식에 우두망찰하여 남녀노소 없이 크고 작은 정신분열을 앓는 것이다.

그러니 이제라도 무작정 헐고, 자르고, 가로지르던 직선의 행진을 멈추고, 민족의 본태인 곡선의 지혜와, 곡선의 여유와, 곡선의 미학을 최대한 살려나가기로 하자. 그리하여 다시금 흥과 한이 한통속으로 어우러진 끈끈한 정과, 부드러운 여유와, 세모시 같은 순결을 되찾아 세계화의 길목에 내놓기로 하자. 어르고 꺾고 휘몰고 굽이치는 등 민족의 얼과 넋이 흠뻑 고여 있는 판소리 가락은 얼마나 유장하며 은근하며 애절하며 흥겨우며 질펀하며 변화무쌍한가. 겨울 강변에 가보라. 이, 저, 다 사라진 들판과 강바닥에 갈대만이 외롭게 그러나 꿋꿋이 서 있다. 들리지 않는가. 갈대는 오늘도 잊혀져가는 우리의 가락을 되살리자고 애절하게 호소하는 듯 밤낮없이 갈잎피리를 불고 있다.

빗방울이 떨어지고 있다. 떨어지자마자 이름을 버린다. 지상과의 키스 한 번에 천리 길을 쌓아 온 저마다의 언어를 다 버린다. 무수한 '혼자'가 사라져 모두가 하나인 새 이름으로 부활하는 강의 무진장한 언어! 연인끼리 껴안아도 온통 세상이 둘만의 것인데 저 수천 스억의 결합은 얼마나 황홀할까. 그러나 갈대는 그에 비길 바가 아니다. 일찍이 늦봄 굴참나무 잎에서도 보았지만 새순이 목까지 차오를 때까지 화석 같은 고사목으로 제 자리를 지키다가, 바래고 찢긴 갈색 천막이 싱싱하게 푸른 새 요람으로 바뀐 것을 제 눈으로 뚜렷이 확인하고서야 비로소 안도의 눈을 감는 늙은 갈대의 종족사랑은 죽음 앞에서도 제 앞가림을 놓치지 않으려는 지고지순의 언어이다. 어느 모성애가 그토록 끈질기고 장엄할 수 있으랴. 황홀만으로는 설명할 수 없는 자연의 숭고한 생명미학이 오늘도 내일도 이 땅의 강을 마디마디 지켜내고 있는 것이다.

고로쇠

그림자만 쫓아왔다

언뜻 이마가 보인다, 됐다

그 검고 둥근 시간의 향기가
나를 향해 돌아선 것은
허망의 토사곽란이 그친 후였다

이제야 겨우
부끄러움이라는 것을 알겠다

그 말이 죄로 무르익을 때까지
기다리려고 한다

벌은 이미 받았으니

가만히 껴안을 일만 남았다

- 「길동무」

　농사라고 텃밭 두어 되지기 붙이다보니 다행히 게으름은 면하겠는데 자연의 텃세가 만만치 않다. 그 중에서도 씨 고르기가 쉽지 않다. 고루 뿌리기는 한결 아찔하다. 헌데 마음에도 씨가 있었다. 보이지 않아서 싹 틔우기 더욱 어려웠다. 한 치만 잘 못 뿌려도 십리 백리 멀어졌다. 마음이라는 게 이랑도 고랑도 가늠이 아득한데다가 도무지 손에 잡히지도 않는 씨를 얼마만한 깊이로 수굿하니 덮어줄지 난감하기만 했다. 하여 내 마음씨는 이제나저제나 봄에 이르지 못하고 발탄강아지마냥 겨울 밭에 서성이기 일쑤였다.

　아득한 옛날, 최고 권력의 부귀영화를 썩은 장애물처럼 버린 부처는 세상을 일컬어 고해라고 했다. 생, 노, 병, 사가 주원인이었다. 그것은 속손톱처럼 도저히 자를 수 없는 사슬이었다. 한편 그 네 가지 고통의 원소 중에서 그래도 병고는 웬만큼 제 힘으로 다스릴 수 있다. 결코 누구도 빠져나올 수 없는 생, 노, 사, 세 개의 폐쇄회로와 달리 신의 배려인지 실수인지 모르지만 슬며시 열어 놓은 유일한 비상구이기 때문이다. 반면 병은 그 삼중고 보다 직접적인 고통이 따른다. 몸의 병도 그렇지만 마음의 병은 안팎별로 더 고통스러울 때가 많다. 그러나 살피살피 모두숨으로 병을 치료하다 보면 오히려 예전보다 좋은 건강을 이룰 수도 있다. 특히 마음의 병을 다스리다 보면 비상한 정화淨化와 초월의 경지에 이를 수도 있다. 씻은 듯 부신 듯 고통이 사라지고 일찍이 경험하지 못한 상쾌하기 이를 데 없는 환희를 맛보게 된다. 병고를 통해 생, 노, 사를 일거에 해결할 수 있는 것이다. 비로소 사중고의 철벽이 연꽃 향기 은은한 해탈의 문으로 활짝 열리는 것이다. 그러나 중요한 것은 자신이 엇눕듯 섞어작으로 병들어 있음을 알아야 한다는 사실이다. 그래야 자진해서 열심히 치료할 것이 아닌가.

산에서 내려와서는 세상 이야기를 해야 한다. 산에서는 세상에 내려가기 위해 심신을 가다듬는 것으로 족하다. 산의 터줏대감인 초목을 두고 감히 시답잖은 가납사니가 산에 대해 곤댓짓하듯 겉발림한다는 것은 망발이다. 산에서는 경청만이 허용될 뿐 정작 산 이야기는 세상에 내려가서 숫사람처럼 몸으로 해야 가락맞다는 이야기다. 다시 말해 산의 언어를 세상의 문법에 두발걸이 하여 오염된 세상의 잡음을 어연번듯이 하자는 것이다. 법정의 죽비소리는 산중의 "텅 빈 충만"으로 세상을 걸러내고 있기에 귀 조일만하다. 어찌 우리가 가을하늘에 대고 새삼 청명을 이를 것인가. 다만 그 청정무구를 빌려 고비늙은 지상의 오욕을 씻을 따름 아닌가. 참회는 미완과 결핍에게 허락된 의무이자 권리이다. 산은 그 미완과 결핍을 보충해 주는 충전소이다. 세상의 혼탁에 대한 죄가 깊어서 대자연의 천연지덕을 배우고 부지런히 그 아름다움을 익히러 드는 저잣거리의 발길들에게 산행의 참따란 의미가 주어진다. 산 이야기는 산승이나 자연생물학자, 수목원 연구원 등의 말과 글만으로도 질과 양 모두 넘친다. 바쁜 세상에 새삼 깊은 산의 고목을 해체 작업 중인 파브르의 개미 이야기를 내 것인 양 다시 새김꺼리 삼을 필요는 없다. 산에서 확인하고 온 '파브르 개미' 그 근면과 협동처럼 작더라도 굼슬겁고 성실하게 세상에서 실천하는 것이 산을 살팍지게 다녀온 진정한 보람인 것이다. 따라서 하필 난세에 가르친사위처럼 산중에 발을 묶는 것은 비겁이요 "인간人間"에 대한 직무유기다. 세상이 혼탁하고 골틀릴수록 산에 있다가도 덧정을 치르러 쫌맞게 내려와야 한다. 산에서 새긴 정갈한 언어로 세상을 곱고 후련하게 뒤맑혀야 한다. 산에서 갈고 닦은 자연의 소리 향기를 혼탁한 세상에 되틀어야 한다.

지금은 전 세계가 자본주의의 각통질에 다름 아닌 신자유주의의 찌꺼기를 안고 폭탄 돌리기를 재우치고 있는 미증유의 위기이다. 한가하게 산에 묻혀 엉정벙정 에멜무지로 천년 산경山景을 흥글방망이 놀 겨를이 없다. 이럴 때 백이숙제를 들먹이며 공해에 찌든 울분이나 설움을 산에서 씻으려든다는 것은 괜히 곤쇠아비동갑처럼 산에게 못할 일일 뿐 아니라 세상에도 용서받기 어려운 배반이다. 막상 산에 가봐야 어디 머물 만한 곳이 있는가. 젊을 적에나 겨우 허락되는 삭발 말고는 극히 소수에 한정된 별장 개념의 임시휴식밖에는 다땅히 숨을 곳이 없다. 그러니 이 글에서 "산"은 버젓이 세상 복판에 몸담고 살면서도 주변의 참혹하고 대잔한 현실을 아득한 산 아래 단 세상처럼 눈감고, 골 깊은 산담강론山談江論이나 흉내내며 야비다리 치는 것을 골집사납게 이르는 상징일 따름이다. 속세의 때는 속세에서 씻어야 한다. 사회의 녹을 먹고 살아온 처지라면 힘들수록 피하지 말고 그 빚을 사회의 일선에서 되갚아야 한다는 이야기다. 버려두고 온 이웃들은 진창말이 속에서 어쩌라고 자기만 편하겠다며 나

몰라라 반기지도 않는 산중의 이방인으로 뺑소니치려드는 것인가.

　두문동을 돌이켜보자. 조선의 경우는 일제식민지와는 다르게 외적에게 영토를 도륙당한 것도 아니다. 민족의 주권이 사라진 것도 아니다. 단지 정권만 바뀌었을 뿐이다. 그러니까 곧은불림하자면 두문동의 실상은 충군忠君이지 충국忠國은 아닌 것이다. 감히 그들의 절조를 폄하할 생각은 없지만(특히 요즈음처럼 극과극의 변신을 거듭하며 한 치 앞의 이익만을 좇기에 급급한 세상에는) 정몽주처럼 의연히 목숨을 걸고 새 물길을 막으려들지 않을 바에야 조선조의 숱한 사대부처럼 파란 많은 국정에 직접 참여하여 역시 목숨을 걸고 국리민복을 위해 헌신하는 방법도 있지 않은가. 더욱이 지금은 "모든 주권은 국민에게 있고 모든 권력은 국민으로부터 나오는" 대한 민주공화국시절이다. 굳이 거창할 것까지도 없다. 멀리 갈 것도 없다. 지금 사방은 따뜻한 손길을 기다리는 절박한 이웃들로 넘친다. 말 한 마디라도 좋다. 시 한 편이라도 좋다. 도저히 어쩔 수 없어 스스로 운명을 거스르기 직전의 그들에게 흘리는 눈물 한 방울도 좋다. 그러나 많이 배우고 많은 것을 누린 터일수록 그 큰 빚에 값하는 대동사회의 간잡이그림을 앞동질러 그려야 할 것 아닌가.

　어려운 시기이다. 가난을 밥 먹듯이 앓던 시절에 당하는 춘궁기나 풍수해가 아니다. 제법 몸티가 나 헛배 부르고 기름기 낀 '풍요의 가수요'에 날 바람. 잡혔다가 졸지에 그 풍선이 터져 참담한 공황 상태로 낙장거리하는 전대미문의 역주행이다. 선운사 복분자 술이 청와대 진상품의 영예를 누릴 때만 해도 복분자는 선운사 안통에서만 재배되는 희귀식물이었다. 그러던 것이 점차 그 효용 가치가 매스컴

을 타기 시작하자 인근은 물론 삼남 도처로 삽시간에 전염병처럼 퍼
져나갔다. 그러나 몇 해 못 가서 기름진 밭마다 얼키설키 가시 넝쿨
이 넘쳐 인건비조차 건지지 못할 지경에 이르고 말았다. 복분자뿐이
아니다. 양파가 그렇고, 고추, 피망, 수박, 밤, 귤, 감, 매실 등 숱한
채소와 과일들이 각지에서 기약도 없이 대량생산되어, 그동안 짭짤
한 소득을 누리던 토박이 생산자들의 가슴을 후벼 파기 일쑤다. 기
초적 수지타산도 없이 무작정 덤벼드는 몰지각 탓에 도련님 천량처
럼, 애써 지은 농사를 너나없이 망치고 마는 악순환이 계속되는 것
이다. 어디 그뿐인가. 식당이 그렇고, 미용실이 그렇고, 택시가 그렇
고, 대학이 그렇고, 교회조차도 그렇다. 웬만한 기술 하나만 지녀도,
웬만한 장소에 가게만 열어도 부지런하고 성실하기만 하면 가족의
생계는 평생 보장되던 시절은 옛날이 되고 말았다. 어떤 기술과 가
게도 예전처럼 대를 이어 전통적 안정을 누리는 무풍지대는 찾아볼
수 없게 되었다. 수요와 공급에 있어서 최소한의 균형조차 깨진 시
장마다 탄력과 활기를 잃고 판 설은 공급과잉의 쓰레기장으로 쇠락
해 가고 있다. 거리거리 골목골목에서, 식당 문을 닫은 이들은 옷 가
게를 열고 옷가게를 닫은 이들은 또 식당을 차린다. 그러다가 함께
포장마차나 노점상으로 내몰린다. 그런데도 직장에서 쫓겨나거나
어렵사리 퇴직한 이들은 몸가축할 겨를도 없이 몇 푼의 퇴직금을 털
어 무분별한 경쟁업체의 난립으로 그 분야의 전문가조차 헛입노릇
만 하고 있는 죽음의 계곡 속으로 뛰어든다. 얼어붙은 고용시장에서
실직자들의 유일한 선택은, 보이지 않는 악마의 덫처럼 손쉬운 문이
열려 있는 처질거리 자영업자가 되는 길 외에는 도리 없기 때문이

다. 그런 판에 가뜩이나 주눅이 든 실직자에게, 이나저나 포화상태
로 제구멍박이에 다름 아닌 현장을 눈 가린 채 조리사에게 미용사
자격증을, 미용사에게 조리사 자격증을 안겨주며 조리복소니를 만
들 요량의 악성 경쟁을 부추기고 있다.

"제3의 물결"을 타고 급습해오는 첨단 시스템과 첨단기기에 밀려
농업 인구와 제조업 인구가 급격히 줄어들고, 미처 검증되지도 않은
'금융 도박'과 대책 없이 부풀린 서비스업이 이상난동을 부리면서부
터 고용 불안과 시장의 몰락은 이미 예견된 터였다. 그런데도 그동
안 정권마다 국민의 절대 다수인 서민층 고용의 대부분을 차지하는
중소기업의 중요성을 강조하면서도 장기적 인내가 소요되는 탓에
우선 먹기는 곶감이 단 대기업과 금융 서비스 일변도의 정책에만 급
급해 온 것이다. 더불어서 세계화라는 죽기 살기 식 무한경쟁의 난
기류에 편승하여 아직도 당연한 듯 실업대란 속 구조조정의 산실인
"대형화"만을 다투어 부추기고 있다. 그러나 양극화의 지름길인 중
산층의 급작한 붕괴는 심각한 후유증을 낳을 수밖에 없다. 사회 안
전망을 위협하는 서민층의 확산을 의미하기 때문이다. 중산층이 허
리를 받치지 못하는 경우의 경제적 취약은 특별한 제어장치가 있지
않는 한 심각한 '사회적 취약'으로 변질되기 마련이다. 그리고 그것
은 자유와 민주주의의 후퇴, 즉 '비상독재非常獨裁'의 나락으로 기우
는 위험천만한 빌미가 되기 쉽다.

지성의 역할은 예방이 최선이고 투쟁은 최후의 수단이다. 거시적
으로는 는질맞게 올골질 치며 번지는 반인간적 사회악과 부도덕을
들추고 씻어내 자칫 반복될지도 모르는 끔찍한 역사적 과오를 미연

에 막아야 하고, 미시적으로는 남볼정 없이 울음빛으로 침울해진 이웃과 더불어 어려울수록 건강하고 따뜻한 믿음과 정을 노느매기하는 사회풍토를 가꾸어 나가야 할 때다. 부자의 함정인 "낙타의 바늘구멍"처럼, 일방적 경제의 독주는 가난과 고통의 담금질을 통해 다져진 고유의 인간성을 삭막하고 각박하게 퇴화시키기 마련이다. 영육靈肉 간에 있어서 정신과 물질이 나란히 가는 것이야 두말할 나위 없이 좋지만 아직 그러지 못할 바엔 당연히 정신이 물질에 앞서야 한다. 그런데 주종主從의 선후가 바뀌어 물질의 선걸음에 정신이 뒤따르지 못한다면 격차가 벌어질수록 사회는 그 맹독성 병세가 뇌꼴스럽고 치명적일 수밖에 없다. 잔밥에 빠져 울레줄레 허깨비걸음 하느라고 완벽할 틈이 없는 인간의 작품인 이상 어떤 제도도 완벽할 수는 없다. 자본주의 역시 화려한 둥요의 치마폭 속에 서털구털 심각한 불안 요소를 숨기고 있다. 지혜롭게 그 시한폭탄을 제거하지 못하면 팽창하는 내부 압력에 의해 갈가리 찢겨질 수도 있다. 욕망은 자본주의의 일등공신이지만 몸집이 지나치게 비대해지면 파멸을 부르는 역신으로 변한다. 그러기에 체중을 적당히 관리하는 부자 몸조심이 필수적이다. 그것은 남는 것을 모자란 곳에 흘러 보내는 자연스런 지혜여서 마음만 조금 비우거나 바꾸면 결코 어렵지 않다.

영국의 물리학자 가볼은 『성숙사회』에서 "정체와 억압이 없는 자유와 문화가 성숙된 사회에서는 양적 확대보다 생활의 질과 정신적 가치를 추구하는 존재중심의 양식이 보편화된다"고 했다. 제레미 리프킨 역시 『노동의 종말』에서 "더 이상 소유는 필요치 않다. 자본주의의 새로운 단계가 시작되었다"고 했다. 일찍이 소유와 존재 중 택

일을 요구했던 에리히 프롬도 같은 맥락의 목청을 높였다. 그뿐인
가. 베버의 입을 빌리면 그 일부 후예들에 의해 자본주의가 생장하
긴 했지만 당시에는 한사코 탈소유적 공존을 강조했던 "구세주"에게
먼저 '사랑의 목적어인 존재' 의 말마투리를 바쳐야 할 것이다.

　더불어 산다는 것은 소유보다 존재에 가까운 생활모습을 이른다.
그러나 존재의 삶에 기반을 둔 대부분의 공동체 생활이 불협화음을
일으키는 것은 개인의 자유와 다수의 생존이 충돌하기 때문이다. 공
동체는 다수의 개인을 위해서 존재할 때 참 가치가 있다. 개개의 고
유한 삶이 모여 이루는 단체는 그만큼 다양한 개인의 건강한 삶을
보장하는 근거이자 보루여야 한다. 그러나 그 개인이 다수가 아닌
소수일 경우에는, 자유라는 허울 속에 갇힌 다수의 개인이 독점적
소유를 누리려는 소수의 개인을 위해 봉사하는 독재적 반민주로 변
질되어 공동체의 의미는 상실되고 만다. 사회라는 거시적 틀 안에서
소수의 존재도 존중되어야 하듯이 다수의 존재를 위해 소수의 소유
가 절제될 때만 공동체의 삶, 즉 진정한 민주주의는 비로소 그 벅찬
말갈망을 할 수 있다.

　그런데 나무와 사람들이 해포이웃하며 평화롭고 정겹게 살아가
는 마을이 있다. 대대로의 심산유곡에 터 잡은 속칭 고로쇠 마을이
다. 사람들은 낯선 침략자의 무분별한 채취나 병충해로부터 나무를
지켜주고 나무는 그런 사람들에게 꿀이나 젖처럼 일정량의 수액을
선물한다. 그들이 나무를 다루는 자세는 한가뭄 때 기우제를 지내는
몸가짐만큼이나 경건하고 정성스럽다. 고로쇠마을에서는 철저한 규

약이 있다. 가슴 높이 아래나 지름 10cm 이하의 나무는 채취하지 않고, 수액 채취는 한 해에 한 번만 하며, 구멍은 한쪽에만 치우치지 말고 분산하여 한 두 개만 뚫는다는 기본 수칙은 물론이고, 채취가 끝난 직후 호스 또는 실리콘마개를 제거하고 세균이 침입하지 못하게 치료약을 발라주는 것이다. 채취 전 산신제를 지내는 것으로 시작되는 수액 채취는 마을 전체의 공동 작업이며 수입도 공동분배이다. 농어촌의 작목반이나 어촌계처럼, 작은 마을이 나무를 매개로 공존하며 애옥살이지만 아름다운 '존재의 삶'을 동살 잡히듯 실현하고 있는 것이다. 너나없이 고로쇠가족인 마을사람들은 고로쇠물의 정기를 받아서인지 달고 맑고 소박하다. 그러나 그곳의 고로쇠나무도 인간의 손길이 닿지 않은 것만은 못하다. 원치 않는 상처를 안고 살아야 함은 물론 고유의 자연성을 잃어가기 때문이다. 단풍나무과 단풍나무속으로 단풍나무와 비슷하지만 키가 훨씬 큰 아름드리 고로쇠나무에는 청정약수로 애용되는 다량의 수액이 깃들어 있다. 수액은 비오는 날에는 잘 나오지 않는다. 오히려 맑은 날에 잘 나온다. 비오는 날에는 잎과 줄기에서 충분한 수분을 취할 수 있어서 구태여 내부에서 구하지 않고, 맑은 날에야 뿌리에서 물을 빨아올리기 때문이다. 이른 봄 나무에 구멍을 뚫어 흘러내리는 즙을 받아 마신다. 달짝지근한 물은 많이 마셔도 배탈이 나거나 질리지 않는다. 수령 15년 이상의 나무에서는 그루 당 100리터 정도의 수액을 받을 수 있다. 수액을 먹을 수 있는 나무로는 고로쇠나무, 거제수나무, 박달나무, 층층나무, 호깨나무, 노각나무, 머루덩굴, 다래덩굴, 으름덩굴, 자작나무, 단풍나무, 서나무, 피나무, 삼나무, 대나무, 개머루덩굴 등이 있는데 그중에서도 단연 고로쇠나무를 으뜸으로 친다. 2월 초부터 4월 초까지 약 두 달에 걸쳐 채취하는 고로쇠 물은 진자리에서 곧장 먹는 것이 최상이지만 일단은 냉장고에 보관해야 신선하고 오래 먹을 수 있다. 인체에 쌓인 노폐물을 소변으로 걸러내기 위하여, 사우나탕이나 장작불을 지핀 황토방에서 밤새도록 땀을 흘리며 고로쇠 물을 마시는 진풍경은 이른 봄마다 되풀이되는 연례행사이다.

뼈에 이로워서 골리수骨利樹라고도 표기하는 고로쇠수액은 수목의 뿌리가 자체적으로 걸러낸 알칼리성으로 당도가 높고 마그네슘, 칼슘, 미네랄과 아미노산 등이 풍부한 것으로 알려져 있다. 신경통, 골절상, 관절염, 풍습사지마비동통, 수렴, 타박상, 소화불량, 당뇨병, 신경통, 위장병, 각기병 예방과 치료에 효과가 좋다. 나무껍질에는 탄닌과 배당체가 들어 있어서 고약 원료로도 쓰인다. 나무모양이 수려하고, 다채로운 빛깔의 단풍이 고와서 정원과 공원, 유원지의 관상수로도 심는다. 단단하고 매끈한 목질은 체육관 마루, 운동기구, 장식품, 피아노 엑션 부분을 만드는 재목으로도 환영받는다. 잎은 천연염료로도 쓰인다.

고로쇠에 관한 전설로 통일신라 말 고승인 도선국사가 광양 옥룡사에서 수행 중 무릎이 펴지지 않아 나뭇가지를 잡고 일어서다 부러진 나무가지에서 물이 나와 이를 마시니 무릎이 펴지고 원기가 회복되었다는 설이 있는가 하면, 한 노인이 산길을 걷다가 다리가 부러져 걸을 수가 없었는데 토끼가 나무에서 목을 축이고 가는 것을 보고 그 물을 받아 며칠간 마셨는데 부러진 뼈가 다시 붙고 원기를 회복하였다는 설이 있고, 지리산 반야봉 반달곰이 포수의 화살에 맞았

을 때 산신령의 계시에 따라 고로쇠나무 수액을 마시고 깨끗이 나았
는데 갑자기 몸이 허약해진 변강쇠가 소문을 듣고 뱀사골을 찾아가
고로쇠 수액을 마시고 건강을 회복했다는 설처럼, 다양한 전설이 끊
이지 않는 것을 봐도 고로쇠 수액은 뼈와 원기회복에 좋은 음료로
오래 전부터 남쪽 지방에서 널리 애용되어 온 사실을 짐작할 수 있
다. 우리 조상들은 삼국시대부터 지리산 천왕봉에 단을 쌓고 야다하
면 하늘과 산에 주민의 안녕과 풍년을 기원하는 제사에 고로쇠나무
에서 채취한 수액을 올렸고, 신라의 화랑들은 신비의 영약으로 즐겨
마셨다고 한다.

그러나 사람들의 관심을 끌기 시작하면서 고로쇠나무도 만수받
이의 갖은 고초를 당하고 있다. 무분별한 벌목과 수액 채취로, 흔적
도 없이 사라지거나 너무 많은 수분을 빼앗겨 시들시들한 것들이 늘
어나고 있는 것이다.

암벽 틈, 홀로 함초롬한 패랭이꽃처럼 나는 내가 사막의 오아시
스로 자수성가한 줄만 알았다. 그러나 나는 헤아릴 수 없는 은혜의
숲에서 낳고 자란 무수한 잡초 한 이파리에 지나지 않았다. 그러니
까 내가 아득한 은혜의 분신인 것을 뼈저리게 알기까지 오십 년도
넘게 주춤새를 떨었다. 하늘에서 혼자 떨어진 줄 아는 부자가 가난
한 이들의 피눈물로 밑 빠진 독을 채우려들듯이 나도 주변의 숱한
걱정과 기도, 때로 누군가의 모진 상처 속에서 올가망하게 오늘에
이른 것을. 한 발 또 한 발을 뗄 적마다 아픈 등을 스스럼없이 받쳐
주는 땅, 거친 숨 다소곳이 걸러 되돌려 주는 공기, 내가 만든 양 함

부로 뒤굽 밟아 신고 있는 가죽구두, 아침에 먹은 현미밥과 햇나물, 날마다 어김없는 몇 통의 안부 전화, 그것을 위해 쉴 새 없이 바쁜 발길들을 생각할수록 내 뻔뻔스럽고 생게망게한 불감증이 아찔하기만 하다.

형제가 밤새 제 노적가리를 헐어 형은 아우의, 아우는 형의 노적가리에 보태다가 날이 밝자 생파같이 서로를 알아차리고는 얼싸안고 여흘여흘 운 이야기가 있다. 그 아름다운 전설을 낳은 땅이 바로 이 나라다. 그 이야기 속에는 이데올로기도 철학이나 종교도 황금도 말고 오직 형제라는, 더 크게 말해 이웃이라는 사회적 대명제가 나라의 일차적 근간으로 우선할 뿐이다. 흥부와 놀부 이야기도 있지만 그도 결국은 더불어 사는 사회를 위한 권선징악의 극적 장치에 다름아니다. 금 덩어리를 주웠다가 강에 던져버린 이야기에도 역시 외떨어진 부귀영화보다 이웃이 소중하다는 공동체의식이 짙게 깔려 있다. 그렇듯 철저한 차별사회였던 왕정시대에도 이웃은 고루 정답고 평화롭게 살아야 한다는 지극히 자연스러운 상식을 아금받고 있었다. 어린 백성을 잘 보살피는 일이 요순을 거울삼는 어진 임금의 마땅한 왕도이듯이, 제대로 된 사대부는 지고의 가치 기준인 청렴결백을 통하여 몸소 이웃과 더불어 사는 모범을 실천하였다.

어쩌면 지금은 존재의 시대에 들어서기 전, 소유의 망령이 생청을 떨며 최후발악을 하는 과도기인지 모른다. 아담 스미스의 "보이지 않는 손"을 적당한 제어장치라고 번역한다면 분명 미친 소유의 과적을 덜어 가볍고 알찬 존재의 멍석을 펴는 내실 있고 정제된 새로운 체질의 '인간적 자본주의'가 다가오고 있어야만 한다. 비록 황금만능의 소유 중독에 빠진 광란의 소나기를 피해 잠시 숨죽이고 있지만 인간 본연의 양심과 진실에 목마른 지성들은 때가 되면 분연히 일어나 짚둥우리 태우듯 섬쩍지근한 소유의 망령을 거두어 내고 존재의 축포를 터트릴 것이다. 고로쇠나무와 고로쇠마을사람들을 채받아 자연과 사람이 최소한의 거래 속에서 최선의 공존을 앞갈망해 가는 세상이 잔다리밟듯 오고 있는 것이다. 그것이야말로 최초의 설계자이기에 최후의 보루일 수밖에 없는 신의 존재를 증명하는 유일한 공식으로 그 어련무던한 모두숨의 애잇머리이기 때문이다.

와송

애써 길을 내지 마라 길이 있으면

또 곧 떠나야 한다

빈집에 군불을 지피지 마라

머물 곳이 없어야 떠날 곳도 없다

길에 이름을 달지 마라

이름이 없어야 애먼 발길 모여들지 않는다

산은 천년을 가부좌한 채

모였다 흩어지는 먼지를 지켜보며

제 키를 가누듯 꽃은

실컷 웃은 뒤 열매를 거두는 맛에

제자리서도 날마다 해를 굴리는 것을

맨 날 길 위의 나그네여

구름이 가자더냐 바람이 가자더냐

늙지도 않고 첫사랑이 자꾸만

사라진 길 되돌아가자고 보채더냐

— 「길 말리기」

굽이굽이 산모롱이를 지나다 보면 고갯마루쯤 성황당이 쉼터처럼 기다리고 있었다. 사람들은 그 앞에서 잠시 걸음을 멈추고 탑을 쌓듯 돌멩이를 하나씩 얹어놓고 고개 숙여 두 손을 모았다. 어머니는 산신에게 기도를 드리는 것이라고 일러 주셨지만 왠지 으스스 하고 궁금증은 더해만 갔다. 그 두려움과 신비는 초등학교 들어가면서 싱겁게 깨졌다. 나는 그것은 어리석은 미신에 지나지 않는다고 어머니를 가르치려 들었다. 그러자 어머니는 평소와는 전혀 다른 어투로 다음과 같이 말씀하시는 것이었다. "눈에 보이지 않는 신에게 빈다고 하여 미신이라고 한다면 하느님이나 부처님께 비는 것도 마찬가지이겠구나. 하느님이나 부처님처럼 산신도 한 분의 신이시지. 그리고 그 신은 어디에나 함께 하신단다. 그러니까 성황당마다에도 신이 계시는 것이지. 성당이나 암자처럼 저 신이 계시는 고갯마루도 재숫재라고 한단다. 신에게 재수를 빈다고 해서, 거기에 정성껏 빌면 재수를 준다고 해서 붙여진 이름이지. 성당이나 암자도 사람 손으로 만들었지? 보이지 않는 신에게 행복을 비는 것은 여느 교회나 절과 다를 바 없단다. 더욱이 여러 사람의 정성과 소원을 모아 하나의 탑을 이루고 신을 모시는 것은 소중한 풍습이며 아름다운 풍경이지. 하느님이나 부처님만 신이고 산신은 신이 아니라는 것은 철수나 영희만 사람이고 너는 사람이 아니라는 것과 뭐가 다르겠니? 십자가 불상 앞에서 드리는 기도와, 저처럼 손수 신을 어루만지듯 드리는 기도가 차이가 있다면 오히려 그것이 미신이겠지. 기도의 가치는 얼마나 깨끗한 마음으로 간절하게 비느냐에 달렸지 어디에서 누구에게 비느냐가 중요한 게 아니란다." 종교와는 거리가 먼 것만 같던 어머니는 나름대로 신앙의 본질을 꿰뚫고 계셨다.

세상이 도대체 얼마나 더 말휘갑을 치며 뻔뻔스러워져야 하는가. 인간의 저질과 추악성이 아드등아드등 기를 쓰고 그 바닥을 드러내기 시합이라도 하는 걸까. 이기심과 거짓으로 세상이 아가리질 치며 미쳐간다. 어쩌면 지금 우리가 딴 우주에 와 있는 것은 아닐까. 한 치 앞도 내다보기 어려운 시기이다. 인간의 변덕이 이토록 감때사납고 극성맞아도 되는가 걱정스럽다. 자기 자신조차 믿기 힘든 불신의 질곡을 어떻게 하면 아금바르게 벗어날 수 있을까. 교활한 실리가 진정한 이상理想의 상위개념으로 자리매김 되고, 수단이 아닥치듯 목적의 상전으로 둔갑하고, 동물적 기능이 아령칙하게도 인간적 성실을 대신하는 사회에서는 사람은 그만큼 왜소해지고 아근바근 순간의 지배를 받을 수밖에 없다. 이럴 때일수록 아리잠직한 평상심이 잣대다. 할 수만 있다면 아수룩하니 느린 걸음 박자삼아 알음알음 사물과 진지하게 대화하는 법, 절망의 늪 속에서도 감사하며 희망하는 법, 어제보다 오늘을 진실하고 즐겁게 지내는 법을 남은 시간의 암팡스러운 시계추로 삼아야겠다. 하루해는 저녁노을의 명암에 따라 그 일일결산이 좌우된다. 세상이 혼탁할수록 맑고도 뜨겁게 나날을 앞치레할 수 있다면 얼마나 아름다운 생이겠는가.

어진혼 나간 내 아뢰야식의 심연엔 아직도 깊은 밤 어머니의 다듬이 소리가 짙은 음영을 드리우고 있다. 달빛 곤한 조롱박을 머리에 인 채로 헐벗고 때 절은 지상의 살소매를 서털구털 꿰매고 있는 초가삼간. 잔치 끝물이나 장날마다 어김없이 숨죽이고 치르는 아버지 술 치다꺼리. 그 얼없는 주정이 황소울음 같은 코골이 속으로 묻힌 뒤면 골방에서는 어김없이 다듬이 소리가 났다. 아무리 쓸어내려도 가시지 않는 오목가슴 치다가 새까맣게 피멍이 들면 어머니는 한밤에도, 새벽에도 불끈 불끈 일어나 외딴 집 정적을 깨우셨다. 박가분 훔쳐 바르고 밤 마실 잦던 누나는, 금족령이 내린 날이면 울컥울컥 마당에 나가 달빛에 반사된 눈물 얼룩을 해가지고 들어와서는 괜한 다듬이를 적시며 한참 어머니의 자리를 빌리곤 했다. 때로는 퍽퍽 붓는 통곡이요, 때로는 푹푹 찌는 울분이며, 때로는 폭폭 저미는 한숨인 방망이는 더 이상 닳을 군살이 없는 맷집과 어울려 겨끔내기로 가학과 피학의 경계를 오락가락했다. 어쩌다 환청처럼 귓전을 스치는 아버지의 낯선 너털웃음만큼이나 재우치는 가락은 이내 바짝 조인 숨결 덴겁하게 삭아 내리는 어머니의 속울음 속으로 숨고, 나는 자장그네를 타듯 감실감실 그 메아리를 좇다가 흥건한 침을 물고 스르르 잠이 들곤 했다. 늘 입술 앙 다문 터였지만 어머니의 방망이질은 누나와는 깊이와 울림, 맛이 완연히 달랐다. 그러나 누나의 가볍고 거친 고음도 차츰 어머니의 깊숙하고 숨 고른 저음을 닮아갔다. 한국동란 후 얼치기로 엮어놓은 초가를 무대로 이루어지던 모녀 듀엣의 야상곡 연주회였다.

서민들의 애환으로 둥지를 튼 초가는 민족의 원형질적 향수를 자극한다. 쑥과 마늘을 움켜 쥔 웅녀의 동굴 속 집단무의식을 한사코 둥그렇게 둘러씌운 이엉은 제철을 만난 북서풍을 고수삼아 들뜬 치마폭을 들썩들썩한다. 그러면 새끼줄은 잔뜩 뒤틀어 바짝 사린 몸을 씨줄과 날줄로 엮은 단단한 포승을 옥조여 부랴사랴 이엉의 바람기를 재운다. 사실 이엉과 새끼줄은 용틀임하듯 머리를 틀어 대미를 장식하는 용마름과 더불어 한몸에서 태어난 형제이지만 걸핏하면 시위대와 진압부대처럼 갈등을 일삼는다. 그러나 오래지 않아서 원심력과 구심력, 저항과 속박, 탈옥수와 간수로 나뉘어 그물과 물고기의 팽팽한 긴장을 앓던 몸과 몸을 바싹 기댄 채로 동시에 썩어간다. 그리고 급기야는 완연한 화해를 이루어 수구초심의 민족적 원형을 회복한다.

초가에 비해 기와집은 귀족적이다. 낱장도 그렇거니와 지붕 전체의 모양새도 귀족다운 자태와 이미지를 지녔다. 귀족하면 얼핏 연상되는 권력과 부패와 탐학의 정치성을 저만큼 부려놓고 단순히 그 품위만 지켜보는 미학적 풍취의 격이 그렇다는 얘기이다. 들여다볼수록 서로가 딱 그만큼의 머리 부분을 이웃에게 바치고 튼실한 받침이 되어 물 흐르듯 층층 연대의 사회공학을 이루는, 다시 말해 서로의 몸을 기꺼이 내주고 빌려 '고도의 평등문장'을 완성한, 바르고 고르고 아름다운 문자들의 잔치다. 언뜻 착각하게 되는 상명하복의 종적 수직이 아니라, 종과 횡이 하나 되어 서로의 키를 엇비스듬히 추켜세운 그 '횡橫수직적 수평'은 빗물이 잘 흐를 만큼의 적당한 각도를 한결같게 유지함으로써 썩지도 뒤틀리지도 않고 탄탄한 이상적 구조를 이룬다. 한사코 권력과 계급을 생산하여 먹고 사는 귀족사회의 먹이사슬에 얽힌 약육강식 법칙과는 궤를 달리하는 고도의 상생이자 협업인 것이다. 그러기에 그 중 깨지거나 닳은 기왓장이라도 나오면 그 자리에 맨손으로 새 기왓장을 살짝 끼워 넣기만 하면 언제 그랬냐는 듯 흔연스레 당장 한 식구로 어울릴 수 있다. 초가지붕 위에서 이엉을 다독이고 있는 새끼줄의 경우처럼 밖으로 드러나지는 않지만, 애당초 기와와 한 몸인 흙이 기왓장을 꼭 끌어안고 백년동혈의 아름다운 결사를 이루기 때문이다. 낡으면 자연의 품으로 서둘러 돌아가는 초가나, 몇 백 년이 지나도 고고한 품위를 잃지 않는 기와집 역시 자연의 순리를 거스르지 않고 제 역할을 다하는 자연친화적 입장에 있어서는 다를 바 없다. 그 유구한 면면이 곧 백의민족으로 표상되는 배달겨레의 탯자리이자 보금자리인 것이다. 초가지붕에서 흥부의 박 덩어리가 보름달과 크고 둥글기를 겨루고 굼벵이는 7년 한을 풀 7일 동안의 울음을 굽듯이, 기와지붕에서는 와송이라는 희귀한 토종 야생초를 꽃피운다. 그 빛깔이 바랜 듯 잿빛에 가까운 것은 그만큼 기와의 유장한 세월과 호흡을 맞추려는 자기 배려이자 일종의 보호색인 셈이다.

와송은 돌나물과에 속하는 여러해살이풀로 바위 혹은 낡은 돌각담이나 기와지붕에 붙어서 자란다. 기와지붕에서 태어난 소나무 잎 또는 꽃과 같다고 하여 와송瓦松, 혹은 와화瓦花라고 부른다. 톳나물, 알로에, 불가사리, 선인장과 비슷한데 굳이 솔잎에 비긴 것은 풀이름 하나에도 어울리는 품격과 철학을 담고 싶은 선인들의 고담준론 탓일 것이다. 우리말로는 지부지기, 바위솔로 불리는 그 허름한 선비는 바위나 돌, 기왓장 틈의 고독하고 척박한 환경 속에서도 끈질긴 생명력을 발휘하여 9월이면 길고 촘촘한 꽃대궁을 하늘로 치켜 올린다. 그때쯤 채취한 것이 진품으로 꼽히고 있다. 개화기에 자신의 진가를 최고조로 발휘하는 기화요초인 것이다.

아득한 바다 밑에는 형형색색의 신비롭고 눈부신 어초魚草가 산다. 눈에 띄는 것마다 눈길을 사로잡는, 그 살아 있는 보석들은 지상의 언어로는 도저히 표현할 수가 없다. 어떤 색채로도 표현할 수 없다. 그 무진장한 빛의 신들이, 하필이면 볼 수 없고 아무도 보아주지 않는 곳에서 저희끼리만 휘황찬란하게 빛나고 있다니! 그러나 그들은 서로가 빼어난 보석인 줄 까마득히 모르고 있다. 그러기에 수억만 년을 하루 같이 아름다울 수 있었다. 어쩌면 우리도 천상에서 보면 저 황홀한 보석들이 아닐까. 서로가 그런 보석으로 이웃을 바라볼 때 세상은 얼마나 화기애애한 낙원일까. 와송도 그랬다. 저희가 그토록 귀한 약초인 줄 모르기에 저토록 험준한 곳에 후줄근한 차림새도 황송한 듯 유배되어서도 그 긴 시간을 앙다물고 지켜온 것이다.

다 늦게 산야초와 친해지려고 그 약효에 관한 문헌을 뒤지다 보니, 아흔 줄에도 여전한 기억사전이신 어머니를 닮아 암기에는 나름대로 자신이 있는 편인데도 금세 지치고 만다. 대개의 약초들이 적게는 서넛에서 많게는 수십의 효능을 서로 겹쳐서 자랑하는 만병통치 수준이기 때문이다. 와송 역시 그랬다. 그 대략만 손 짚어 보자. 우선 토혈, 코피, 이질 출혈, 치질 출혈, 기능성 자궁 출혈의 지혈 작용, 전염성 간염, 폐렴에 효험이 있다. 치질, 습진, 종기, 악창, 화상 등에도 좋다. 특히 위암, 재발된 자궁암, 폐암, 설암, 뇌종양, 간암, 식도암, 후두암, 전립선암, 유암, 비암, 피부암, 갑상선암, 백혈병,

골수암 등 각종 암에 뛰어난 항암효과가 있는 것으로 알려져 있다. 겨우 인적이 끊긴 사당을 찾았다. 막상 올라와 보니 기와지붕은 처마 밑에서 건성으로 치켜보던 것과는 딴판이었다. 미끄럽고, 가파르고, 따가웠다. 와송은 그런 곳에서 어렵사리 제 이름을 감추듯 드러내고 있었다. 일전 상여봉 산마루 암벽 틈바귀에서도 겨우 두 그루선을 보이던 것처럼 이 고색창연한 폐가의 지붕에도 띄엄띄엄 몇 송이가 작은 귀를 쫑긋하고 있었다. 허긴 저리들 어렵사리 꽃피운 생명의 기적이 쉽게 그 몸을 허락하겠는가. 마음 같아서는 많은 자연산 와송을 정말 필요한 환자에게 요긴하게 배달하고 싶지만 최고의 항암제라고 잔뜩 부풀린 정보가 워낙 골골샅샅까지 퍼진 탓에 웬단한 곳은 무수한 손길들이 이미 훑고 지나간 터라 이삭을 줍기조차 쉽지 않았다. 그런데 돌아오는 길어 뜻밖의 행운을 만났다. 옛날에는 제법 행세깨나 한 마을 어귀에 고색이 창연하지만 나름의 위엄을 잃지 않으려고 안간힘을 쓰는 고대광실이 있었다. 깨금발을 해야 손이 닿을 듯 말 듯한 담벼락에도 제법 눈에 익은 와송이 몇 그루 기웃하니 고개를 내밀고 있었다. 사다리를 이어야 겨우 오를 수 있는 지붕마다 와송 밭이나 다름없었다. 집 주인은 민간요법과 대체의학을 운운할 만큼 약초에 대해 일가견이 있었지만 기꺼이 채취를 허락하고 도와주기까지 하는 것이었다. 돈보다도, 쓰일 만한 곳에 딱히 그 물건이 필요해서 찾아온 손님이 진짜 주인이니 어서 거두어 가서 와송의 격에 맞게 잘 쓰라는 뜻이었다. 그는 때 묻지 않은 마음거울로 어느새 내 속내를 속속들이 들여다본 터였다. 벼르고 벼르던 얼마 뒤, 갓 거른 약주를 챙겨 찾아갔더니 이번에는 산에서 캐다가 묻어

둔 더덕을 한 바구니나 건네주는 것이 아닌가. 나는 미안해서 점심이나 같이 하자고 조르니 한사코 거절하다가 어쩔 수 없이 안내한 곳은 싸구려 국밥집이었다. 소주 한 병을 나누고 나니 내년부터 그 와송의 주인은 어느새 넉살스럽지도 못한 내가 되어 있었다.

평등과 인권으로 상징되는 민주주의시대에 어찌된 노릇인지 더불어 살자는 구호가 요란할수록 저만 잘살면 된다는 이기주의가 기승을 부려 심각한 불평등과 인권 유린을 낳고 있다. 한 지붕 형제끼리 제 노적만을 높이 쌓아 극과 극의 차등을 낳느라고 미쳐 있다. 저 옛날 밤새 노적가리를 나누던 형제는 당장의 생계가 걱정일 만큼 가난했었지만 지금은 평생은 물론 대를 이어 실컷 쓰고도 한참 남을 노적도 모자라서들 난리다. 그리고 그것을 조금만 헐어 턱없이 가난한 이웃과 나누자고 하면 좌파 이데올로기 운운하며 마치 성역을 건드린 것처럼 몰아세운다. 수천 년 전 고조선에도 도둑질한 자는 노예로 삼는다는 조항이 있었다. 한편 타락한 자본주의의 자유는 양심의 자유보다 탐욕의 자유가 앙살을 부린다. 그 야당스럽고 불순한 야바위의 자유를 천정부지로 부풀리기에 급급한 현대사회에서 도둑 아닌 자가 과연 몇이나 될까. 우리의 고유 전통대로라면 마땅히 그들이 노예가 되어야 한다. 그런데 합법을 가장한 도둑들에게 제 몫을 빼앗긴 이웃들이 노예 아닌 노예 생활을 하고 있다. 음식이든 약식藥食이든, 인간이라는 생명체를 위해 동등한 자연의 일원인 또 하나의 생명체를 희생시키는 마당에 있어서는 얼마나 조심스럽겠는가. 그런데 현대문명은 생존경쟁의 전리품으로 전락한 '존재의 공동

답'에 한사코 소유의 딱지를 나닥나닥 붙여 불필요의 몫을 무한대로 늘려가는 욕구불만의 확대재생산에 지나지 않으니 어쩌면 좋은가.

자연은 임자가 따로 없다. 겸허하고 고마운 마음으로 최소한의 필요만을 절실히 원하는 목숨들의 것이다. 그러기에 반드시 수확의 일부를 덜어 이웃의 몫을 남겨두고, 내년이면 보다 더 많이 거둘 수 있게 단도리 한 뒤의 것만을 공손히 거두어야 한다. 잎을 먹고 사는 벌레도 먹을 만큼만 먹고 나머지는 꼭 남겨둔다고 한다. 다 먹어버리는 날엔 결국 풀이 죽는다는 사실을 알기 때문이다. 제 생존을 위해서 공동의 삶을 가꾸는 지혜를 본능적으로 터득한 것이다. 그런데 남의 마지막 하나마저 빼앗아 자신의 열, 백을 채우려드는 벌레만도 못한 족속들 탓에 자나 깨나 세상이 각박하고 시끄럽다.

예전에는 들판에서 새참을 먹을 때면 밥과 찬 일부를 사방에 골고루 뿌려 땅벌레들의 잔치를 열어주고, 한 바구니도 채 안 되는 감을 딸 때도 '까치밥'이라며 꼭 홍시 서너 개는 겨우내 가지 끝에 남겨 두었다. 우리는 아무리 배가 고파도 그 익명의 치외법권은 건들지 않았다. 그것은 신앙적 금기처럼 너무도 당연한 불문율이었다. 그러면 까치는 그것을 쪼아 먹고 씨앗은 고이 모셔다 멀리, 널리 또 몇 그루의 새싹을 틔우는 것이었다.

흉년이 들어 그릇의 반도 안 찬 밥을 먹어야 할 적에는 밥숟갈을 반으로 나누어서는 으깨진 밥알에서 단내가 날 때까지 오래오래 씹어 먹었다. 반찬도 골고루 곱으로 먹었다. 국물과 물도 들이킬 수 있는 한 먹었다. 그러면 밤새 바깥 외딴 뒷간을 들락날락 하며 초롱초롱한 달과 별을 실컷 볼 수 있었다. 이제 길지 않은 시간도 그렇게 잘

게 썰어 오래 씹어 먹어야겠다.

"남 말처럼 하기 쉬운 것은 없다"라는 속담이 있다. 그 속에는 "열 길 물속은 알아도 한 길 사람 속은 모른다"는 속담이 턱 받치고 있다. 함부로 남의 말을 내뱉지 말라는 경고다. 말 많은 세상. 하기 쉬운 말이 어디 있는가. 이 침 저 침 섞다 보라. 도무지 말꼬리를 잡히지 않을 재간이 없다. 말이 말을 물어내기 일쑤다. 말의 난장. 말 거품에 겨워 원전이 지워지고 중간 전달자의 생각과 이해利害와 말버릇 따라 각색되는 위작과 사족만이 춤춘다. 섣불리 입을 놀리다가는 된 코 잡힌다. 그 속에 들어가 보았는가. 남의 복잡한 흉중을 다 알 길은 없다. 비밀을 알고서 입 다물기란 여간 쉽지 않은 고문이다. 남 말을 하지 않으려면 남의 속내를 미주알고주알 알려고 들지 않는 것이 상책이다. 남의 말을 주전부리 삼는 짓. 자신에게도 세상에도 하등 도움이 안 된다. 제법 흥미로운 소문도 지나고 보면 기실 별것 아니다. 너도 나도 마땅히 풀 데 없는 스트레스가 하늘을 찌르는 세상. 대부분의 남 말이 실은 자기 말이기 마련이다. 누군가를 향해 거품을 문 욕일수록 자신의 속을 드러내는 투사이기 쉽다. 진심에서 우러난 칭찬이 아니면 남 말은 삼갈수록 좋다. 얼굴 어여쁜 것보다 말 어여쁜 것이 더 어여쁘다. 입술이나 이보다도 그 속에서 나오는 말속이 더 깨끗해야 한다. 험악한 말판, 말이 고우면 천 냥 빚을 베푼다.

헌데 나이는 습관의 다른 말이 아닐까. 갈수록 버릇이 고쳐지지 않는다. 요사이 들어 부쩍 자신을 큰소리로 말하려고 덤비는 버릇이 생겼다. 그리고 내가, 나를 말한다는 것이 얼마나 우습고 구차한가를 말이 채 끝나기도 전에 깨닫기 일쑤다. 말이 많아진다는 것은 그

만큼 현재에 자신이 없다는 증거인 것을. 그러니 말 많은 나라에서 하기 좋은 말들은 죄 남의 몫으로 돌리고, 적막 한지에서도 유유히 햇볕과 통정하며 제 삶을 다 누리는 와송을 벗 삼아 한사코 조용히 따뜻하기만 해야겠다. 그 버릇 하나만으로 번뇌에 찌든 오욕을 놓고, 이뭉야뭉 놀다가 없는 듯 가야겠다. 시간의 실 손금이 늘어날수록 괜한 기억들이 유적지의 장물처럼 드러난다. 달콤한 추억은 사라지고 씁쓸한 기억만이 무인도처럼 남는다. 비상을 걸지 않으면 저승마저도 제대로 못 가겠다. 그러나 그것들은 철저히 내 몫이다. 저 피고름 채 얼어붙은 기억들을 흥건히 녹이고 난 눈물이 와송 즙처럼 한 모금 청정약수로 걸러질 때까지는 하루 한 마디씩 줄이겠다. 그리하여 기꺼이 내가 나를 사랑할 수 있도록 말이다.

여름

산중에 있을 때만은 돈이 별 쓸모가 없다. 쓸 돈도 별로 없지만 구태여 돈 쓸 필요가 없으니 시간이 그만큼 넉넉하고 실살스럽게 주어지기 마련이다. 문명의 옷이 두꺼울수록 자연과의 거리는 멀어진다. 마음도 그렇다. 자신을 잘 들여다보려면 마음의 옷, 즉 허위와 잡념의 때를 벗겨내 최대한 단순해야만 한다. 산중에 드니 굳이 거짓말이 필요 없다. 자연과의 소통엔 결코 거짓이 통하지 않는다. 수식어도 필요 없다. 단순할수록 명쾌하다.

찔레

발 부르튼 햇빛이

가시넝쿨 넘어 손 흔들어대는

찔레꽃잎에 앉아 쉬고 있다

찔레꽃은 감싸 안고 있고

햇빛은 어루만지고 있다

서로 쉽게 무엇이 되어주고 있다

나도 이제

쉬운 사랑을 할 때가 되었다

–「오후」

몽돌은 하나같이 둥글다. 정확히 말하면 둥글납작한 타원이다. 손가락이 없다. 발가락도 없다. 발붙임 할 모가 있어야 모와 모를 맞추어 틈을 메울 수 있는데, 모서리가 닳아 뺀질뺀질하고 유들유들한 원반으로는 수직으로 쌓으면 이내 와르르 미끄러져 내리고 나란히 붙이면 둥근 만큼의 휑한 틈이 생긴다. 그 틈새로 파도가 파고들어 빙벽의 종과 횡을 사각사각 갉아먹는다. 저마다 크고 작은 무인도인 수레 없는 수레바퀴는 제 발로는 갈수 없는 뭍으로 하나 둘 호사스럽고 발막한 행인의 눈길 따라 징발 당하고 볼품없는 잔챙이만 자글자글 남는다. 바닷가 모래밭은 모난 놈들의 운동장이다. 그러나 모와 모를 바짝 붙이면 틈이 사라진다. 거대한 하나의 몸집이 되는 것이다. 파도는 미처 씨족 사회조차 정벌하지 못하고 오히려 그 수평만 골라줄 뿐이다. 모래밭은 한 눈에 띄지 않는 최소한의 사각斜角이 배수 역할을 할 뿐 내내 엇비스듬하니 고른 평등 국가이다. 완연한 공동체이다. 그렇게, 소금기 푸른 모래는 서로가 제왕이자 백성으로 소리 없이 영토를 확장한다. 날 궂을수록, 멀리서 볼수록 모래는 보이지 않고 모래밭만 보인다.

가을 들판도 그랬다. 가을걷이가 끝난 들판은 주인도 경계도 사라진 공동어로구역이었다. 아무 논밭이나 스스럼없이 넘나들며 떨어진 모가지를 줍고, 숨은 진주를 캤다. 벼이삭, 조 이삭, 콩 이삭 등 알곡에 비해 고구마 이삭은 그 크기가 단연 압권이었다. 긴장의 끈을 놓아버린, 머리통만한 행운이 어린 탐험가의 숨죽인 괭잇날에 걸려들 때마다 나는 또 하나의 대륙을 발견한 듯 환희에 떨었다. 대바구니는 뱃속이 차오를 적마다 큰 아가리를 쩍 벌리고 긴 잠에서 갓 깨어난 함성을 질러댔다. 해 지는 것도 잊고 바구니 가득 이삭줍기를 한 고구마를 낑낑거리며 들고 가면, 부랴부랴 받아내려 놓으신 어머니는 땀 물씬한 등을 어루만지듯 두드리며, 비로소 밥값을 하기 시작한 개선장군을 대견스레 환영해 주셨다. 내가 발굴해내지 않았더라면 영영 묻혀버리고 말았을 영구미제 사건! 나는 의기양양한 콜롬보였다. 콜럼버스였다. 주렁주렁한 가족의 허기진 수요 한 귀퉁이를 메운 당당한 경제 주체였다. 그러나 어른이 되어서야 알게 되었다. 괜한 까치밥이나 고수레 따위를 부러 챙기듯 사냥꾼들이 눈 질끈 감고 풀어준 만삭의 사슴이나, 어부들이 애써 그물을 털어 놓아준 치어들은, 손실이 아니라 더 큰 투자라는 것을. 평생을 예방주사 흉터나 묵정밭 같은 문신으로 따라다니는 첫사랑은 세상을 더 순결히 사랑하라는 희생제의였다는 사실을. 그랬다. 그 뭉클한 촉감은 횡재가 아니었다. 가난을 먹여 살리느라 사람보다 더 배고픈 지신에게 바치는 성스런 제물이었다. 삭정가지도, 낙엽도 뿌리의 자급자족이듯이 자연의 품에서 사람의 손길이 미처 거두지 못한 것들은 아름다운 부패였다. 단내 물씬한 발효였다. 위대한 재생산이었다. 그러기에 아버지는 이듬해에 지난해보다 더 많은 볍씨를 뿌리고, 어머니는 더 오래도록 고구마 순을 심어, 내가 신이 나서 송두리째 거두어버린 몫을 대신 갚아주시곤 했다. 나도 틈만 나면 고사리 손으로 논밭에 뿌릴 거름을 해 날랐다. 그 시절, 보리, 벼, 조, 콩, 감자, 고구마 등의 이삭을 주워 모아 연필과 공책을 사고 찐빵도 사먹던 이삭줍기는 아직 생산라인에 들지 못한 시골 아이들이 푼돈을 만질 수 있는 유일한 소득원이었다.

그러나 마땅한 이삭이 없는 봄이면 칡순, 삐비, 찔래순, 산 마늘, 수영잎 등으로 걸핏하면 끼니를 거르기 일쑤이던 배를 채웠다. 그리고 또 있다. 아버지와 형이 나물을 캐는 모습을 본 적이 없듯이 나물 캐는 것은 분명 여자들 일이라고 꽁무니를 빼다가도, 쫓기듯이 뒷골 밭에 김매러 나가시는 어머니의 저녁 찬거리 걱정에 못 이겨 할 수 없이 대바구니 삐딱하게 뒤집어쓰고 논둑, 밭둑, 묵은 밭으로 낯익은 풀냄새를 좇아 어슬렁어슬렁 끌려가던 기억이. 물론 지금은 바구니 옆에 끼고 들판의 나물을 캐고 뜯던 풍경은, 어쩌다 노점에 내다 팔 쑥을 캐는 할머니들 뒷모습 말고는 구경할 수 없게 되었지만. 그러나 아직도 인적이 뜸한 산에는 이름도 다 모를 먹을거리로 넘쳐난다. 산엣것들에게는 따로 주인이 없다. 버젓이 주인이 있어도 굳이 시비하는 경우는 드물기 때문에 먼저 거두는 사람이 임자다. 깊은 골에 들 필요도 없다. 산이며 개울가며 묵정밭 하며 지천으로 텃새를 부리는 게 찔레이다. 찔레꽃머리에 이르기까지 약간의 발품만 팔면 그 달콤쌉쌀한 어린 순을 실컷 꺾어 먹는 행운도 누릴 수 있다.

한반도! 먹을거리만은 남부럽잖게 축복받은 자연환경이다. 거기에 누천년을 형극의 악조건과 씨름해온 유태인보다 더 부지런하다는 데도 여전히 의식衣食의 궁핍을 앓는 이웃이 흔한 사실을 어떻게 설명해야 할까. 세계사상 유례없이 최악의 탐관오리와 최선의 청백리가 딴 숨을 쉬며 등을 맞대고 공존해온 터에, 내놓고 웬 만큼의 민주주의를 자처하는 오늘날에도 갈수록 가랑이가 찢어지게 멀어지는 양극화, 그 해괴한 역사적 모순을 여니 야니 사칭하며 악착같이 이어 가고 있는 부끄러운 수수께끼처럼.

목숨을 걸고 목화씨와 고구마를 밀반입했던 문익점과 조엄은, 금수강산의 이름값에 비해 턱없이 의식衣食이 모자란 이 땅에 하늘이 내리신 월동越冬과 구황救荒의 특사였다. 그러나 요즈음 달랑 외국어만을 꼬부라진 혓바닥에 괴발개발 발라서 들여올 뿐인 문익점의 붓대롱 속은 먹구름이 끼어 먼지만 자욱하다. 그 대신 느닷없이 쳐들어와 거식증에 걸린 괴물처럼 순식간에 생태계를 초토화시키는 자리공, 베스, 황소개구리는 이 땅의 원주민인 토종동식물에게는 저주의 신이 파견한 멸종의 사신이다. 우리는 다만 그것을 멍청히 바라볼 따름이다. 아니 대부분의 우리 또한 영어에 모국어를 봉헌하듯 무참히 범람하는 외래의 물결에 애꿎은 토종의 날벼락을 치르고 있다. 밀려오는 파도는 그렇다고 치자. 안에서 그 격랑을 끌어들이느라고 갖은 요량을 부리는 부류들이 더 끔찍하다. 소위 외국에서 배웠다는 치들일수록 외래의 앞잡이 느릇에 여념이 없다. 허긴 외래의 물결에 익숙하기로는 미련스럽도록 죽어라고 한 우물만 파온 토종들에 비할까. 그들은 낯설고 거친 물결을 미끄럼 타듯 오르내리며 제 텃자리와 제 이웃을 거침없이 짓밟고 쓸어버린다. 걸핏하면 외국의 어투로, 논리를 위한 논리로, 이미 외국에서조차 실효되고 폐기된 죽은 지식을 무기로, 모국어와 고향산천을 알뜰살뜰 챙기고 닦아온 자연의 파수꾼을 미개인시하며 결국 자승자박에 다름 아닌 인위의 허구를 한 수 가르치려 드는 겉마르고 덜떨어진 지식귀족들의 빗나간 사대주의적 우월감은 얼마나 부자연스럽고 자기배반적인가.

지금은 이른바 문명국일수록 세계 도처에 흩뿌려진 우수한 씨앗을 슬쩍 개량하거나, 제 것인 양 등록만 해놓고 가만히 앉아서 제멋대로 통제하려 들고 있다. 과학기술을 무기로 인류 생활의 일차적 요소인 일상의 먹을거리조차 철저히 경제 무기화함으로써 치밀하고도 치열한 씨앗전쟁의 패권을 독점적으로 누리는 것이다.

유리컵의 냉수를 벌컥 들이키다가 문득 그 투명한 육성을 듣고 싶었다. 그러나 유리컵은 한사코 혼자서는 소리할 수 없다며 자신의 성대를 울려 달라고 했다. 나무젓가락으로 때렸더니 그처럼 가볍고 퍽퍽한 소리가 났다. 이번에는 은수저로 내리 쳤더니만 쇳소리를 하다가 깨지고 말았다. 사실 유리컵은 별별 미성美聲의 이물질보다도 저희끼리 몸과 몸을 부딪쳐야만 유리알처럼 맑고 고운 소리를 했다. 그것도 같은 온도에서 동시에 구운 같은 모양새의 컵끼리 좌우동향左右同向의 같은 힘으로 같은 부위를 부딪쳐야 했다. 속을 다 비우고 발가벗은 아랫도리끼리 만나야만 우주와 우주가 더불어 빚는 눈부시고 간절한 소리가 태어났다. 그처럼 우리 목청도 우리의 가락과 어울려야 진정한 소리를 내고 우리 몸도 정녕 우리 것과 만났을 때 비로소 제대로 된 건강을 누릴 수 있는 것이었다.

진하고, 화려하고, 달콤한 외래식품에 잠시나마 한눈을 팔았다면 후닥닥 얼떨떨한 혀를 씻고 다시금 안을 돌이켜 보자. 물 좋고 기름진 우리나라는 이루 다 헬 수 없을 만큼 훌륭한 고유의 우리 먹을거리를 지니고 있다. 특히 약초는, 진시황이 불로초를 구하러 보냈다는 고사가 시사하듯 산천초목이 약초밭인 천혜의 보물이다. 그 중에 찔레나무가 있다. 어디 가나 흔하고, 언덕이나 산비탈, 우거진 밭둑, 묵정밭 등 쓸모없이 버려진 땅에 오지의 입간판처럼 넝쿨로 엉클어져 저희끼리 꽃소식을 나누며, 평생 가시 때문에 외면당하거나 홀대 받는 천형天刑의 대명사다. 영국의 국화인 장미가 가시 때문에 그 매혹적인 이름을 얻지는 않았을 것이다. 전혀 가시와는 연상이 안 되는 이름은, 오월의 여왕처럼 화려하고 고상한 꽃 때문에 붙여진 찬사가 분명하다. 장미에게 가시는 기껏 시인의 '순수한 모순'을 들먹이게 하는 성가신 혹일 따름 옥에 티처럼 한사코 부정하고 싶은 계륵인 것이다. 그러나 가시 때문에 꽃이 제 값을 못 받는 터에도 찔레 나무만큼 제자리를 고수하며 제 면면을 순결하게 이어온 토종은 드물다. 그리고 그 꽃은 가시가 피운다. 꽃이 피기 전에도, 시든 후에도 오로지 제 몸을 보호하려는 일념으로 긴장을 놓지 않는 가시의 앙칼진 보호본능이 피우는 것이다. 그러기에 우리는 꽃보다도, 함부로 만지려들면 사납게 할퀴려고 넝쿨 채로 덤비는 가시의 특성을 살려 그냥 찔레라고 부른다. 굳이 그 허물 아닌 허물을 감추지 않고 곧이곧대로 이름 한 것이다. 이름만 들어도 금세 할퀴려 달려들 것만 같지 않은가. 그렇듯 의미보다는 형상을 맛깔스럽게 입술로 나누는 '소리이름'이 곧 우리 모국어의 실체다. 우리말은 문자로 읽을 때보다 소리로 주고받을 때 비로소 그 깊은 울림과 맛이 나는 것처럼 자연스럽고도 생생하게 살아 숨 쉬는 날것이다. 떨떠름하면서도 달짝지근한 찔레순은 그냥 껍질도 벗기지 않고 가시 채로 먹어도 보릿고개를 넘는 옛날 농촌 아이들에게는 훌륭한 간식거리였다. 혼자 먹기가 미안하고 아까워 두 주먹 그득 꺾어들고 득달같이 달려와 개선장군처럼 누이 손에 부려놓으면서도, 그 어린순이 어린이 성장발육에 좋은 건강식품인 줄은 까마득 몰랐지만. 꽃향기는 짙고 신선해서 예부터 찔레꽃을 증류하여 화장수로 사용하기도 했다. 이를 꽃이슬이라 하여 찔레꽃 향수로 몸을 씻으면 미인이 된다고 믿었던 것이다. 그뿐인가. 더위를 식히고, 위장을 보호하며, 출혈을 멎게 하는 등의 효능도 있다. 봄철에 꽃을 따 그늘에 말렸다가 차를 빚으면 그 맛이 일품이다. 반쯤 익은 열매는 따서 깨끗하게 씻어 독한 술에 담아 6개월쯤 두었다가 조금씩 걸러 마시면 그 향과 맛이 혀를 사로잡는다. 가을이나 이른 봄철에 캔 뿌리를 율무쌀에 섞어 막걸리를 빚어 자기 전에 약간 취할 만큼씩 마시기도 한다. 가시라고 버릴 게 아니다. 잎, 꽃과 함께 효소를 빚거나 달여서 그 진액을 먹는다. 찔레나무는 생리통, 변비, 신장염, 각기병 등의 치료에 쓰이기도 한다. 찔레나무 뿌리에 기생하는 찔레버섯은 어린이 기침·경기·간질에 묘약이며 항암효과도 뛰어나다고 한다. 어떤 오랜 민간 약초 연구가는 버섯 중에서 찔레버섯이 암 치료에 가장 탁월한 효력이 있는 것으로 발표하기도 했다. 찔레는 가시 때문에 홀대를 받는 것이 아니다. 오히려 가시 때문에, 장미처럼 화단이나 공원은 물론 정신병원, 교도소, 안방의 화병, 그리고 '백만 송이의 참수斬首'로 징발 당하지 않고 제 자리에서 제 약효를 지키며 텃새를 누릴 수 있는 것이다. 한의학보다 민간에서 약재로 더욱 귀하게 여기는 것처럼 찔레는 민중을 닮았다. 비록 천덕스런 산야 오지에서 저희끼리 몸 밑천으로 어울리지만 그러기에 가능한 순결을 투박한 사투리처럼 억세게 지켜오고 있다. 이러저러 부풀린 빛 좋은 개살구들을 찬찬히 걸러내고 보면 바로 이런 것들이 우리의 자연이요 본모습이다.

우리는 지금도 정략의 산물로 과장되고, 왜곡되고, 조장된 이념이라는 허구의 위장망을 벗겨내지 못하고 있다. 상식적으로 생각해보자. 빈부의 격차를 떠나 이미 자본주의와 서구문화의 꿀맛에 중독된 입맛은 두고라도, 아직도 인권의 사각지대로 지탄받는 북한에 비해 나름의 자유와 권리를 누릴 수 있는 이른바 자유 민주 세상을 마다하고 어느 누가 저 세습 일당독재의 참담한 가난과 부자유를 일부러 택하겠는가. 그런데도 걸핏하면, 한사코 제 고향과 모국어밖에 모르는 원주민 중의 원주민인 멀쩡한 이웃을 단순히 자기들 비위에 거슬린다고 왼쪽으로 몰아세우거나 제멋대로 염색하여 빨갱이 운운하는 자들의 속셈은 무엇인가. 가진 자, 힘 있는 자들이 쓰레기나 물것처럼 거치적거리는 성가신 좀비들을 억누르기 위해 구시대의 망령을 대낮에 불러내 망나니 헌 칼 휘두르듯 도리질해대는 파렴치한 이념 사냥, 박물관의 상엿집처럼 그 낡은 만큼이나 썩어빠진 매카시즘의 망령은 이미 정죄淨罪되고 불식되었어야 한다. 그리고 이제는 그 이면에 도사린 반민족, 반민주의 암초인 양극화부터 돌이켜봐야 한다. 국민의 대다수를 차지하는 서민 대중이 견디기 힘든 수위의 양극화가 존재하는 한, 민족의 진정한 합창은 불가능한 반면 불협화음은 불가피하기 때문이다. 절망한 대중은 결국 반발할 수밖에 없다. 그 절망의 농도가 짙을수록 항거의 수위도 높아진다. 그러다가 공멸하는 최악의 경우를 역사는 무수히 반복 상영해주고 있지 않은가.

항거! 정의롭고 자유로운 평화를 지향하는 민주사회에서 얼마나 낡고 수치스런 어휘인가. 그러나 그 치욕은 연약하고 순박한 민중에게 저항할 수밖에 없도록 만드는 억압세력의 것이다. 무수한 역사가 증명하듯 민주주의는 항거의 결실이다. 타협은 일차적으로 항거가 자리를 깔아놓은 이차적 정치공학이다. 부단히 분출하는 욕망의 음소音素인 갈등의 현장, 즉 사람 사는 곳이면 언제 어디서나 불가피하게 상존하기 마련인 항거는 결코 죄도 없는 국민을 옥죄어 온 이념의 대상이 아니다. 절박한 생존권과 최소한의 민주주의를 지켜내려는 일차원적 본능과 의무일 뿐이다. 그처럼 헌법에 보장된 천부인권을 수호하려는 약자들의 처절한 몸부림이 자신들의 치부와 권력 놀음에 방해된다고 해서 애꿎은 주홍글씨를 씌워 매도한다면, 그 황당한 이념의 허구에 대한 책임은 전적으로 항거를 촉발시킨 그들에게 있다. 굳이 국가보안법을 살려야 한다면 일차적으로 그 죄와 벌은 대다수 국민이 견디기 힘들게 진정한 국가보안을 해치는 압제세력에게 지워야 한다.

우리 산하는 다양한 산천초목의 전시장이다. 그 초목들은 떡잎 때도, 녹음이 한살 짙어져갈 때도 어깨동무하여 나란나란 가던 길을, 단풍 때만 되면 다투어 더 어여쁜 나들이옷을 입고 앞서 가려고 종종걸음을 친다. 그러나 낙엽일 때는 한결같이 퇴색일로의 수의를 걸치고 있다. 먼저 떨어진 것들은 기다리고 나중 것들은 그 추운 등걸 위에 한 채의 혼수이불을 포근히도 덮는다. 그 층층시하를 신대륙을 탐사하듯 파 들어가 보면 새로 빚어낸 한 그루의 움이 날카로운 부리로 어둠의 천정을 쪼고 있다. 조상 대대로 물려받아온 금수강산의 아름다운 텃새들인 우리는 바로 그런 공동운명체일 뿐이다. 산길을 가다가 모처럼 고개 숙어 찔레꽃을 들여다보자. 저만치서도 코를 찌르는 향기는 접어두자. 따로따로인 듯 두루뭉수리 하나의 꽃다발을 이루고 있는 꽃만 보자. 새하얀 무명적삼 옷깃 속에 수줍은 미소를 감춘 채 실눈썹을 떨고 있는 누이와 어머니가 보이지 않는가. 도시에 몸 붙이고 살다보니 점점 그 흔적마저 지워져가는 첫사랑이 떠오르지 않는가. 장미의 울긋불긋 화려한 화장발에 비해 안쓰럽도록 하얀 맨 얼굴의 정갈하고 순결한 기품이 느껴지지 않는가. 장미보다 꽃은 작고, 색상은 단촐하지만 나는 아담하고 여리고 얄캉얄캉한 순백의 찔레꽃을 더 좋아한다. 찔레꽃에는 꿀벌들이 많이 모여든다. 그만큼 꿀이 많고 번식률이 높다는 이야기다. 전국 각지의 산, 들판, 개울가 등에 고루 널리 분포되어 있는 그 흔하디흔한 것이 뿌리, 잎, 꽃, 열매, 새순 어느 하나 버릴 것 없는 먹을거리이자 소중한 약재료인 것이다. 자리공에게 묻힌 황장목, 양봉에게 꿀 도둑을 당하고 급기야 떼죽음까지 당하는 한봉, 황소개구리에게 잡아먹히는 토종뱀을 안타까워하다가, 아무리 눈부신 장미가 곁에 와도 행여 몸 사리지 않고 당당하게 제 터를 지키며 가시를 세우고 나름의 꽃을 피우는 찔레에게서 우리 것의 희망을 찾는다. 생각할수록 눈물겹고 고맙다.

으름

애당초 산에 대해 시 나부랭이로 아첨 몇 번 했다고 산이 덥
석 열외로 쳐주리라 생각한 게 실수였다 허락도 없이 무단 점
거한 산길 알아서 가만가만 그리로만 다닐 일이지 태초의 언어
만으로 저희끼리 잘 사는 숲에 벌써 특권이라도 주어진 양 오
염 겹겹의 은유와 상징 몇 외워 함부로 끼어들었으니 그럴밖에
가시넝쿨 헤치다가 무심결에 잠복한 나무와 정면충돌하고 말
았다 그것도 아예 풀죽은 고목 가지에게 된통 일격을 당했다
눈두덩이 부어오르고 피가 솟구쳤다 그러나 상처는 정확히 눈
과 두덩의 경계에 딱 그치고 있었다 일촉즉발의 순간 눈꺼풀이
저를 바쳐 눈알을 오구감탕 감싼 것이다 어미가 새끼를 품듯
껍질이 알을 꼭 껴안은 것이다 참으로 잽싸고 갸륵한 충정이다
얼마나 놀라운 경비태세냐 좋다 오늘은 비록 낯가림 심한 산에
게 징벌의 낯붉힘을 당한 터지만 그래도 내겐 혼신을 다해 제

몸을 감싸는 초병이 있다 그것을 확인했다 든든한 백이다 이제
　산도 알 것이다

　발명과 발견은 볼썽 새롭다는 점에서는 어슷비슷하지만 그 근원
과 결과는 영 딴판이다. 기존의 사둘을 이합집산離合集散하여 새로운
용도를 덧붙이는 게 발명인 반면 미처 눈에 띄지 못한 은닉을 찾아
내 새로이 기리는 게 발견이다. 발명이 다다익선을 핑계로 한 문명
의 기호학이라면 발견은 잠든 사실을 일깨운 문화의 고고학이다. 발
명은 주로 손과 머리로 하지만 발견은 대개 발품을 팔아서 한다. 으
지는 시망스럽고 호기심 많은 탐험가들의 머리서방 같은 발품에 의
해 그 신비의 베일을 벗는다. 이를테면 어렵사리 발견당하는 것이
다. 사전적 의미의 오지는 해안이나 도시에서 멀리 떨어져 내륙 깊
숙이 숨어있는 땅을 이른다. 골짜기가 골짜기를 앞세워 으슥한 몸을
수줍게 사리고 있는 첩첩산중이 그에 해당된다. 겨우 흔적만 헤아려
가는 밭머리쉼 길이 끊어질듯 말듯 아렴풋한 맥박을 추스르고, 실그
러진 움집을 연상케 하는 오두막에서 아련한 저녁연기가 사리사리
피어오르는 정경이 그 메인화면이다. 호롱불조차도 기름이 아까워
초저녁부터 불을 끄는 바람에 애먼 두 눈만 똘람똘람 말똥거리는 아
이들이 하루 종일 산타기에 지친 엄마의 옛이야기를 자장가 삼아 앙
실방실 잠드는 팔 베개 둥지이다. 그렇듯 옛날에는 몸 밑천뿐으로
멍석잠처럼 마지못한 삶을 붙이는, 별로 몸을 받아 사람 살 곳이 못
되는 은둔처나 귀양지에 다름 아니었다. 요새는 왕배덕배 따지자고

들면 진정한 오지가 없다. 아무리 깊은 산에도 무참히 내장이라도 가르듯 서툰 가위질 같은 아스팔트 임도와 등산로가 흉측한 가르마를 왜뚤삐뚤 그어 놓았다. 깊은 암자에도 고급 승용차가 번질나게 드나들고, 수려하다고 소문난 곳은 어김없이 관광명소로 징발되기 마련이다. 독립가옥들은 철수한 지 오래인데 대신 초현대식 별장들이 천세나듯 잽싸게도 그 자리를 차지하고 있다. 골짜기마다 댐이나 저수지가 속이 비어 손부끄러운 바리게이트를 치고 있다. 이제 예전의 오지는 오명을 벗은 지 오래다. 푸대접이 숙명이던 경원과 척박의 대명사가 아니라 새록새록 귀하신 몸이다. 바쁜 틈을 쪼개서라도 고된 다리 품 팔아 일부러 찾아가 숨 막히는 심신의 피로를 씻고 맑은 영혼과 원시의 건강을 되찾는 천혜의 휴식공간이다. 문란한 성풍속도 속의 정갈하고 참한 순결에나 비길 별천지인 것이다.

담양하면 우선 대나무가 떠오르지만 일찍이 소쇄원·명옥헌을 비롯한 정원문화, 환벽당·식영정·면앙정을 비롯한 정자 문화가 꽃을 피운 국문학의 보고이다. 그 눈부신 시문학의 꽃향기 속에 모처럼 산문의 진가를 리얼하게 드러내는 『미암일기』가 끼어 있다. 이 책은 조선시대 개인의 일기 중 가장 양이 많은 것으로 알려져 있는 미암 유희춘(1513~1577)의 친필일기이다. 중앙과 지방의 관직을 두루 거친 만큼 선조 초 경향京鄕의 정치, 경제, 사회, 문화 풍속을 한눈에 엿볼 수 있다. 또한 일상사를 구체적으로 상세히 적어 놓았기 때문에 당시 상류층 학자들의 면면을 들여다보는 데도 훌륭한 참고서 역할을 하고 있다. 무엇보다도 이 책은 임진왜란 때 선조 25년 이전의

『승정원일기』가 다 소실되는 바람에 율곡 이이의『경연일기』와 함께 『선조실록』의 귀중한 사료가 되고 있다.

　『미암일기』를 소장하고 있는 대덕면은 담양군과 연접해 있는 대도시 광주는 물론 군소재지에서도 가장 멀다. 한편 산세가 척박하기로 내놓은 화순, 곡성과는 경계를 이루어 이웃하고 있다. 군내에서도 유난히 한적한 변방인 셈이다. 면내 매산리에서 구석기시대의 유물인 뗀석기 등이 발견되어 그 역사가 자못 깊은 것으로 추정되지만 오로지 문명의 편리를 추구하기에 급급한 도시중심의 잣대로 손쉽게 가늠하면 사뭇 오지에 가깝다. 그러나 그러기에 그만큼 인심 좋고 때 묻지 않은 청정 무공해지역이기도 하다. 대덕大德은 이름처럼 덤턱스럽게 너글너글한 위의를 갖춘 산들로 둘러싸여 있어서 품안에 크고 작은 골짜기들이 즐비하다. 그 중에서도 소재지에서 남북 십여 킬로에 걸쳐 긴 여정을 뻗치고 있는 두 골짜기가 만덕산을 경계로 유장히 흐르고 있다. 입석에서 소쇄원 쪽으로 가는 골짜기와 문재에서 화순 온천 쪽으로 가는 골짜기이다. 전자는 곳곳에 배산임수의 진을 치고 있는 별장들이 말하듯 풍광이 수려하다. 그러나 산새가 가팔라 아늑한 샛골짜기가 드물고 광주와 가까운 탓에 산골 맛이 많이 가시는 편이다. 따라서 내 조촐한 발길은 산준수급山峻水急의 귀족적인 전자에 비해 다분히 산가야창山歌野唱의 민중적인 후자를 바투 찾곤 한다.

　대덕에서 옥과 방향으로 빠듯한 핸들을 몇 번 휘감다 보면 "언덕 위에 하얀 집"이라는 간판이 별바르게 눈에 띄는 모텔이 있다. 일부러 그렇게 썼는지 모르지만 아무튼 심살내리는 탈문법의 토씨 하나 덕분에 오히려 새삼 기억되는 하얀 건물이다. 이왕이면 그 언덕바지

에는 종각이 우뚝 선 교회가 더 어울릴 거라는 생각을 하며 모텔과
는 별 볼 일 없는 발길을 다잡아 선걸음에 마주치는 고갯마루가 이
른 바 문재이다. 좌회전하면 옥과 방향이고, 우회전하면 내 설레는
귀거래사가 초의환향草衣還鄕하듯 발새 익은 화순온천 방향이다. 갈
때마다 느끼는 터이지만 핸들을 오른 쪽으로 꺾기 바쁘게 화들짝 펼
쳐지는 한 폭의 산수화가 온몸을 압도하곤 한다. 우선 나도 모르게
잠귀 질긴 숨통을 확 틔워주는 공기부터가 확연히 다르다. 어디서
많이 본 듯한 착각을 일으키는 산경山景이 수학여행길 선걸음에 지나
쳐온 대관령이나 추풍령고개를 휘잡아 맴도는 기분에 젖게 한다. 산
간분지나 진배없는 골짜기를 좇으려고 들면 오른 팔에 만덕산을 끼
고 가야 한다. 해발 575m인 만덕산萬德山은 이름 덕분인지 임진왜란
과 육이오 등 많은 난리를 겪으면서도 화를 입지 않았다고 한다. 산
이 깊고 사람의 발길이 미치기 힘든 오지라는 이야기다. 중턱쯤에
물통거리라고 부르는 계곡이 있다. 사철 흐르는 물이 약효가 있어
천형을 앓는 환자들이 물을 마시고 목욕을 하러 많이 모여들자 객지
병자들의 출입을 꺼린 마을 사람들이 그만 섬쩍지근한 길을 폐쇄해
버렸다는 에피소드에서 엿볼 수 있듯이, 만덕산에서 흐르는 석간수
를 마시고 사는 마을사람들은 무병장수해서 예로부터 산 아래 골짜
기는 병 없는 마을로 알려져 있다. 산 좋아 덩달아 물 좋은 청정지역
이란 이야기다. 지금도 용대리 쪽으로 토종 음식점인 "두메 마을"을
잠시 꺾어 돌면 물맛 좋기로 소문난 약수터가 기다리고 있다. 여전
히 밤낮으로 산중귀물을 퍼가는 발길이 끊어지지 않는다.

　본격적으로 오지 여행을 시작하려면 일단 도로를 벗어나야 한다.

도로를 벗어난다는 것은 닻 감듯 불편의 심술에 갇힌다는 뜻이다. 반면 그것이 호연지기를 위한 물질문명과 공해로부터의 해방이라면 얼마쯤의 발 고생은 오히려 낭만이요 축복이다. 약수터에서 발밤발밤 왼쪽 샛길로 접어들면 은밀한 골짜기가 낯가림하듯 맞는다. 거기, "빈도림꿀초"라는 이름도 생소한 공방이 있다. 품앗이하듯 한국학을 전공한 독일인과 독문학을 전공한 한국여성이 우연히 들렀다가 평생의 둥지로 삼은 일터다. 토종꿀을 이용하여 형형색색의 밀랍양초와 촛대, 액세서리, 밀랍양초 재료를 만들고 있다. 이웃해 있는 "옥천골"의 산토끼탕은 남도 특유의 별미이다. 아쉬운 발길을 돌려 "화순온천" 쪽으로 가다가 역시 왼 켠 샛길에 한눈을 팔면 꺽둑꺽둑 키가 다 자란 오가피 밭이 검은 열매를 주렁주렁 달고 반긴다. "오가피 농장"이라는 입간판을 따라 몇 걸음 접어들면 적송과 벌통을 겨드랑에 낀 소슬한 모정이 뜬금없는 발길을 우두커니 내려다본다. 용대리 방아재 마을이다. 아직도 살림을 붙일 만한 빈 집 서넛, 수백 년 고향에의 의리를 지키려는 듯 숨죽이고 있지만 달랑 김영보 씨 내외만 나이도 잊은 채 골짜기를 통째로 세내다시피 청년 몇 몫의 농장을 일구고 있다. 도시에서 웬만한 사업을 하던 터였지만 아늑하고 해맑은 산세에 감전돼 마치 계시라도 받은 듯 노후를 투자하여 산골 농부로 전업을 한 것이다. 고사리, 줄풀, 헛개나무, 느릅나무, 옻나무, 꽃창포, 참빗살나무 등 다양한 약초를 재배하고 있다. 2만 그루가 넘는 주목을 비롯하여 철쭉, 백일홍 등 관상수 밭이 한창 골짜기를 물들일 때는 분에 넘치는 장관이 펼쳐진다. 거기에다 거름을 얻기 위해 살팍진 소를 키우고, 토종벌도 친다. 둘러보니 개집도 여러

채이다. 좀처럼 나이를 들키지 않을 듯 건강해 보이는 주인은 한 마리 두 마리 키우다 보니 개 천지가 되었다고 허허 웃는다. 산에서는 누구나 개를 키운다. 안으로 심심해서이고 바깥이 무서워서다. 그러니까 산중 외딴집의 개들은 말동무이자 초병이다. 개들과의 말을 트기란 쉽다. 인간의 복잡다단한 언어를 놓아버리면 된다. 개들과는 은유가 필요 없다. 직정적 직설만이 통한다. 그만으로도 정겹고 대화는 충분하다.

골짜기는 만덕산과 맞은 편 무명의 산줄기를 양 옆구리에 끼고 문재에서 운산리까지 달린다. 두 산줄기에는 골짜기 물이 모여 강을 이루듯 그 크고 긴 골짜기를 어미 품 삼은 무수한 산마루터기와 샛골짜기들이 실핏줄처럼 산자락을 파고들어 산명수청山明水清의 천일야화들을 낳고 있다. 그 중에서도 우렁잇속 옹골진 발품 값을 거두려면 왼쪽 산등성이를 타고 가며 잘잘한 샛골짜기들을 방문하는 것이 좋다. 방아재마을 골짜기를 가벼운 호흡으로 올라 중간 점검하는 그 산줄기는 만덕산에 비해 언뜻 아치랑거리듯 낮춤해도 엄연히 백두대간의 한 맥을 차지하는 속 깊은 산발이 걸음걸음 한참 해찰을 부리다가 성큼성큼 『태백산맥』의 한 대목을 이루는 백아산을 거쳐 멀리 지리산까지 단숨에 치닫는다. 만덕산이 숫산이라면 암산에 가깝다. 원래 이름이야 있었겠지만 곳곳마다 한 집 아니면 겨우 두서너 집으로 명맥을 이어오던 마을조차 사라진 지 오래고, 그 뒤로는 거의 인적이 끊긴 탓에 행정기관이나 세인의 입에 오르내리는 마땅한 기호가 유야무야 돼버렸을 뿐일 것이다. 이름이 없다는 것은 그만큼 사람의 발길이 드문 처녀지에 가깝다는 이야기다. 하여 천년을 처녀막처럼 간직해온 태고의 언어들이 산보다 큰 골골마다 면면이 숙부드럽게 숨어 있다. 조금만 깊이 들여다보면 고인돌에 비길 원시의 흔적들을 만날 수도 있다. 무명 탓인지 하루 내내 사람 그림자 하나 구경하기 쉽지 않은 그야말로 호젓하기 이를 데 없는 산중이어서 행선行禪이나 사색의 공간으로는 더없이 훌륭한 명당이다. 어쩌다 지루한 한가閑暇를 붓방아 찧는 딱따구리의 목탁소리가 내친 김에 염불 삼매까지 재촉하는 호강도 누릴 수 있지만, 보기 드물게 어여쁜 적송이 산마다 빼곡이 들어차 있어서 세파에 지친 이들에게 조용히 머리를 식히며 삼림욕을 즐기기를 권하고 싶은 충동이 절로 인다. 산에는 길이 셋이다. 입산 자격을 상실한 담뱃불의 이기적 부주의만 아니라면 굳이 그 흉허물을 끌어들이지 않아도 될 임도가 있고, 버젓한 남의 산에 허락도 없이 인적을 짱박아 놓은 등산로가 있고, 그 무지막지한 횡포를 어렵사리 비켜서서 토박이 주인이면서도 오히려 도둑처럼 숨을 졸여 다니는 호젓한 산짐승들의 길들이 따로 있다. 산 짐승들의 길은 폭이 좁은 반면 발자국이 한결 두렷하다. 그 길을 따라가다 보면 고라니, 멧돼지, 살쾡이, 토끼들의 자취를 본숭만숭 더듬을 수 있다. 운 좋으면 누군가 방목하다가 놓쳤을 흑염소가 생파같이 무리를 지어 다니는 풍경도 만날 수 있다. 어느 등성이를 타거나, 나이 들어서도 무리 없이 오르기 알맞은 경사와 높이의 산봉우리들이 가려운 귀를 바짝 대고 도란도란 구수회의를 하고 있다. 에멜무지로 심술궂게 산코숭이를 치켜들면 올망졸망 아늑한 골짜기들이 잘 여문 고구마처럼 넝쿨 채로 달아오를 것 같다. 워낙 봉우리가 순하고 편한 탓에 계곡을 탐사하려면 먼저 봉우리에 오른 후 능선을 타고 가면서 기웃기웃 이 골짜기 저 골짜기 굽어보다가 그중 유난히 발길을 끄는 골을 짚어 찬찬이 내려가는 편이 효과적이다. 울창한 숲은 아래서 위로 치켜보기보다 위에서 아래를 지긋이 내려다보는 것이 정석이기 때문이다. 가다보면 작은 동굴도 발견하게 되고, 미처 챙겨오지 못한 카메라가 못내 아쉬운 폭포를 만날 때도 있고, 옥빛 암반으로 포석정을 빚어놓은 계곡들이 컬컬한 목 한 잔 축인 후 속미인곡이나 한 수 읊고 가라고 발길을 부여잡는 경우를 당하기도 한다. 규모가 작아서 그렇지 소쇄원이나 구룡폭포, 구천동 못지않게 눈길을 사로잡는 오밀조밀한 풍경들이 도처에 낯을 가리듯 숨어 있다. 그뿐인가. 계곡, 등성이 가릴 것 없이 차라리 난 밭이라야 어울릴 정도로 무성한 난들이 함초롬히 초록 등을 밝히고 있다. 봄에는 두릅과 취나물, 여름에는 으름과 꾸지뽕, 가을에는 정금과 알밤이 주인을 못 만나 할 수 없이 낙엽귀근처럼 제 거름이 되기도 한다. 허공에게 먹이를 물리듯 달짝지근한 입술을 쩍 벌리고 있는 으름을 능청능청한 줄기를 타고 타잔이라도 된 양 종횡무진 사냥하는 맛이란 깊은 산중에서만 맛볼 수 있는 짜릿한 쾌감이다. 산왕대신도 아닌 주제에 아무래도 야생동물들의 몫을 빼앗는 것만 같은 부자연스런 송구스러움은 옛 기억을 더듬어 가며 맛있게 드시는 아흔의 어머니 덕에 금세 사라지고 만다.

산골짜기에는 칡, 등나무, 머루, 다래, 찔레, 인동초 등 넝쿨진 초목이 많다. 그중에서도 으름 넝쿨이 단연 돋보인다. 어린 잎사귀는 나물과 차로 먹으며, 토종 바나나로 불리는 열매는 보기 좋은 만큼이나 맛도 달콤하기 이를 데 없다. 유난히 입안에 씹히는 씨도 기름을 짜면 훌륭한 식용유가 된다. 잎, 줄기, 열매, 뿌리, 어느 하나 버릴 게 없이 요긴하게 쓰이는 것이다. 이웃 나무 등걸을 타고 오르는 낙엽성 넝쿨식물로 으름넝쿨과에 속하는 으름을 한방에서는 목통木通, 통초通草 등으로 이르며 열매는 연복자燕覆子라 부른다. 줄기와 뿌리, 열매 모두 약재로 다양하게 쓰이는데 그 효능을 대충만 열거해도 손꼽다 지치기 일쑤다. 이뇨작용에 효능이 뛰어난 으름은 오래전부터 한방이나 민간에서 구내염, 인후염, 관절염, 요도염, 부스럼 등의 소염제로 애용해 왔다. 기와 피를 잘 돌게 하여 중풍을 다스리고, 풍습으로 인한 관절통, 타박상을 치료하며, 류머티즘이나 허리 아픈데도 좋은 약재로 알려져 있다. 진통, 진정, 인후통, 신경통 등의 통증 치유에도 유용하며 여성들에게도 요긴한 약재로 생리가 안 나올 때, 산모의 모유가 부족하거나 유선염이 생겼을 때 쓰인다. 강심, 진정 작용에 효과적이어서 심장의 화기를 다스려 불면증, 정신신경 안정제로 널리 쓰인다. 탈모를 치료하며 약독을 제거하는 한편 독충에 물린 상처에도 바른다. 암 세포의(위암, 폐암, 식도암, 간암 등)생장을 억제하는데도 한 몫 한다. 제 때에 수집하여 그늘에 말린 약재는 달여 먹거나 바짝 졸여서 고약을 빚기도 하고, 환을 만들어 복용해도 좋다. 외용약으로 쓸 때는 잘 빻은 가루를 걸쭉하게 개어서 바른다. 『동의보감東醫寶鑑』에는 "으름(목통木通)은 정월과 2월에 줄기를 잘라 껍질을 벗기고 말려서 쓰는데 12경락을 서로 통하게 한다. 그래서 통초通草라 한다."고 적고 있고 『본초강목本草綱目』에는 "목통은 맺힌 것을 풀어서 편안하게 하고 이수利水작용을 한다."고 하였다. 으름 열매는 이뇨작용과 더불어 이질, 폐결핵 등의 치료에도 효험이 있다. 그러나 너무 자주 오래 복용하면 신장에 이상이 오거나 신부전증에 걸릴 수도 있으므로 조심해야 한다. 몸이 허약하여 땀을 많이 흘리는 사람, 설사, 비위가 약한 경우에는 삼가는 것이 좋다. 특히 임산부가 복용했을 경우 자칫 유산 위험이 있으므로 반드시 의사의 지시에 따라야 한다. 이웃 수종을 타고 허공을 옥죄어 오르는 으름넝쿨의 모습은 장관이어서 정원을 꾸미는데도 한 몫하며 화분이나 꽃꽂이 등 장식 재료로도 환영받는다. 4∼5월에 피는 꽃향기가 그윽하여 옛날에는 이 꽃을 그늘에 말려 향수로 사용하기도 했다. 으름넝쿨은 1984년 올림픽을 개최한 스페인 바르셀로나 올림픽공원에 한국을 대표하는 자생 수종 중 하나로 초대 받은 바 있다.

산자락을 타고 가며 통곬을 이루어 멀리 동복댐까지 미치는 대덕천은 폭은 십 미터 남짓이지만 금방 떠 마셔도 탈이 없는 냇물이 사철 낭랑한 노래를 그치지 않는다. 대개가 암반과 수석들로 이루어져 있어서 마치 리아스식 해안을 따라가듯 들쭉날쭉한 제이 제삼의 변산 채석강이 못 박힌 눈길을 좀처럼 놓아주지 않는다. 레비스트로스는 오지탐험에서 얻은 "야생의 사고"를 통해 『슬픈 열대』라는 기념비적인 사회학 텍스트를 낳았다. 김정호 역시 삼천리 방방곡곡 오지를 마다 않고 샅샅이 뒤진 결과 혼자서 『대동여지도』를 손수 그려냈다. 다산 역시 오지의 고독과 비참한 생활상을 몸소 체험한 터라 『목민심서』를 시작할 수 있었다. 등산가들이야 말로 오지 탐험의 대가다. 그러나 오지를 입 밖에 올리려면 현지에서 최소한 강산이 한 번쯤 변하는 십여 해는 나고 봐야 그 닷과 속내를 따따부따할 수 있을 것이다. 물덤벙술덤벙 바람결에 스치듯 몇 마디 감상적 어투로 다루는 오지 여행기는 오지에게는 여간 불편한 모독이자 오해의 빌미이기 십상이다.

방아재 마을과 작은 샛골짜기 두엇을 사이에 둔 산자락. 마침내 나는 아직 때가 덜 묻은 반쯤 오지에 오랜 숙제이던 오지 여행의 배낭을 풀었다. 고향을 떠날 때 등허리를 짓누르는 대가족을 웬만큼 가벼이 건수하고 난 후 이웃에 폐 없이 몸 붙이고 살 만만 하면 돌아오겠다고 벼르고 벼르던 터에, 몸도 마음도 한물간 즈음에야 어렵사리 그 약속을 지킨 셈이다. 그러나 고향은 이미 개발의 맛에 중독돼 옛 맛은 사라진 지 오래고, 친구들 또한 사방의 대처로 뿔뿔이 흩어지고 말아 한갓 낯선 이방에 지나지 않았다. 할 수 없이 멀지 않은 곳에 고르고 고른 산림천택山林川澤의 적막강산. 밤이면 숨소리와 책장 넘기는 소리, 볼펜 구르는 소리만 거슬릴 뿐인 적요의 블랙홀. 고향의 추억과 정서에 가장 가까운 무명의 산골짜기에 산밖에 난 범의 남은 발길을 맡긴 것이다. 보기 드물게 아름답고 정겹고 쾌적한 주변 풍광이 한몫했음은 물론이다. 냇가에는 제법 크고 오지랖 넓은 호두나무가 한 그루 주렁주렁 검푸른 열매를 매달고 있었다. 용케도 주변의 논을 들락거리는 인근 마을 사람들 눈길을 벗어나 온전한 내 차지가 되었다. 횡재였다. 나는 틈만 나면 매끌매끌한 수석 위를 낙법이라도 익히듯 구르는 호도를 바구니 그득 채웠다. 야생 특유의 향기와 고소한 맛이 일품이었지만 깨뜨려먹기에는 좀 작은 편이라 손 마사지용으로 다듬어 쌓아놓고 만나는 손길들마다 아직까지도 나누어 주는 맛이 여간 쏠쏠한 게 아니다. 산중에 있을 때만은 돈이 별 쓸모가 없다. 쓸 돈도 별로 없지만 구태여 돈 쓸 필요가 없으니 시간이 그만큼 넉넉하고 실살스럽게 주어지기 마련이다. 문명의 옷이 두꺼울수록 자연과의 거리는 멀어진다. 마음도 그렇다. 자신을 잘 들여다보려면 마음의 옷, 즉 허위와 잡념의 때를 벗겨내 최대한 단순해야만 한다. 산중에 드니 굳이 거짓말이 필요 없다. 자연과의 소통엔 결코 거짓이 통하지 않는다. 수식어도 필요 없다. 단순할수록 명쾌하다.

달맞이꽃

나는 해를 묶어놓은 말뚝이었다

그림자 따라

사방西方으로 서방으로 달려갔다가

다음날이면

여시아문如是我聞처럼 동창東窓머리맡에 돌아와

새벽 문안드리는

해야, 이제 너를 풀어줄까

어서 오렴!

네 눈살에 눈부셔

잘 보이지 않는 이 말뚝부터 뽑자

–「오래된 덫」

장마가 휩쓸고 간 개울가에 겨우 발칫잠 할 만한 평상을 옮겨 놓고 강물에 바르집듯 눈을 맞춘다. 엊그제만 해도 끄느름하던 개울 전체가 금방이라도 풀쳐생각에 후루루 마시고 싶을 만큼 맑다. 제법 깊은 물속에서도 속살을 훤히 비추어주는 암반, 모래, 돌멩이는 씻은 듯 부신 듯 갓 닦아놓은 보석 같기만 하다. 서나서나 땀깨나 쏟아 가꾸어 온 고구마, 토마토, 상추, 풋고추, 열무, 가지, 오이, 옥수수는 반 수확조차 어렵게 되고, 축대는 또 시나브로 바쁘기만 한 내 땀을 얼마나 앗아갈는지 모르게 무너져 내렸지만 물은 얄미우리만치 독야청청하기만 하다. 차마 하늘바라기 하던 발을 담그기 얼떠름하고 민망하여 짐짓 다리를 꼬고 아닌 보살 할 수밖에. 따지고 보면 인간의 삼성들리고 모지락스런 이기심이 정작 몸을 붙여야 할 해맑은 개울의 길과 호흡을 틀어막고 견딜 수 없는 오탁수로 변질시킨 것 아닌가. 하여, 참다 못한 강은 하늘을 불러 밀린 대청소를 하는 수밖에. 그러니까 홍수는 천재가 아니라 간데족족 자연을 한사코 제멋대로 부리려드는 인간들의 남잡이나잡이를 뒤맑힘 당한 인재이다. 인간의 횡포로부터 스스로를 정화하는 자연의 자연스럽고 고유한 자기방어인 것이다. 그것을 두고 제 낯에 침 뱉듯 하늘을 원망하는 인간의 야당스러운 자가당착은 얼마나 볼낯없는 어리석음인가. 저리 가없고 청정한 근원적 은혜를 본숭만숭해 온 무감각이 사막하니 부르터난김에 그저 맑은 물에게 보배우며 감사할 따름이다.

산중으로 이사 온 후, 첫 손질이 풀베기이다. 텃밭과 개여울의 경계를 이루는 언덕에 수북이 자란 풀들을 벌초하는 일이 만만치 않다. 장마철에 웃자란 데다 엊그제 홍수에 밀려 한쪽으로 완전히 몸을 부리고 있어서다. 미처 숫돌을 챙기지 못한 무딘 날의 낫질 역시 둔할 수밖에 없다. 까마중, 곰보배추, 갈대, 명아주, 쇠무릎, 쇠비름, 뱀딸기, 돌나물 등 약초는 살려두고 나머지 잡초(산야초 중에 약초 아닌 것이 드물지만)만 솎아내자니 결쇠질처럼 일이 더디다. 그래도 낫은 녹슬었지만 손을 놓은 지 아득한 낫질 솜씨는 녹슬지 않았다. 어려서부터 온전히 몸에 밴 가락은 시간의 영역을 벗어나 존재한다. 어느덧 몸의 일부분으로 녹아 있기 때문이다. 마치 세월이 흘러도 그 맛이 변하지 않는 발효식품이나 다름없다. 몸속 깊이 구슬땀이 발효되어 제꺽하면 눈 감고도 자유자재할 수 있게 된 묵은 솜씨처럼 마음도 발효될 수는 없을까. 질레발레 혼탁한 마음도 귀 질긴 잡념 의 늪에서 훌훌 벗어나 청정일심만의 한결같은 거처이면 좋겠다. 쏟 아지는 땀을 젖은 수건으로 쥐어짜내며 지친 팔을 버릇처럼 휘두르 는 순간 섬뜩 손끝을 스치는 것이 있었다. 독사였다. 잘해야 손가락 만한 몸집은 납작 부풀려 백짓장처럼 편 고개를 바짝 세우고 위협하 다가 내게서 단순한 방어태세만을 읽고는 겸연쩍은 듯 꼬리를 사리 는 것이었다. 그러고 보니 더부살이하자는 마당에 산중에 하는 첫 신고랍시고 심고 가꾸기보다는 베어내는 것부터 시작했다. 어쩌면 독사의 출현은 뻔뻔스런 침입자에 대한 날선 경고이자 몸에 밴 텃세 인지 모른다. 아내의 목덜미를 산책길 삼아 거닐던 지네, 그리고 홍 건한 땀 냄새 주변을 위협사격 자서로 저공비행하던 말벌도 마찬가 지였다. 장화를 신고 고무장갑을 낀 것이 다행이었다. 베는 것은 내 몫이 아니다. 심고 가꾸지도 않은 주제에 선뜻 베기부터 했으니 얼 마나 황당한 횡포이며 파렴치인가. 인간의 손길이 심고 가꾸는 것조차도 자연에게는 반갑지 않은 짓거리인 판에 말이다. 웬만하면 그냥 내버려 두는 것이 최상이다. 그러면 저마다 알아서 풀은 무성하고 땅은 거름지고 하늘은 더욱 푸를 것이다.

종일 웃통을 벗고 있어도 누구 하나 거들떠보지 않는다. 속옷차림이라도 마찬가지일 것이다. 시시콜콜 눈치 볼 일 없어서 편하다. 이제 산짐승들과 친해지기만 하면 타잔이 따로 없을 것 같다. 버릴 것이 없으니 마음이 편하다. 음식물 쓰레기는 기름진 유기농 퇴비이다. 잡초 역시 낙엽과 더불어 훌륭한 밑거름이다. 무단방뇨는 위법이 아니라 흙과 자연에게 베푸는 시혜이다. 지하 148미터 암반수는 한 가뭄에도 끄떡없는 약수다. 무엇보다도 해질 때까지 시계를 보지 않아도 되니 좋다. 나는 시계를 풀어 놓고 시간은 행여 나를 닦달하지 않는다. 참으로 홀가분한 거래이다. 여기에선 온통 듣기와 보기밖에는 말이 필요 없다. 종일 산새와 풀벌레, 멀리 개 짖는 소리만 귀를 적실 뿐 눈에 띄는 것은 적송 숲과 개울물, 풀과 개미, 거미줄, 이름도 턱없이 모르는 야생화, 이따금 낮게 나는 잠자리 떼가 고작이다. 그러나 아직 그것들과 말을 트지 못한 죄로 그저 듣고 바라볼 따름이다. 해서 말수가 벙어리에 가까우리만치 드물다. 말을 시키는 상대가 없기 때문이다. 허긴 사람들과의 말들은 대개가 불필요한 허두이기 일쑤다. 기껏 밑도 끝도 없는 잡담이나 한 자락 깔고 하는 뒤스럭스런 제 자랑, 아니면 동병상련감도 못 되거나 빛두루마기를 껴입은 하소연이 대부분이다. 어디 그뿐인가. 시키지도 않았는데 허락도 없이 아무나 도마 위에 올려놓고 쓸까스르거나 외쪽생각의 괜한 거품을 무는 경우는 또 얼마나 많은가. 말없이 그저 귀 기울여 주며 따뜻이 웃기만 해도 상대는 수백 마디보다 오히려 더 격을 높여 신비롭게 여겨 줄 터인데 말이다. 말은 부러 둘러빠지거나 둘러치지 말고 그냥 간결하고 쉬울수록 좋다. 되지도 않는 말주전부리 왈강달강 메부수수하게 부려놓고 이제야 그 발톱눈 같기만 한 덧그림의 굴침스러운 물고를 닫는 터이지만 늦게나마 묵언정진의 묘미를 어렴풋이라도 맛볼 수 있어서 다행이다.

얼낌덜낌에 뙤약볕으로 그을린 얼굴이 구릿빛을 넘어 흙빛이 되어간다. 갈 데 없이 촌놈이다. 영락없이 뙤약볕을 화장품 삼으시던 천수답과 자갈밭의 아버지를 닮아간다. 아프리카 계곡 어디쯤 고여 있을 아담의 흔적을 좇기 바쁘다. 아마도 흙에 묻힐 때쯤이면 낯설다는 구박은 면할 것 같다. 더욱이 이발소에 갈 짬을 못 챙기니 머리도 수염도 멋대로 제 갈 길을 간다. 다른 부품들은 모짝모짝 시간의 모질음 속으로 속절없이 마모돼가는 몸집 속에서도 여전히 고도성장의 원심력을 버릴 줄 모르는 터럭들에게 산골은 신나는 해방구이다. 그러니까 내 부지런 속의 게으름을 무대로 한 그것들의 방종은 이를테면 탈속의 무위자연인 셈이다. 그러나 더 깊은 산중의 스님들은 실 터럭 한 올도 허용치 않는다. 파르라니 날선 면도 자국만 선연한 그 머리는 완연한 '무無밭'이다. 여기에서 노자와 석가가 충돌한다. 무위와 무의 차이가 방법론적 형식에 있어서는 극과 극으로 두드러지는 것이다.

틈만 나면 계곡이나 개울로 간다. 대지가 하늘을 향해 불쑥 화살을 겨누는 상사화들을 맞으려는 속내다. 그러나 보름 전쯤 문익점의 목화씨처럼 고향에서 알뿌리를 슬쩍 옮겨 온 것들은 아무리 샅샅이

뒤져도 소식이 감감하기만 하다. 발탄강아지처럼 글뛰게 보챈 만큼
이나 실망도 크다. 상사화는 꽃과 잎이 서로를 보지 못해 안타까워
하는 데서 이름 붙여졌다고 한다. 그런데 정작 상사화는 꽁꽁 숨고
마치 내가 상사화가 된 것만 같다. 가만히 상사화를 부처에 대입해
본다. 어쩌면 부처를 숭앙하고 염원하는 내가 부처인지도 모른다는
생각이 상사화의 꽃말처럼 스쳐간다. 어느덧 뼈만 남은 등을 아파트
소파에 비스듬히 붙이는데 이골이 난 어머니는 오래전부터 대놓고
시골을 싫어하신다. 더욱이 산은 예전에 아름차게 물리신 터이시다.
할 수 없이 아침 일찍 담양에 갔다가 저녁이 이슥해서야 광주로 되
돌아오는 주산야도晝山夜都의 출퇴근이 새로운 일상이 되었다. 평소
내키지 않는 운전이지만 기왕이면 드라이브나 하는 셈 치자고 보니
매일 한 시간 가량의 거리를 왕복해도 괜찮을 만큼 차차 운전석이
몸에 익어 간다. 도시의 외곽을 벗어나 추풍령 굽잇길을 연상케 하
는 산마루에 들어서면 공기부터가 확 바뀐다. 매연에 지친 땀구멍을
매지매지 애초롬하게 파고드는 신선한 공기 맛이 한여름 등산길 약
수처럼 달고 상쾌하다. 이윽고 산채에 이르면 맨 먼저 개들을 풀어
준다. 온 동네를 실랑이질하며 헤집고 다닐까봐 닭장과 운동장을 겸
한 뒤뜰에 가두어 두었기 때문이다. 닭 모이를 주는 일은 그 다음이
다. 잠시의 시장기보다는 자유가 더 소중하게 여겨져서다. 문을 열
어주는 순간 용수철처럼 떠박지르며 달려 나가는 개들의 힘과 속도
가 소름끼치게 폭발적이다. 기껏해야 뒤뜰에서 마당으로의 자리바
꿈에 불과하지만 삼바라지 같은 바깥의 해방과 자유가 그리도 좋은
가 보다. 하물며 천하를 집과 마당삼아 주유할 수 있는 사람의 발길

을 기껏 사방 한 평에도 못 미치는 공간의 사람이 구속한다는 것은 얼마나 가혹한 야만인가. 남의 자유를 빼앗아 꼭 자신의 자유를 확장하는 것만도 아닌데 말이다. 혹시 나도 모르게 크든 작든, 한 마디 지나는 말로라도 누군가를 억압하거나 간섭하지 않았는지 새삼 돌이켜볼 일이다.

까마귀 울음소리는 아무리 얼러닿추듯 새겨들어도 귀에 거슬른다. 새 울음 하면 우선 맑고 아름다운 화음이 보들녹진하게 떠오르기 마련인데 까마귀만은 그 상쾌한 예단을 일거에 허물고 만다. 독청이 덜 진화된 괴물의 발악처럼 음치이다 못해 음울하기 짝이 없다. 그래서 예로부터 까마귀의 괴성을 일러 불길하다고 해 왔나 싶다. 그 달갑지 않은 산중의 소음이 아침부터 귀청을 찢는다. 삼삼오오 겹을 이룬 채 앞산과 뒷산에서 주거니 받거니 울음을 부추기며 골짜기를 검은 메아리로 물들인다. 그리고는 마치 위협하듯 점점 가까이 포위망을 좁혀오고 있다. 아내는 못내 불안을 감추지 못한다. 외국에서는 까치가 흉조이고 까마귀는 길조로 통한다며 괜한 기으라고 달래보지만 아무래도 나 역시 꺼림칙하긴 마찬가지다. 아흔 살 어머니가 자꾸만 마음 쓰이는 탓이다. 그런데 어머니는 까마귀가 아니라 까치울음이라고 일부러 우기신다. 모두가 차마 터놓고 말은 않지만 여간 신경이 곤두선 것이 아니다. 다행히도 틈만 나면 텃밭으로 나가 손에 잘 잡히지도 않는 김을 매시는 어머니를 말리느라고 진땀 뺀 것 말고는 별 탈 없이 해가 기울었다. 퇴근길에 어머니가 좋아하시는 창평국밥집에 들렀다. 어제도 드셨지만 여전히 맛있다고 하신다. 다행이다. 어렵지 않게, 가깝고 값싼 곳에 어머니가 즐기시는 요깃거리가 있다는 사실이 얼마나 고마운가. 그런데 갑자기 어머니가 깊숙한 속옷 호주머니에서 꺼낸 3만원을 내미신다. 요즈음 며느리의 벌이가 신통치 않은 줄 눈치 채신 터라 백수인 아들이 아무래도 맘에 걸리시는가보다. 변변찮게 드린 용돈인데도 늙어서 별로 쓸 데가 없다고 아끼고 또 아껴 되돌려 주시는 그 마음을 잘 알기에 울컥 코끝이 아려온다. 너무 빤한 상식이지만 이 세상에 누가 어머니만큼 자식을 순수하게 온전히 사랑할 수 있겠는가. 어머니가 곁에 계시는 것만으로도 행복하다. 까마귀는 잠긴 목청을 높여 걸핏하면 놓치기 일쑤인 그 사실을 새삼 일깨워 준 것이 아닐까. 그리고 보니 길조인 셈이다.

윤선도의 「오우가」는 수석송죽水石松竹을 아우르는 달이 있어서 한층 그 시상詩想과 운치를 더한다. 그동안 출퇴근하는 바람에 미루어 온 산채에서의 달구경을 하게 되었다. 바위자락을 깔고 다소곳이 들어앉은 정자에 어머니를 모시고 모처럼 온 가족이 모인 것이다. 바람결에 실려 오는 뒷산 적송 숲 향이 코를 뚫는다. 졸졸졸 앞 개울물은 선방禪房의 옆구리를 살짝 가리듯 야소록하니 병풍을 친 대숲의 사각거리는 소리와 어울려 마른 귀를 적신다. 눈이라고 예외일 리 없다. 산중의 달은 도회의 달하고는 격이 다르다. 모처럼 호강하는 후각과 청각의 지원을 받아 밤하늘을 불러들이는 달맞이는 이백조차도 고개를 조아릴 만한 눈요기다. 그런데 나보다도 더 황홀하게 영월迎月의 단꿈에 취한 명하月下의 여심女心이 있었다. 개울가에 무리를 지어 은은한 녹황의 자태를 뽐내는 달맞이꽃이었다. 막 목욕을 마친 선녀의 숨은 나무꾼을 향한 윙크일까. 부풀은 달빛을 천으로 휘감은 꽃숭어리마다 은은하고 고고하다 못해 차마 눈길을 떼기 힘든 고혹이다.

달맞이꽃은 달이 뜰 무렵이면 한결 화사하게 핀다. 그러니까 달을 위한 꽃인 셈이다. 꽃말은 기다림이다. 여름 휴가철 들판이나 강둑, 야산을 화단삼아 피는 샛노란 꽃봉오리는 화사하고 고와서 관상용으로도 제법 인기가 있다. 꽃은 화장수로 사용하기도 한다. 혈압, 혈당치, 혈중 콜레스테롤 농도를 조절하고 비만 및 노화를 방지하며 피부 영양을 공급해 주는 달맞이꽃은 살찌고 스트레스를 많이 받는 사람, 술을 많이 마시는 사람, 육식을 즐기는 사람, 갱년기 장애나 생리불순으로 고민하는 여성, 알레르기 체질로 아토피성 피부염이나 천식 경향이 있는 사람에게 고마운 약초이다. 달맞이꽃은 외국에서도 사랑받아온 약재로 인디언들에겐 상비약이었다. 그들은 일찍부터 야생 달맞이꽃의 잎, 줄기, 꽃, 열매를 통째로 갈아서 상처, 발진, 종기에 발랐다. 천식이나 폐결핵의 기침을 가라앉히기도 하고 진통제, 경련성의 발작을 진정시키는 내복약으로도 사용하였다. 한참 뒤에 그 효능을 과학적으로 입증하기 시작한 백인들도 천식 특효약으로 애용하였다. 영국에선 왕의 만능약으로 불리기도 했다고 한다. 달맞이꽃 종자 기름은 특히 성인병 예방과 치료에 효과가 좋다. 콜레스테롤의 수치를 낮춰 심근경색, 동맥경화, 고혈압, 협심증 등을 개선해 주는 것이다. 류머티스성 관절염, 월경불순, 알코올중독 등에도 효능이 인정되고 있다. 부작용이 없는 다이어트제품으로 효과가 크다고 한다. 달맞이꽃의 어린잎에는 각종 영양소가 풍부하게 들어 있다. 달맞이꽃에 들어 있는 감마리놀렌산은 혈압, 혈당치, 혈중 콜레스테롤 농도 등을 조절하는 요긴한 물질이다. 노화를 방지하고 비만증을 자연스레 완화해주는가 하면 세포에 활력을 불어넣어 피부노화를 방지해 주며 피부의 건조를 방지하고 영양을 공급해 준다. 부족한 경우 혈압이나 콜레스테롤의 수치가 올라가고 천식 증상이 나타날 수도 있다. 신이 사람이 있게 하고 또 병을 만들었으면 그 병을 다스릴 약도 줄 게 아닌가. 사방에 제 것처럼 널려 있는 민간 약초는 멀리 가기 힘들고 삶이 고단한 민중의 수고를 덜어주기 위해 일손 바쁜 그들이 주변에서 가깝고 쉽게 구할 수 있도록 배려한 은총의 소산일 것이다. 시골사람들은 그 생명줄을 함부로 하지 않고 수천 년 동안이나 고맙고 소중한 약재로 보전해 왔다. 특별한 배려 없이도 자연스럽게 그들의 자연성을 살려줌으로써 최상의 관리를 해온 것이다.

그런데 산이고 강변이고 들이고 달맞이꽃의 안부가 전 같지 않다. 입소문에 들킨 것들이면 그들의 발길이 닿는 곳마다 남아나거나 성한 것이라곤 없는 도시인들 탓이다. 방송에서 귀 멀미나게 떠들어 댄 감마리놀렌산 원료인 그 겨자씨보다 작은 것을 털어가기 위해 가을만 되면 오지중의 오지까지 고급차량들이 설쳐댄다니 저 달맞이꽃이 분에 넘치는 환대를 누릴 날도 얼마 남지 않은 것만 같다. 호사스런 달이 아니라 실은 가난하고 피곤한 민중들을 기다리느라고 가녈가녈한 고개를 한결 늘여 뺀 듯만 싶은 그 바닥나기 껑다리들을 제 것인 양 짓밟고, 뿌리 채 캐내고, 무참히 꺾는 게 예사인 것이다. 막상 떼 지어 종일 설쳐봤자 작고 가벼운 열매라고는 채 한 되도 거두기 힘든 비능률을 헤아리지 못한 탓일 것이다.

　까마귀가 왜 그리 사납게 울어댔는지 그 실체를 알았다. 원인은 내게 있었다. 어제도 가타부타 없이 또 죽어간 닭을 개울가 갈대숲에 버린 것이 빌미였다. 많지도 않은 중간치 닭이 벌써 다섯 마리나 숨을 거두었다. 전 주인으로부터 인수한 토종닭은 멀쩡한데 안타깝게도 고향에서 닭을 치는 친구가 애써 가지고 온 것들만 제풀에 명을 접는 터라 속수무책이었다. 현대식 닭장에 드넓은 운동장을 겸한 썩 괜찮은 환경인데도 놓아먹인 것과 가둬 키운 것의 차이가 그토록 확연했다. 처음엔 묻어주었다. 그러나 숨만 거두었을 뿐 겉은 아직 성한 것을 그냥 버린다는 게 자꾸 맘에 걸렸다. 문득 티베트의 조장이 생각났다. 그래서 새나 산짐승들이 찾기 쉬운 개울가에 멀찌감치 한 상 차려놓은 것을 독수리 대신 까마귀가 포식한 것이다. 그리고는 아직 입맛이 가시지 않았으니 어서 더 내놓으라고 그리 성화를 부린 것이다. 공치사 같지만 딴에는 어렵사리 부개비잡힌 마음을 기울여 배려한 대가를 기껏 별옴둑가지소리 같은 악다구니로 갚다니! 괘씸했다. 하지만 그 역시 살갑게 은원을 가리지 않는 단순한 거래일 뿐 구태여 토를 달 필요 없는 자연의 당연한 섭리인 것을 어찌하랴. 먹이가 그리운 산 것들이 한판 거들어지게 잘 먹은 것만은 제대로 확인한 셈이니 그것으로 만족해야겠다. 낙엽귀근처럼 생명체는 죽어서나마 자신을 온전히 환원한다. 다시 말해 유용한 거름으로 제 보금자리에 일조를 한다. 헌데 사람만 꼭 부질없는 시체에 갖은 치장을 한다고 유난을 떨어 마지막 ‘자기봉사’ 조차도 못하는 것이 안타까울 뿐이다.

공사판을 전전하다 고층빌딩 공사장에서 추락, 눈이 먼 친구가 날마다 오전 아홉 시쯤이면 그 시간만 기다렸다는 듯 환한 목청으로 일조점호를 치른다. 내가 낯선 산중에 들었다는 소식을 듣고는 외로울까봐 그러는 것이다. 산골짜기 외딴집에서 자란데다가 청천벽력 같은 실명으로 절대고독을 경험한 친구의 골 깊고 으시감스런 배려이다. 요금도 부담될 텐데 한사코 오래 통화를 하자고 시시콜콜 말수를 늘여 빼곤 한다. 적요와 한가를 도붓장사 하겠다고 도린곁에 드니 저자거리보다 오히려 신세 지는 경우가 많다.

문턱 밑에서 개미떼들이 개미장을 여느라고 부산을 떤다. 다행히 한 뼘도 채 안 되는 높이의 방으로는 기어오르지 않는다. 쫓지 않고 내버려 둔다. 방문을 드나들 때마다 행여 밟힐까봐 조심조심 걷는다. 이 공간이 나만의 소유는 아니지 않은가. 나보다 앞서 이 지역을 발장구를 치며 선점한 터줏대감들의 당당한 기득권을 인정해 주기로 한 것이다. 나의 절대 공간을 침해하지 않는다는 전제에서다. 버성긴 모둠꽃밭 같은 신사협정이 언제까지 지켜질는지는 모른다.

닭장을 새로 고치려면 지붕을 휘감고 있는 등나무 넝쿨을 걷어내야 했다. 굵고 질긴 사슬을 끊기가 쉽지 않다. 대단한 얽힘의 힘이다. 지붕을 물고 도무지 놔주지 않는다. 안간힘을 다해보지만 얼씬도 않는다. 할 수 없이 줄기를 톱으로 잘라냈다. 한 뿌리에서 수십 개의 줄기가 마수를 뻗치고 있기에 한참 톱질을 해야 했다. 마침내 뿌리와 줄기의 완전한 단절이 이루어졌다. 끈끈한 한몸을 하늘과 땅으로 분리한 셈이다. 한나절도 못 돼서 그 짙푸르고 싱싱하던 줄기는 시들시들 풀기를 잃고 말았다. 그것을 잡아끄니 악착같던 결박을 순순히 풀고 씻은 듯 부신 듯 싱겁게 끌려 내려온다. 뿌리를, 다시 말해 원동력을 상실한 탓이다. 사람 또한 대지에 뿌리박고 산다. 그 대지를 소홀히 한다는 것은 곧 등나무의 뿌리를 자르는 것이나 다름없다. 티는 쉬 드러나도 태가 없는 것이 내 일 버릇이다. 못 하나를 박아도 그 자국이 눈 밖에 난다. 연장도 망가뜨리기 일쑤다. 페인트를 칠하다보면 정작 칠해야 할 부분보다도 가만 두어야 할 곳이 더 어지럽게 튄다. 실제보다 고탑지근하게 동떨어진 이론에만 치우쳐 온 자신을 통렬히 반성하는 수밖에 도리 없다. 이론은 실천을 위한 가설에 불과한 터인데 나는 결과물인 실제는 접어두고 그 초동 준비물인 이론만 전부인 양 떠들어 온 어정잡이였다. 그러나 전원생활은 발자국마다 당장의 일들이 기다리고 있다. 대부분의 일은 이론을 들먹일 틈도 필요도 없이 본능이나 습관, 순발력의 산물인 감각에 의해 즉흥적으로 처리되기 마련이다. 하여 나는 일마다 한 박자가 늦기 마련이다. 그 결과는 대부분 허술하고 아귀가 맞지 않고 뒤탈이 붙는 실패작이곤 한다. 그러니 다반사에 있어서 뒤태가 고울 리 없다. 말이 필요 없이 일로 말해야 하는 산중에 오니 칠칠맞고 아둔한 일손의 미숙을 절감하게 된다. 잘못된 세 살 버릇을 새삼스레 이순이 다 되어 단단히 고쳐야겠다. 실속 없이 굼뜨기만 한 손길 손에서 아무래도 실제에 도움이 안 되는 겨반지기나 고주박 같은 이론의 녹을 벗겨내야만 한다. 뒷손 보지 않게 마무리하고, 일을 마친 후에는 연장을 깨끗이 손질해 제자리에 단정하게 두는 버릇부터 길러야 한다. 그렇게 저절로 발새 익은 내일을 준비하는 오늘을 새로이 연마하는 것이다.

차 안에서 웬 불빛이 번뜩이고 있었다. 반딧불이었다. 얼마만의 재회인가. 반가워서 부랴부랴 문을 잠갔다. 그러나 그게 아니었다. 반딧불은 길을 잘못 든 것이었다. 야생화는 본디의 제 자리에 놓고 볼 때만이 야생화이다. 그것들을 인간의 구역에 끌어들이는 만행은 천연의 오달지고 숫스러운 야성을 말살하는 일방적 징발에 지나지 않는다. 화단이나 화분의 야생화는 진열장 속의 잠귀 질긴 윗방아기에 불과하다. 반딧불 역시 문명의 백야 속에서는 고유의 기능을 발휘할 수 없다. 휘황찬란한 도시의 야광이나 자동차의 조명에 그 작고 여린 빛은 블랙홀에 빨려들듯 가볍게 먹히고 말 뿐이다. 내가 아무리 반겨도 기실 반딧불이 입장에서는 발탄강아지가 천애고도의 감옥에 갇힌 것에 다름없었다. 후닥닥 문을 열어 주었다. 불의의 내방객은 유성처럼 작은 빛 꼬리를 흔들며 유유히 사라졌다. 아쉬웠지만 무공해의 상징, 명멸의 마술사인 허공의 깜빡이등, 저 전설의 별똥별을 다시 만난 것만으로 만족해야 했다. 한편 내 새로운 영토가 청정지역이라는 사실이 실감이 났다. 새삼 기뻤다. 멍한 눈길을 발치로 돌리자 금방 반딧불이가 날아간 자리를 달맞이꽃이 뒤턱따기하듯 가리키고 있었다. 첫사랑과 더불어 내 한 시절을 아록아록 수놓던 두 추억의 소재는 선소리치듯 뭉클한 향수를 불러일으키며 밭머리쉼 같은 한편의 영롱한 시를 빚고 있었다. 밤은 낮의 반대말이 아니었다. 다만 매혹적인 시의 비길 데 없이 눈부신 배후였다. 나는 시인이 아니었다. 위대한 시인들의 어정뜬 독자였다. 그 작은 배경의 하나였다. 이승잠 같은 소품이었다.

익모초

나는 어머니 자궁 속에서 나오지 않았다 아버지는

어여쁜 벼 모가지 무르익는 논에서 돌아오신 그날 밤

손발도 씻지 않은 피곤 속에서도

어머니를 알곡처럼 껴안으셨다 어머니는

그 후부터 식은 보리밥을 평소의 두 배나 드셨다

뒷골 밭에서 손수 가꾸신 알알이었다

나를 낳던 날도 난리통 저만치서

그해따라 풍년이던 벼논 세 벌 김을 매는 품앗이꾼들

참을 짓고 계셨다

나는 그렇게 이 땅의 논과 밭에서 났다

다만 어머니의 피땀과 벅찬 소망을 빌렸을 뿐이다

내 아이들은 그 사실을 증명할 것이다

내가 이승의 보리가시 속 한 알 알곡으로 지는 날

이윽고는 어디로 돌아가는가를
– 「어머니는 대지의 대리모이셨다」

별로 두려운 것이 없을 때였다. 실은 두려움에 대해 잘 모를 때였다. 어머니는 아무쪼록 자신을 함부로 하지 말라고 하셨다. 하루는 낫을 갈다 말고, 날을 너무 세우려다보면 날이 넘게 된다고 이르기도 하셨다. 스스로를 보배로 갈고 다듬는 자중자애만이 감히 우주라는 보석상을 경영할 수 있는 허가증이라는 간곡한 당부이셨다. 자기조차 제대로 사랑하지 못하며 어찌 이웃과 조국, 그리고 저 광활한 우주를 사랑할 수 있겠느냐는 조바심이셨다.

온 가족에게 다 물어봐도 하나같이 어머니한테서 욕설을 들어본 기억이 없다고 입을 모은다. 어머니는 늘 좋은 말도 다 못하면서 굳이 남 듣기 흉하고 자신의 품위를 떨어뜨리는 말을 골라서 할 필요가 있느냐며 말에게도 예의를 차려야 한다고 하셨다. 말을 아끼고 갈고 닦아서 사랑해야 행동도 거기 따른다는 속내이셨다. 말도 행동의 하나이고 행동도 말의 하나라는 언행합일의 정신은 어머니 일상생활의 근간이셨다. 그러기에 우리 형제가 아무리 사소할지라도 거짓말을 하거나 말과 다른 행동을 할 때는 그냥 지나치는 법이 없으셨다. 어머니는 비록 몰락한 가문의 고아로 자라 미천한 집안의 맏며느리로 시집오셨지만 본디 양가良家의 가통만은 준엄한 내재율을 이루고 있었고 행여 그 오랜 내규內規에 누를 끼칠 새라 일거일동마다 감히 범할 수 없는 위의威儀와 범절을 올곧게 지키셨다.

일제침략기. 일본의 몸서리치는 강압 속에서도 올력다짐 같은 제

앞가림인 우리말을 지키기 위한 노력은 그 절체절명의 명제만큼이나 너볏하고 결사적이었다. 말을 잃는 것은 곧 나라와 민족을 뼛뿌리채 잃는 것이고, 말을 지키다보면 언젠가는 모둠밥을 차리듯 나라와 민족을 되찾을 수 있다는 주술 같은 믿음 때문이었다. 그런데 지금은 누가 강요하지 않는데도 자진하여 우리말 대신 영어를 더위잡듯 사용하기에 혈안이 되어간다. 영어가 제일 언어이고 국어는 보조언어가 아닐까 재곤두치는 착각이 들 정도다. 우리말이 더 어울리는 문장이나 대화에도 굳이 끼어 넣지 않아도 될 영어를 동원하는, 이를테면 많이 배웠다는 층들일수록 영어 우월주의에 빠져 우리말을 날나게 폄하하고 홀대하기 일쑤다. 이러다가는 권위 있고 고상한 영어에 치여 우리말은 뒷귀 먹은 막서리의 촌스런 사투리쯤으로 전락하지나 않을까 두렵고 안타깝다.

모국어는 배우는 것이 아니라 엄마 품에서 몸가축하듯 습득하는 것이다. 그런데 조기 영어 공부는, 일차적이며 기본적인 모국어 습득을 들고 나서서 방해한다. 자장그네 속의 아이들은 두 개의 이질적 문화가 충돌하는 언어의 갈등 속에서 시끌버끌 정서의 혼란을 겪기 마련이다. 자밤자밤 모둠꽃밭을 다져온 민족 집단무의식도 생게망게 일대의 파란을 일으키게 된다. 그들은 자라서 선바람쐬듯 외국과의 소통은 잘할지 몰라도 정신문화의 핵인 민족의 원형질 부분은 심각한 장애를 입을 수밖에 없다.

현재 무심코 사용하는 일상의 언어는 모국어의 한계를 넘은 지 오래되었다. 새호루기처럼 무분별한 외국어와의 혼용. 되지도 않은 컴퓨터 용어의 남발. 어법에도 맞지 않은 짬뽕식 준말. 생급스럽게 비틀어진 억양. 천박하고 욕설스런 비속어와 은어. 거칠어진 표현과 드센 발음 등 이루 다 들먹일 수 없이 뒤틀리고 망가져 간다. 덩달아 사물의 실제 형상이나 소리와는 거리가 멀고 무미건조한 표준어의 억압 아래 맛깔스럽고 친환경적인 지역 방언은 그 명맥은 고사하고 당진 배알 티 한번 없이 아예 짓시늉조차 사라져 간다.

새삼 반복하고 싶지 않지만 모국어에 대한 무관심은 겨레의 점뿌림 같은 지문과 젖몸살 굳은 어머니 냄새를 얼바람 맞게 지우는 것으로, 제 것에 대한 긍지를 저버린 식민지적 의식구조의 반증이다. 세계화의 격랑에 휩쓸린 모국어의 퇴화 속에서는 어떤 말을 해도 앵무새의 혀 신세를 면할 수 없다. 무엇보다 끔찍한 것은 모국어의 퇴화는 곧 모성의 변질을 부른다는 사실이다.

적당한 긴장은 삶의 활력소다. 그러나 심하면 심신에 독이 된다. 반면 너무 풀어지는 것 역시 해롭기는 마찬가지다. 그러기에 선가에서는 번뇌나 잡념 못지않게 무기無記를 두려워한다. 긴장의 수위를 조절하기 위해 중용의 미학을 좇지만 사실 '적당히' 라는 말처럼 입으로는 쉬어도 어려운 주문은 없다. 적당한 긴장을 위해서는 산이나 강만 한 것이 드물다.

오늘은 산보다 물을 골랐다. 그렇다고 산을 떠난 것은 아니고 산자락을 부여잡고 흐르는 강을 따르기로 한 것이다. 영산강 상류를 이루는 황룡강은, 끊어질 듯 구불구불 도사리다 불현듯 꼬리를 내뻗치며 휘감아 도는 것만으로는 와룡 혹은 잠룡의 형국에 비기겠지만, 아무래도 그 협량한 몸집만 두고는 낙화유수의 정취에 취한 옛

시인의 푸짐한 수사로 봐준다 해도 이름의 과장이 좀 심하다고 해야 옳을 것 같다.

강에 와서는 강물과 인사를 나누어야 한다. 그러나 강물은 감히 인간의 언어 따위로 하는 아는 체를 허락하지 않는다. 어디 흔적 없이 가고 싶은 것이 한 둘이랴. 바람의 발자국 일일이 새기다가는 허공조차도 성한 데라곤 없을 터. 그러기에 강물에는 본적도 주소도 없다. 강에는 이름이 있지만 강물에는 이름도 간이역도 없다. 부러진 나뭇가지나 밤낚시의 추, 이끼 자욱한 바윗돌을 타고 넘거나 휘감아 돌 따름 제 말은 한 마디도 남기지 않고 죄 버리며 간다. 밤새 사납게 몰아치던 폭풍우도 뜬소문처럼 제 풀에 잠잠해지듯 언제 강물에 흉터가 있던가. 혹시 가뭄 홍수의 지문이라도 있던가. 다만 발부리를 스치는 장애물의 신음이 아픈 것이다. 오늘도 재두루미 끼룩끼룩 깃털 몇 떨치고 달아나는 저 줄 없는 가야금은 허공을 악보 삼아 마냥 흐를 뿐인 것을.

사람의 발길과 손길 반질거리던 길과 산야에 어느덧 인적이 끊겨 케케묵으면 쑥, 개망초, 명아주, 달개비, 달맞이꽃, 환삼덩쿨 등 5분 대기조처럼 벼르던 철새들이 날아와 무성한 텃새의 곳간을 이룬다. 그런데 이런 귀찮고 흔해빠진 잡초들이 실은 저마다 내노라하는 나물이자 약초들이다. 이름부터가 망측하고 천덕스런 개망초만 해도 해열, 해독, 장염, 설사, 전염성 간염, 치은염, 림프절염, 혈뇨, 급성 위장염, 말라리아 등 헤아리기 벅찬 효험이 있다. 그처럼 서로 다투어 만병에 두루 미치는 효능 중에서 대강 집히는 대로 하나씩만 들어보자면, 비타민 A와 C가 풍부한 쑥은 위를 튼튼히 하고, 장수長壽

의 상징 청려장의 재료인 명아주는 중풍예방에 좋다. 닭의 밑씻개로도 불리며 번식력이 강해 줄기를 잘라내면 잘라낸 줄기마디에서 다시 뿌리를 내리는 달개비는 당뇨에 효과가 있고, 예전에 줄기 껍질로 옷감을 짜서 입었다고도 전해지는 환삼덩쿨은 결핵치료에 탁월하다. 그 외에도 산이나 들, 강변 사방에 지천으로 널려있는 잡초 중 특유의 약효를 지니지 않은 초목은 없다. 굳이 신토불이라는 경험철학을 들먹이지 않더라도 토종 우리 식물과 먹을거리는 가릴 것 없이 두루뭉수리 다 명약에 속하는 것이다.

건강에 있어서 '마음'이라는 애매모호한 형이상학만 빼고 나면, 약이라는 것이 한약이든 양약이든 결국 사물을 원료로 한 형이하학일진대, 외국소젖보다는 어미젖이 친환경적이듯 우리 주변에 살아 숨 쉬며 누천년 우리와 동거해온 우리 것이 역시 우리 몸에 알맞고 친할 수밖에 없다. 그러기에 나는 외국산은 물론, 약초의 보고라는 지리산 것들보다도 내가 나서 자란 환경에서 한사코 가까운 곳에 인적을 피해 숨어 있는 산야초를 한결 더 좋은 약재로 친다. 우리가 무심코 하찮게 여기는 잡초들이 인스턴트식품에 찌든 입맛을 다잡아 새로 돋우는 먹을거리이거나, 현대의학이 포기한 불치병 치료의 기적을 낳는 실사구시의 불사약 노릇을 할 때는 평소 그들을 함부로 대한 오만과 경솔이 짝 없이 송구스럽고 부끄럽기만 하다. 마치 주민등록처럼 식물도감에야 과와 속으로 묶고 또 묶어 가둔 각각의 기호가 버젓이 실려 있겠지만 현장에서는 도대체 이름을 알 수 없는 금수강산의 어엿한 주인들. 나는 그 장구하고 광활한 산야초 대열에 감히 또 하나의 민초로 끼기를 원한다. 비록 '민간약초'의 줄임말은 못 될망정 그래도 작으나마 묵묵히 세상을 이롭게 하는 풀로라도 어울리고 싶은 것이다. 천하고 흔하기에 오히려 더 소중하고 귀하게 쓰이는 들풀, 굳이 그 이름 따위 소용없는 무명초로 말이다.

귀하다는 것들일수록 생명과는 거리가 멀다. 오히려 반생명적이다. 같은 물질이라도 흔해빠진 황토나 조개껍질은 좋은 약재로 쓰이지만, 금이나 보석은 우리 몸을 거추장스럽게 만드는 한낱 치장의 도구일 뿐이다. 들국화나 민들레는 사철 당당히 『동의보감』의 아랫목을 차지하지만 장미나 벚꽃은 기껏 얼마 동안의 눈요기에 그치고 만다. 대개 살상의 독기를 품은 독초나 독버섯일수록 화려한 외양으로 눈먼 눈길을 유혹한다.

약초는 가급적이면 인적과 거리가 먼 은밀한 장소에서 골라야 한다. 단연코 지상에서 인간만큼 반생명적 공해는 없으므로. 인간의 문명이라는 것이, 생명의 원천이요 보루인 자연을 한사코 거스르는 '자기반역적 모순' 아니던가. 따라서 자연에서 멀어질수록 인간은 건강에서 멀어진다. 인적이 주춤한 강변은 어디를 가나 그 흔한 잡초, 아니 먹을거리들로 진을 치고 있다. 줄잡아 하루치 운동량을 채울 만큼 걷다보면 그 중에서도 한 들 쯤, 이를테면 쏠쏠한 '물건' 을 만날 수 있다.

오늘도 비탈지고 외진 강기슭에 바짝 약이 찬 익모초들이 고고한 자태와 늠름한 기상을 뽐내며 곧추 버티고 있는 게 아닌가. 바람결에라도 서로의 옷깃을 부딪치지 않을 만큼의 일정한 거리를 유지하고 있었다. 익모초는 예전 시골에서는 들판에 저장해 둔 상비약이었다. 삼월 삼짓날이면 어린잎을, 단오에는 약찬 잎을 따서 그늘에 잘 말린 후에 집집마다 처마에 시래기처럼 두룸두룸 엮어서 살뜰히 모셔두곤 했다. 소태나무만 빼고 쓴맛으로 백초의 범 노릇을 하는 그 비상약은 첩첩산중 외딴 마을마다 고약한 입맛만큼이나 짝 없이 고마운 고진감래의 산중인이었다. 나는 벼라별 풀이름 중에서 익모초가 좋다. 누구는 풀을 두고 민중을 노래했지만, 저마다의 소박하지만 알찬 젖가슴과 자궁 속에 한결같은 토종입맛과 만병통치의 대자대비를 고이 간직해온 풀이야말로 고귀하고도 아름다운 모성애의 상징이라야 맞다. 그 중에서도 이 땅의 어미들을 남달리 지키고 다스려온 풀이기에 하필 익모초益母草라고 하지 않았던가. 익모초는 우리나라 도처의 황무지, 풀밭, 계곡, 밭둑 등지에서 흔하게 자라는 두해살이풀로 키는 1m 정도이다. 사각형에 가까운 줄기는 하얀 털이 있으며 전체적으로 백록색을 띤다. 잎은 자루가 길고 톱니가 있으며, 연한 붉은색 꽃은 7, 8월에 줄기 윗부분 잎겨드랑이에서 몇 개씩 층층으로 핀다. 충울자茺蔚子라고 불리는 열매는 9월에 익는다. 예로부터 부인에게 적합하고 눈을 밝게 하며 정精에 도움을 주는 풀로 널리 알려진 익모초는 민간에서는 이뇨, 지혈, 혈액 순환, 식욕 촉진, 산전 산후 관리, 소염진통, 신경 안정, 해독 등 웬만한 질병 가리지 않고 두루 사용해 왔다. 특히 자궁수축, 자궁 출혈, 산후 지혈, 산후 복통, 월경과다, 자궁출혈, 대하, 자궁내막염, 유선염, 생리통, 생리불순, 냉증, 불임증, 무월경, 자궁탈출 등 부인병에 탁월한 약초로, 제대로 의료 혜택을 누릴 수 없던 이 땅의 여성들에게 참으로 요긴하게 사랑받아온 약초 중의 약초로, 근자에는 유방암을 비롯한 항암제로도 그 약효가 입증된 바 있다.

아프리카 대륙 서부 브루키나 파소에 사는 여성들은 딱딱한 옥수수에 약간의 채소를 빻아 만든 옥수수 죽이지만 아이들과 남편이 먼저 식사를 하고 가정주부인 여성은 맨 나중에 그것도 조금만 먹을 수밖에 없다고 한다. 그러나 이것조차 배고파하는 아이들 때문에 제대로 먹지 못할 때가 허다하다는 것이다. 우리 어머니들도 꼭 그랬다. 중년 이상의 연륜들에게 물어보자. 바로 엊그제 보릿고개를 넘으며 아무도 모르게 쏟아내던 어머니의 피눈물을 기억하지 못하는 건망증도 있을까. 한 여자의 유방의 역사는 그녀 역사의 축도이다. 유방의 춘하추동은 그 사서史書의 기승전결이다. 나는 아내의 젖가슴에서 그녀의 생체리듬과 심리적 변화무쌍을 읽어왔다. 그 팽팽하던 긴장이 느슨해질 때 아내는 제이의 사춘기를 앓았고, 나는 그 등쌀에 쇠락하는 여성사의 곤혹을 지켜보며 덩달아 내 무딘 손길의 껄껄한 촉감을 감수해야만 했다. 그리고 그 달콤하던 추억 덩어리가 내 감촉을 위한 특혜가 아니라 실은 '모성의 발효'라는 사실을 깨치자 나는 오히려 아내의 절망에 대해 새삼 외경과 송구스러움을 더하게 되었다. 여성의 유방은 수유기 때가 그 절정이었다. 결국 여성의 본연은 아무리 아파도 아이에게 젖을 물리는 그 동물적 모성에 있었다. 그렇다면 아직도, 여전히, 그 최상의 일차적 가치 또한 당연히 거기서 찾아야할 게 아닌가. 어미젖에 파묻혀 쌔근쌔근 자는 아이만큼 자유롭고 평화로운 풍경이 또 있을까. 자연의 분모인 모성은 살림의 미학을 좇아 젖무덤처럼 아늑하고 자연스러울 때만 위대하다.

그런데 지금의 엄마들은 웬만해선 제 젖도 안 먹이고 잡식성 사료로 키운 아이들을, 문명의 함정인 죽임의 마취학을 연마시키기 위해 무한 경쟁의 전쟁터로 내몰며 죽고살기로 다그치고 있다. 그 속에는 닦달과 짜증뿐 젖어미로서의 깊은 눈물이라곤 없다. 아무리 바빠도 아이 젖은 먹이고 나서 일어서던 그 원초적 사명감이, 한사코 아이들의 잠을 빼앗고, 놀이를 빼앗고, 저만의 언어를 빼앗고, 주변 환경과의 대화를 빼앗는 약탈자적 사명감으로 변질된 것이다.

젖무덤이 낡은 봉분처럼 느슨해지면 그동안 어미와 자식 간의 일방적 설정이던 보호자와 피보호자의 질서도 바뀌게 된다. 엊그제만 해도 당연히 어머니는 자식이 모셨다. 비록 돈 들여 가르치지는 못했지만 그래도 끈끈한 젖줄을 통해 자식을 효자로 만든 어미가 천륜의 축복을 누렸다. 자식들이 토해내는 젖으로 차가워져가는 유방乳房의 아랫목을 따뜻이 한 것이다. 그런데 그 아름다운 전통은 벌써 옛전설이다. 지금의 엄마들은 평생을 자식들에게 헌신 아닌 헌신만 할 뿐, 어미의 대접을 받을 수 있는 기회를 박탈당한다. 자식들을 혹사시킨 대가이다. 자식들을 끊임없는 일등주의의 수레바퀴 속에 몰아넣고 채찍질만 더해온 벌이다. 자식들을 오직 질주만이 허락된 고속도로 위에 떼밀어놓고, 그들이 깊은 숨을 몰아쉬고, 차분히 자신과 주변을 돌아볼 만한 시간을 송두리째 빼앗아버린 앙갚음을 두고두고 받는 것이다. 더욱이 아이들이 더 많이, 더 열심히 배울수록 그 징벌의 수위는 높아만 간다. 어미가 파 놓은 경쟁의 함정 속에서 도무지 어미를 돌아다볼 틈이 없는 것이다. 아이들은 엄마 품에서 천록을 누리며 생명감각과 언어감각을 저절로 익힌다. 그 원초적 습관은 크게는 민족, 작게는 낱낱 인격의 원형질로 자리 잡게 된다. 그런데 소젖을 마시고 자란 아이들의 입맛에 치즈, 햄, 버터, 따위 가공 외래 식품을 처발라주기 바쁘다. 거기에다 어떤 엄마들은 우리말도 제대로 익히지 못한 아이들을 억지로 떼어내 동남아에까지 조기 유학을 시키는 바람에 작고 평화로운 도시국가의 집값이 요동친다니, 대체 아이들의 의식구조 속에 웬 프랑켄슈타인을 심어주려는 수작일까.

혹 제 돈으로, 제 새끼 제 맘대로 하는데, 국경도 민족도 껍데기뿐인 세계화 시대에 무슨 케케묵은 잠꼬대냐고 거품을 물고 할퀴려들지 모른다. 그러나 문제는 아이들이 엄마의 품속이 아니고 뻐꾸기 알처럼 남의 둥지에서, 그것도 이 둥지 저 둥지 번갈아 가며 사육된다는 사실이다. 어떤 동물도 어미 품에서 성장하는 것은 예나 이제나 한결같은 환경미학이다. 그런데 생명체의 근원적 바탕인 모성에 접목되지 않은, 다시 말해 모성부재의 환경 속에서 사육된 아이들의 정서 불안과 문화적 혼란은 두고두고 어찌할 것인가. 다분히 강자들을 위한 전략이자 구호인 세계화의 격랑 속에서 자신들의 기득권과 안위만 챙길 수 있다면 조국이나 민족 따위 안중에도 없는 이들에게는, 그들끼리의 언어 말고는 어떤 논리도 통하지 않게 된 지 옛날이 아닌가.

마땅히 맛있게 따 먹었어야 할 사과를 두고, 지식인은 그것을 다 먹은 아담과 이브의 당연지사를 죄로 몰아 억지로 옷을 입히고 구구한 기소장을 늘어놓는 것으로, 자신들의 밥과 권력을 세습하고 극대화하여 에덴 이후 지금까지 인류를 구속하고 있다. 그러나 세월의 마디 따라 생명의 박동을 팔팔 누려야 할 아이들에게 사과는 미래의 전유물이 아니다. 오직 그때그때의 현재이다. 내일의 사과는 또 내일 열린다. 10퍼센트를 위한 경쟁 구도의 90 퍼센트를 채우는 덤터기 아이들은 사과 한번 제대로 맛보지 못하고 평생을 '환상의 들러리'만 설 뿐이다. 그들의 사무친 복수가 두렵지 않은가. 아직도 이 나라에는 한사코 금수강산에 세세손손 뿌리박고 살며 동해물과 백두산을 지키려는 신토불이 텃새들이 대다수를 이루고 있다는 사실을 잊어선 안 된다.

도대체 저 유장한 강의 무덤은 어디에 있을까. 산굽이 에돌아 강물이 흐르고 그것을 산모롱이 무덤이 한참이나 굽어보고 있다. 무덤은 강물에게 이제 좀 쉬라고 하고, 강물은 또 무덤에게 그만 좀 쉬고 내려오라고 손짓한다. 해는 그런 산과 강을 나란히 쓰다듬다가 지치고 만다. 얕은 강은 그 비밀이 낱낱이 드러나고, 안으로 소리를 감춰온 강 속의 강만 시간의 오목가슴으로 난 길을 좇는다. 나는 물수제비뜨고 싶던 손짓을 거두고, 화백의 의결을 거친 평화사절단의 춤사위가 징검다리를 휘휘 감고 돌아가는 소리, 덧니 같은 조약돌을 살짝 뛰어넘는 소리를 듣는다. 또, 갈대의 사타구니를 어루만지는 소리, 백로 긴 부리 끝에 긁히는 소리, 물푸레나무 그늘에 하르르 간지럼을 타는 소리도 듣는다. 처음엔 따로 따로 듣다가, 이리 저리 짝 지어 듣기도 하다가, 그것들을 다 모아 동시에 듣는다. 그때면 내 몸은 모조리 귀가 되고 비로소 강과 한 소리가 된다. 시간의 목구멍을 들여다보는 것도 이때다. 어느새 해가 서산마루와 숨바꼭질하고 있다. 익모초! 논밭과는 동떨어져 유유자적하는 터라 농약 염려는 할 필요가 없었다. 자칫 영어의 훈이나 음 따위로 전락할 운명인 모국어처

럼 갈수록 삭막하고 부자연스러워만 가는 이 땅의 모성애를 떠올리
며 활기차고 때깔 좋은 두어 줌을 등산가방 속에 조심스레 담았다.
그래도 저희들만의 향토색 짙은 방언을 키우고 다듬느라 쉴 새 없는
강물을, 건너편 산자락 천연 누각 위의 조과선사鳥窠禪師 소쩍새가 지
켜보며 목청껏 고수의 장단을 맞추고 있었다.

야관문 夜關門

낡은 댓돌 위에
신발 두 켤레 놓여 있다

하나는 단정하고
딴 것은 흐트러져 있다

햇빛이 새벽부터
가지런히 하다 지쳐
산 너머로 훌쩍 달아나고

단정한 신발만
흐트러진 채로 남는다

-「山家」

일찍이 지상천국을 꿈꾼 적 있었다. 그러나 저마다 천국을 다투는 등쌀에 밀려 깊고, 넓고, 외딴 산중에 들고 보니 '개들의 천국'으로는 손색이 없겠다. 헌데 해피가 또 발정기를 맞았다. 보스와 복들이가 난리다. 아내는 해피가 유난스런 첫배의 산고를 치른 후 눈에 띄게 야위자 출산의 고통을 다시 겪게 할 수 없으니 대책을 세우자고 난리다. 불임시술을 하자니 거금이 든다고 한다. 그보다도 자연을 거스르는 게 영 못 마땅하다. 할 수 없이 반자연적이기는 마찬가지지만 배란기 동안 해피를 가둬두기로 했다. 여기에서 개집은 개들의 영토 바깥인 다리를 건너는 것을 단속하는(다리 건너 찻길이나 농약, 농작물을 염려한) 징벌방일 뿐, 세 마리의 개들은 밤이고 낮이고 치외법권 지역인 다리 안쪽의 산과 뜰, 텃밭, 개울에서의 자유분방을 만끽한다. 그런데 그만 그 징벌방에 열흘의 근신 딱지를 붙여 해피를 강제 수용하게 되었다. 어쩌다가 성스러운 모성본능이 징벌의 원죄가 된 것이다. 그런데 정작 해피는 잠잠한 편인데 두 수컷들이 거의 전쟁 수준이다. 보스는 해피의 옆 징벌방을 자청하여 차지하고서는 꿈쩍도 않는다. 어디 나서려고 움직이는 낌새만 보이면 척후병처럼 앞동지르던 복들이도 징벌방 주변만 배회할 뿐 아무리 산에 가자고 졸라도 본체만체한다. 원심력이 외면당한 구심력만의 잔치가 징벌방을 중심으로 살벌하게 벌어지고 있다. 해피는, 정확히 말해 해피의 암내는 저 수컷들에게 살아 있는 최고의 자석인 셈이다. 본능처럼 자발적인 생의 원소가 어디 있을까. 본능은 무섭다. 징벌방을 지키는 보스는 한결 사나워지고 보스의 눈치를 살피며 주변을 서성이는 복들이는 덩달아 신경질적이다. 밤새 보스의 애절한 신음 소

리는 여름잠을 설치는 적막을 뒤흔들어 적신다. 저 암수 중 누가 발
정기인지 자꾸만 헷갈린다.

개들의 치열한 '본능전本能戰'을 저만치 미뤄둔 채, 낡고 검은 구
두를 인숭무레기 가는 베 낳듯 닦는다. 가름옷을 차려입을 때마다
가락 내어 치르는 숙제다. 검은 것을 희게 하는 게 아니라 굴왕신 같
은 검은 것에 더 검게 소위 겉바른 광을 내겠다는 꿍꿍이다. 가만 보
면 그 무엇에게도 이만큼 손길이 많이 간 적 없었다. 사랑하는 이들
에게도 감히 이만한 정성을 쏟지 못했다. 깜냥에 몸닳달하며 밤을
앓아 초벌을 시늉한 시詩나부랭이도 두어 번 뒷손질로 손쉬운 마침
표를 찍곤 했다. 그렇다고 이 살피살피 반질반질한 구두 닦기라고
행여 구두를 위한 것이 아니다. 대체 뭘 위해서일까. 기껏, 개미장
서둘러 걸어야할 길을 검둥개 몀 감기듯 제자리서 손으로 닦고 있었
던 셈일까. 혹시 길에게 잘 보이기 위해 그랬는지도 모른다. 그러나
길은 길과 더불어 땀 흥건한 발로 닦아야 한다. 가뭇없는 길을 소마
소마 발서슴하듯 구두에게 바치는 손길은 모두가 아스팔트길을 갈
때의 짓이다.

산길에 들 때는 그냥 등산화나 운동화 끈을 바짝 조이기만 하면
된다. 맘에도 없이 끌려 나선 아스팔트길에서 돌아오기 바쁘게 난밖
사람 가을부채만 같은 구두를 벗어던지고 발 빠른 등산화로 갈아 신
는다. 마치 겹 허물 궁뚱망뚱한 짐을 메태기 치기라도 한 듯 홀가분
하다. 인적 끊긴 산비탈, 무심코 돌아본 눈길에 작고 수줍은 꽃이 밟
힌다. 스스로 말해주지 않는 바에야 이름도 모를 것이 볼수록 곱고
정갈하게도 피어서는 어디에 마음을 주고 있는 것일까. 도무지 곁눈

을 주지 않아 그 가닥스러운 낌새를 가로챌 도리가 없다. 그러나 그 것이 대수이랴. 어느 누가 부르든 말든 밤새 눈 맞춘 하늘이 새벽같 이 입맞춤으로 보내는 이슬 몇 망울에 소리 없이 목욕재계하는 것만 으로도 저 허공과 산천을 요람삼은 괄호 속의 이름은 홀로 산골 으 슥하니 비금버금 청정하고 충만하기만 하다. 내 무명 혹은 익명조차 도 저렇듯 은밀하고 구덥게 닦아내야 하는 것을, 나는 번듯한 명찰 도 없는 아무개 하나 건수하기도 버거워 갖은 낯가리기 잔치에 들숨 날숨 없는 오두방정을 떨어온 것이다.

산 정상에 이르니 산은 간데없고 귀 조일수록 군더더기만 같은 아랫녘 사연이 첩첩 쌓아둔 보따리를 조곤조곤 일러바친다. 아마도 내가 성에 차지 않는 산의 숨은 장난인가 싶다. 할 수 없이 지그시 눈 을 감는다. 내친 김에 산봉우리를 성소聖所 삼아 때 늦은 산 바깥의 고해성사나 해보자. 눈먼 시간을 가장질하기 바쁜 희망은 늘 교활하 게 포장된 절망의 입장권이듯 녹슨 쿨안의 유배지에서 내 주식主食은 입맛을 잃은 암갈색 우울이었다. 그리고 위태로운 안일의 찌꺼기인 회의주의를 간식으로 주전부리 삼는 이 땅의 어디에도 내 만성피로 가 쉴만한 안락의자는 없었다. 메떨어진 뜬머슴에게 도심의 평범한 일상조차도 산새들과의 독경이나 묵은 텃밭으로의 귀거래사처럼 허 락되지 않았으니까. 그리하여 나는 거탈수작만 같은 진격이나 방어 싸잡아 서툰 아스팔트 위의 졸음에 겨운 초병. 보이지 않는 적의 총 구 앞 휴전선이 탐험도 여행도 아니고 다만 쫓기듯이 죽음의 등고선 을 타고 오르는 내 부르튼 맨발의 주소였다. 오도깝스럽게 내 자리 를 틀고 앉아 오만을 애무하는 이웃을 보며 관제동원 같은 박수를

쳐야 하는 나의 사계는 단색의 칠월, 다채색 시월에도 다만 건드렁 타령의 무채색일 뿐이었다. 그리하여 신기루와 정글 사이에 가로놓인 사막의 녹아버린 온도계와 시계탑 아래서 상처투성이 발은 파상풍이 두려워 맘 놓고 한 걸음도 내딛지 못했다. 그리고 이제, 무성한 불협화음과 소음의 안개 숲에서 술에 취해 밤길을 가다 때 아닌 눈보라에 귀뺨을 얻어맞는 것처럼 웬 미친 유목의 말발굽에 건몸 달아 짓밟히고 있다. 하여 늘 앞뒤가 뒤숭숭한 불면증을 앓는다. 이틀 꼬박 백야의 불침번을 서기도 한다. 무에 그리 섭섭했는지 잠은 어서 오라고 눈썹씨름하며 보채면 보챌수록 심술궂게도 멀리 달아나버린다. 그리고는 불면이라는 도무지 말귀가 통하지 않는 정체 모를 녀석만 내 새벽 세시를 무단 침입해서는 한사코 친구하자며 돌아갈 줄 모른다. 뜬눈으로 앓아온 객고客苦의 보를 빼듯 머지않아서 정녕 원 없이 푹 잘 것을 벌써부터 부러 연습해 둘 것이 뭐있냐는 투다. 기왕 밤새 놀 바에는 새로 수청이라도 들듯 한여름 밤을 뜨겁게 달구자고나 할 일이지 하필이면 배알티를 부리듯 심야의 신음이 음습하게 들끓는 지루한 침묵에 애먼 귀나 바싹 붙이라니. 할 수 없이 여섯 달이나 잠 안 자고 팔팔 끓어온 야관문夜關門 술을 먹여 녀석을 달래기로 했다. 그렇게 발탄강아지 같은 불청객에게 배움술을 먹여놓고 제풀에 두어 시간 술이 되어 시들다 말다하는 비몽사몽간이었다. 초등학교로 돌아가 숙제하는 꿈을 꾸었다. 눈 위에 난 똑같은 발자국을 찾는 것이었다. 너무 쉬웠다. 내 발자국만 찾으면 되는 것이었으니까. 그러나 자세히 들여다볼수록 방금 내가 딛고 온 발자국도 제각기 살천스럽게 달랐다. 그 위치가 다르고, 깊이가 다르고, 신발바닥에서 묻은 흙의 양도 달랐다. 더욱이 그 위에 쌓이는 눈 모양도 달랐다. 망연히 발만 동동 구르는 순간 다행히 뒤를 싸주듯 핸드폰 알람이 요란하게 운다. 일어나보니 어쩌면 죽은 신의 밀세다리인지도 모를 그 친구, 어느새 먼저 일어나 사라지고 없다. 새김꺼리 같은 알리바이로 남겨 둔 눈곱 몇 끌고 새벽같이 저울 위에 올라서니 이십여 년을 무단점령해온 살집이 첫눈에 띄게 그 흔적 없는 발자국 따라 사라져버렸다. 내가 추방한 것인지 스스로 빠져나간 것인지 알 길이 없다. 개라면 끔찍하게도 싫어하시던 어머니가 지금은 끔찍하게도 귀여워하신다. 나와 아내가 일손에 치여 곁을 지켜드리지도, 말벗을 해드리지도 못하는 동안 자꾸 눅자치듯 능갈치며 정을 붙여오는 개들의 말을 한 마디 두 마디 새삼 익히시면서부터다. 어머니의 낯선 말공부처럼 나도, 왜 '잠'이 요새 부쩍 나와의 소통을 싫어하는지 바늘 끝처럼 풀벌레가 귓바퀴를 갉아대는 밤의 말귀에 귀를 밝힐 수는 없을까. 그러다가 점점 전생, 그 전생도 둘러보고 내친 김에 내생까지 불러 조곤조곤 이야기를 나누었으면 싶지만 그림의 떡일 수밖에. 채 몸살풀이 할 겨를도 없이 쫓기듯 나서는 출근길에는 또 사무실 열쇠를 집에 놓고 온 탓에 한참을 되돌아가야 했다. 요새 들어 부쩍 잦아진 버릇이다. 나는 저만큼 두고 내 그림자만 허둥지둥 오가는 것 같다. 걸핏하면 하루의 문을 여는 것도 빠뜨리곤 하는 내가 내세의 빗장을 열 열쇠는 어디에 있을까. 사방의 것들이 발칫잠에서 깨어 무뜩무뜩 열쇠라고 손을 흔들며 목청을 세우지만 막상 다그치면 이내 손사래를 친다. 무수한 생, 그 종착역이자 출발역의 하나뿐인 열쇠를 아득한 전생 중 어느 생의 헌 옷 속에 두고 빈손으로 서둘러 온 것은 아닐까. 하는 수 없이 또 보이지 않는 누군가를 찾아 복제키를 빌려주시라고 딴 생을 기웃거리며 이승을 담보로 막술을 뜨듯 재재 빌어야 하는가. 그동안 나는 너무 뒤돌아보지 않았다. 그리하여 많은 것들을 잃었다. 허둥지둥 태양만 앞세워 좇느라고 뒤따르는 그림자는 까맣게 잊었듯이 내가 등지고 살아온 것들이 실은 내 강퍅하고 눈먼 등허리를 추렴하듯 어르고 밀며 살피살피 떠받쳐온 사실을 몰랐다. 갈수록 세월의 강물은 노을을 타고 밀려오는 어둠보다도 더 급하다. 그 위로 방금 떨어진 꽃잎도 돛을 바짝 세운다. 그러나 느루잡듯 강물을 천천히 거슬러 가는 청둥오리와 가냥가냥 긴 다리로 강의 한 가운데 끄떡도 않는 쇠백로도 있다. 헌데 급류에 휩쓸릴까 두려움에 떨면서도 왜 나는 앞만 보고 내달리는 강물보다도 더 조급하기만 한가. 이제부터라도 뒤도 좀 돌아보며 살아야겠다. 강물이 나를 두고 달아난 만큼의 반동으로 강의 근원에 척 버티고 앉아 쏜살 같은 풍랑에도 끄떡없이 강물이 떠난 자리를 지키고 싶다. 쉼 없는 강물 따라 하릴없이 선걸음 치며, 바쁘다는 핑계로 놓치고 만 신탁은 내 죄와 벌의 어간語幹인 첫사랑 하나로 족하다. 이제라도 내가 나에게 늘임새 깊은 늑줄을 주지 않고선 내 공간은 시들시들 삭아가는 시간의 썩은 밥일 뿐이다. 문득 떠오른다. 흉년이 들어 그릇의 반도 안 찬 밥을 먹어야 할 적, 밥숟갈을 반으로 나누어서는 으깨진 밥알에서 단내가 날 때까지 오래오래 씹어 먹던 기억이. 그때는 짜디짠 반찬도 곱으로 먹었다. 국물과 물로 놀란 뱃속이 토라져 노골적으로 눈치 하지 않을 때까지는 거푸 마셔댔다. 그러면 밤새 지붕도 없이 외딴 뒷간을 들락거리며 초롱초롱한 달과 별을 실컷 볼 수 있었다.

그처럼 어느새 절반도 훨씬 넘게 까먹어버리고 만 내 이승의 도시락도 한길을 쉼터 삼아 오래 단내 나게 꼭꼭 씹어 먹을 수는 없을까.

약초를 고를 때 국산과 외국산의 가격차는 크다. 국산 중에서도 자연산과 재배산은 몇 배나 차이가 난다. 자연산 중에서도 인간의 자취와 거리가 먼 깊은 산에서 난 것일수록 비싸다. 심산유곡의 것들은 산의 정기와 약수, 청정한 공기, 그리고 자연식에 길든 야생동물의 분비물을 먹고 생장하지만, 산성화된 밭에서 화학비료와 농약에 중독돼 온 것들은 그만큼 약효가 떨어질 수밖에 없다. 자연은 저절로 발효되어 '우주뿌리'의 유익한 밑거름이 되지만 자연의 인위적 변종인 문명의 찌꺼기는 제대로 사라지는 법 없이 원치 않은 탄생을 복수라도 하듯 두고두고 인류를 썩히고 갉아먹는다. 건강이란 인공에 찌든 반자연을 본연의 순결한 제자리로 되돌리는 자연으로의 자연스런 회귀에 다름 아니다. 따라서 자연의 품에서 벗어나 인간의 손길에 중독된 것들은 그만큼 타락한 불순물로 본디의 가치를 잃기 마련이다. 물만 해도 그렇다. 오염되지 않은 생수일수록 건강에 좋은 약수이다. 첨단기술을 자랑하는 정수기 물이라도 감히 심산유곡을 저절로 흐르는 천연수에 견줄 수는 없다. 그러나 지금은 아무리 마셔도 배탈 한번 난 적 없던 계곡물을 찾기란 난감하고, 쉼터마다 가뭄 아랑곳없이 기다리던 약수터도 등산객들의 발길이 잦아지면서 다투어 폐광처럼 그 오지랖 깊은 문을 닫아간다. 표준어 역시 입에 익고 감칠맛 진한 육감적 소통기재를, 길이불처럼 길이길이 몸 받아 갈고 다듬어온 우리의 정서와는 동떨어지게 하루아침에 서울이라는 도시 중심의 일방적 간편 기호로 변질시키고 만 반자연적 횡포다. 방언은 옹기종기 십리 걸러 온몸으로 다양한 고유의 생철학을 육화해온 겨레의 몸과 혼이다. 자연스럽고 뿌리 깊게 곰삭아온 역사와 문화의 다채로운 천연 곡주穀酒를 중앙집권 구미에 맞게 표준화한다는 구실로 본래의 맛과 정취와 기운을 갓 입소한 훈련병 머리 깎듯 몽동발이 맹탕으로 규격화해버린 것이다. 누대에 걸쳐 자연과 너나들이하며 오감과 성대를 맞춰온 순 우리의 육성을 일거에 칼로 무 자르듯 획일화한 그 인위의 산물은 실정법에 우선하는 겨레 고유의 자연법이자 관습법인 모국어와는 한참 거리가 멀다. 그렇듯 젖 냄새 그윽한 어머니의 육성을 지우고, 객지 벼슬살이를 전전한 아버지의 가성을 덧씌운 표준어는 우리의 진정한 모국어가 아니다. 분명 겨레의 몸바탕이나 몸씨에 있어서 돋되기가 아니라 졸되기이다. 살아있는 문화유산인 토착어는 어떤 법조항으로도 결코 성문화할 수 없는 신성불가침의 불문헌법이기 때문이다. 세상에 무엇 하나 자연의 비위를 거슬러 좋을 게 없다.

부단한 자연과의 투쟁으로 점철된 인류사는, 가장 아름답고 고귀한 영혼의 경지를 누리던 인디언은 물론 자연과 더불어 살아온 야생동물의 역사에 비해 결코 진보했다고 떠벌릴 수 없다. 노아를 혼줄 낸 바 있지만 물은 인류를 아주 멸하지는 않는다. 불도 마찬가지다. 끊임없이 자연의 품안에서 순환하고 유전하는 자연 자체이기 때문이다. 그러므로 늘 살아있다. 살아서 필수불가결한 자연의 요소로 기능한다. 그런 절대적 생명자원을 물불 가리지 않고 반 자연적 문명의 도구로 부리는 것은 사람뿐이다. 그 오랜 시간 동안 충분한 기회를 주었음에도 자연으로 돌아가지 못하고 물과 불의 변태적 속성을 동시에 지닌 괴물의 응어리를 안고 천길 지하막장에 갇혀 모진 이를 갈아온 석탄과 석유는 난데없이 뚜껑이 열리자 세상 만난 듯 갖은 악마의 요량을 부린다. 자연의 심연에 깃든 거름만 같던 죽은 화석이 문명의 탈을 쓰고는 산 인류를 반자연적 죽음의 계곡으로 몰아세우고 있는 것이다. 어쩌면 인류는 머지않아 저 화석 망령의 미친 저주를 위한 제물이 되는지 모른다.

화학약품이 아닌 자연 약초만 사용했더라면 아마도 현대병이라는 끔직한 괴질은 생겨나지 않았을 것이다. 광우병만 해도 그렇다. 자고이래로 초식동물인 소가 고기를, 그것도 제 뼈와 살을 먹고 안 미친다는 게 오히려 이상하지 않는가. 나치 수용소보다도 살벌한 밀실에 죽음의 대기병으로 갇혀 무조건 먹매만을 강요당하며 조기 숙성 기록을 다투어 갱신해야 하는 양계장의 닭은 오로지 사육飼育만 당하는 사육死저이라야 맞다. 숨 돌릴 겨를도 없이 빡빡한 시간의 감옥에 갇힌 이 땅의 아이들도 마찬가지다. 그러나 머지않아 지상을 휩쓸 최악의 전염병을 예고나 하듯 심심하면 조류독감이 삽시간에 양계장들을 초토화할 때마다 골짜기에 실컷 풀어 놓은 토종닭들은 얼마나 팔팔하고 한가롭기만 하던가.

역설적이게도 자연 파괴의 원흉인 문명은 자연의 속성인 본능의 부산물이다. 더 많이, 더 맛있게, 더 가볍고 따뜻하게, 더 쾌락적으로, 더 오래, 더 편하게, 더 우아하게 본능의 역기능을 확대실현하려는 자연의 패륜적 사생아이다. 자연의 동력인 본능을 위해 가장 반자연적인 문명이 딴통같이 태어나고 동원되는 것이다. 문명의 설계자인 이성은 자연의 숨결이면서도 반사회적이기 일쑤인 본능을 겉으로는 감추고 억압하는 척하면서 실은 부추기고 자신도 모르게 멍석잠을 붙이듯 그 노예이기를 자청한다. 한편 문명에 찌든 본능도 퇴화하고, 마비되고, 변질되어 본연의 기능을 상실해 간다. 그러나 본능은 생사를 가리는 시금석으로 생명체 유지의 절대적 필요조건이다. 본능의 총체적 상실은 곧 죽음을 뜻한다. 따라서 본능의 순결을 보호하고 그 순기능을 살리는 것이야말로 삶을 전제로 지상에 얹혀사는 '생것'들의 일차적 의무이다. 그러기 위해서는 반자연적 자가당착인 문명의 오만한 허욕을 멈추고 친환경적 자연성을 회복하는 길밖에 도리 없다.

그런데 걸핏하면 샛길로 새기 바쁜 본능의 비이성적 작태는 한심하기 이를 데 없다. 인류의 식욕을 위해서는 조상대대로 논밭을 갈아 식량을 공급해주고 모유 대신 젖을 먹여주던 소들도 거리낌 없이 살육한다. 미식가들의 별스런 구미를 맞추느라고 곰발바닥까지 수난을 당한다. 보신이나 정력의 대용물로 애먼 물개나 징그러운 뱀들조차 그 허구를 소명할 기회도 없이 죽어간다. 그러나 인류뿐 아니고 무수한 생물들의 집합소인 지상에서 더불어 생존하려면 상호간의 유기적 자율과 배려가 필수적이다. 머리와 도구를 사용치 않고는 생쥐 한 마리조차 쉽게 잡을 수 없게 태어난 것이 인류의 자연적 한계다. 따라서 인류에게 허락된 일상의 양식은 손쉽게 가꿀 수 있고 해마다 재생이 가능한 식물이 주식이다. 대부분 현대병은 그 엄연한 분수를 벗어난 징벌이다.

수면욕만 해도 그렇다. 나른한 오후, 훈련소에서 교관과 조교들의 눈초리가 번뜩이는 와중에도 꾸벅꾸벅 졸던 기억은 이 나라 대부분 사내들 공통의 집단기억이다. 요즈음 미친 교육열 때문에 턱없이 잠이 모자란 아이들 역시 끔직한 반생명적 형벌인 잠과의 전쟁에 몸살을 앓는다. 전쟁이야기가 나왔으니, 적과 총을 겨눈 순간에도 물밀듯이 조여 오는 졸음을 이기지 못해 머리를 총열에 처박곤 한 사례는 본능의 위력을 다시금 실감케 한다. 잠이라는 일정한 휴식이 없이 인류는 제대로 활동할 수 없다. 살 수 없다. 잠은 불가피한 본능임과 동시에 자연법적 천부인권이다. 따라서 잠을 빼앗는 것은 살인과 다름없는 죄악으로 누구에게도 그런 권리는 허락될 수 없다. 그런데 이 나라는 그 절대적 생존권과 건강권(아이들의)을 국가와 부모가 제꺽하면 다투어 빼앗고 있다. 요컨대 하루 속히 저 양계장 닭과 다를 바 없는 아이들을 시글촌닭처럼 제출물로 충분히 뛰놀게 하고 그만큼 실컷 자게 하는 것이 아이들의 건강한 미래를 위한 최선이다. 더불어 삶의 지혜를 자연과 어울려 자연스럽게 익히게 하는 것이 최고의 산교육이다. 헌예도 벌잇속도 없는 문명의 양자로 입양돼 인스턴트 조롱 속에서 벌인춤이듯 부개비잡혀 사육될 뿐인 아이들은 자연의 본성인 야성을 상실한 탓에 무기력하고 말초적이며 과도한 피로와 스트레스로 어려서부터 몸도 마음도 섬쩍지근히 병들어만 간다. 본능이 심각하게 퇴화되고 있는 것이다. 끔직한 일이다.

　　누이동생과 다섯 살 터울인 나는 엄마의 젖을 오래 먹었다. 보드랍고 따끈한 젖무덤은 세상에서 가장 따뜻하고 편안한 방이었다. 그리하여 누이와 인수인계가 끝난 후에도 심심하면 돌마낫적 누이 몰래 슬몃슬몃 불후의 장난감을 훔쳐 놀았다. 그 잔잔하면서도 포근한 감촉은 뜨겁고 감미로운 촉감으로 달구어져 어느덧 자연스럽게 아내에게로 옮아갔다. 그러나 온전한 나만의 소유로 깔축없이 무궁무진할 것만 같던 새 촉감도 번갈아가며 아이들과 공유하다가 어느새 아이들 신발이 나보다 더 크고 가슴이 보름달로 부풀어 오르자 잰걸음에 여싯여싯 시치름한 하현달로 기울기 시작했다. 아직도 내 손에서는 지문이나 혈흔처럼 고인 젖 냄새가 곤하다. 지극한 모성의 본능에 사로잡혀 지구 사막을 선걸음 하는 여성이라는 낙타의 두 육봉처럼 밥상의 좌우 컨 하나씩을 차지하고 가지런히 놓여 있는 젓가락도 둘이어야만 비로소 하나의 이름이 된다. 하나일 때는 쓸모없이 자칫 흉기가 되기도 하지만 둘이서 나란히 보조를 맞출 때엔 작고 미끄러운 시시콜콜까지 거뜬히 들어 올리는 초과학적 기중기다. 그 혼연일체는 각자의 맡은 바를 동시에 함께 이루는, 분업을 통한 협업이다. 기업도 그렇고, 오케스트라도 그렇고, 특히 남과 여 두 젓가락이 이루는 분업과 협업의 동시적 일치는 만고불변의 방중술이기도 하다.

본능 중에서도 성욕만큼 충동적이고 변화무쌍한 것도 드물다. 새삼 종족보존의 의무 따위를 들먹이지 않더라도 부부생활 중 섹스가 차지하는 비중은 그 속내가 드러날수록 크고 깊다. 먼발치 눈요기만으로도 내심 그 된비알 같은 이성의 벼릿줄을 해나른하게 풀어버리기 일쑤다. 남녀의 일차원적 결합은 곧 섹스를 매개로 한 공동운명체이기 때문이다. 섹스는 인류에게 주어진 최고의 보편적 쾌락이라고 해도 과언이 아닐 것이다. 그러나 종족보존의 막강한 사명을 띤

필수과제이지만 더넘스럽게 눈 밖에 난 일탈의 순간, 심한 감시와 제재를 당하기 마련이다. 때와 장소, 상대를 가리지 못하고 눈치 없이 제 고집만 부리려고 덤비는 경우이다. 그럴 때면 그토록 자연스런 원초적 본능이 도리어 부자연스러운 비인간적 추태로 동강을 친다. 하여, 원초적 돌출 에너지의 진압을 위해 동원된 이차적 부산돌인 이성의 지배를 받기에 이른다. 그러나 이성 역시 발매 놀듯 분별 없이 춤추는 본능의 억제에는 엄정하고 과감하지만 그 기능이 약화되거나 아예 숨죽은 상황에는 동정과 곤혹을 금치 못해 은밀하게 해결사를 자처하기도 한다. 그렇다고 본능의 변화와 퇴조가 꼭 부자연스런 것만은 아니다. 성스런 동물림을 마친 갱년기 이후의 성호르몬 감퇴는 지극히 자연스런 자연의 생리이기도 한 것이다. 그때부터는 의무도 없는 권리를 외패잡이처럼 연장하려 드는 습관적 쾌락중득이 오히려 외틀어진 반자연인 것이다. 문제는 아직은 의무기간인데도 제대로 본능이 작용하지 못하는, 막중한 생명전선의 조기 퇴출자들로 그들은 자연현상에 못 미치는 이를테면 환자인 셈이다.

병은 건강이라는 생명의 일차적 특권과 의무를 거스른 반역이며 한시적 삶에 대한 직무유기이다. 그럴 경우 때 아닌 잠에 빠진 자연의 회복을 위해 그에 알맞은 처방을 좇는 것은 당연한 자위自衛이자 의무인 만큼 심리적 충격이나 스트레스가 주범이라면 그것을 씻어내는 것이 우선이다. 운동부족이나 영양 결핍 탓이라면 잘 먹고 많이 움직이는 것이 우선이다. 과음이 문제라면 우선 주량부터 조정해야 한다. 문란한 성행위 탓이라면 성실한 종족보존의 본분을 돌이켜 보아야 한다.

헌데 그 자연스러운 행위를 위해 부자연스런 인공人工이 낀다. 비아그라다. 언제부턴가 동방예의지국의 점잖은 후예들은 다투어 그 영물을 찾는다. 종교적으로 말하면 새삼 상고시대 남근숭배의 부활을 좇는 광신도 같다. 그들의 호기심과 맹신은 거의 절대적이다. 아마도 역사상 그 콩알만 한 알약처럼 삽시간에 이 땅의 남심男心을 사로잡은 예는 전무후무할 것이다. 그들은 행여 그 신주단지를 반자연이라고 이르지 않는다. 신앙에 국경이 없듯 네 것 내 것 따질 겨를도 없이 이미 죽은 자연을 부활시키는 기적의 은총으로 신격화되어버린 마당에 뚱딴지처럼 다 늦게 토를 다는 것은 악마의 이단설에 밀려 정통신앙을 버리는 훼절이요 배교에 다름 아니고 만다. 그렇다면 비아그라는 인간의 잃어버린 본능을 재생시켜주는 신의 선물일까. 허나 그것은 돈맛에 주린 인간의 손에 의해 빚어진 가공 상품에 불과하다.

그런데 우리에게 부작용 없이 애용할 수 있는 천연 비아그라가 있다. 야관문! 그 이름부터가 그럴싸하다. 누구나 쉽게 구할 수 있는 것처럼 손쉽게 먹을 수 있으며, 우리 몸에 갖가지로 도움이 되는 음식이다. 특별한 탕제법도 없다. 달여서 숭늉이나 보리차처럼 마시면 된다. 효소로 발효시켜 먹으면 더 좋다. 더욱이 약효는 비범하다. 그리고 야관문 역시 여느 약초처럼 흔하디흔한 풀이다. 산기슭이나 산길, 황폐한 땅, 들이나 강둑, 도로변 절개지에서 자주 눈에 띈다. 새로 찻길을 닦느라고 깎아낸 비탈, 고속도로 옆에서도 무리지어 자라는 것을 흔히 볼 수 있다. 엊그제만 해도 시골에서는 심심찮게 빗자루를 빚고 울타리를 세우고 가축에게 먹이기도 했다. 야관문夜關門은 밤의 관문이라는 뜻이다. 밤이 두려운 이들의 야간 통행증인 것이다. 이것을 먹으면 천리 밖에서도 빛이 난다고 하여 천리광千里光, 큰 힘이 솟아나게 한다하여 대력왕大力王이라고 불리기도 한다. 여러 가지 남성 질병, 양기부족, 조루, 몽정 등에 1주일 정도만 복용하면 그 효과를 확인할 수 있다고 한다. 야관문은 특히 술로 우려내야 그 진가가 나타난다. 늦여름이나 초가을쯤 35도 이상 증류주에 이파리 고스란한 줄기 채 3분의 1쯤 넣고 3개월쯤 우려내어 한 잔씩 마시면 는에 띄게 양기가 젠 체를 한다. 신장기능이 허약한 노인들의 보양에도 탁월한 효과가 있고, 혈액순환에도 좋다. 그 외에도 간열로 눈이 침침하고 충혈된 경우, 설사나 급성위염, 당뇨병, 기력부족, 허약체질, 신경쇠약, 기침 등의 치료에 썩 좋은 민간약재이다. 야관문에는 파충류나 곤충이 싫어하는 냄새가 나서 근처에는 뱀, 개구리, 두꺼비, 곤충 같은 것들이 가까이 오지 않는다고 한다. 뱀, 개, 쥐, 고양이에 물리거나 벌에 쏘였을 때에도 야관문을 달여 마시고 그 물로 환부를 씻으면 잘 낫는다.

이른바 오욕 중에서 재욕과 명예욕은 생존의 절대조건인 본능과는 거리가 멀다. 인간의 원초적 필수 본능인 식욕과 성욕, 수면욕 삼욕만 놓고 보자. 그 중 두 개의 욕망이 밤을 무대로 펼쳐진다. 그리고 '잔다' 라는 낱말 속에는 섹스와 수면 두 의미가 외동무니처럼 잠겨 있다. 발밭아 온 준비운동처럼 '두 잠'을 잘 자야 한결 낮이 편하고 상쾌하다. 우리는 주야를 짐짓 밤낮이라고 거꾸로 불러왔다. 점잖은 한문 투를 벗어던진 순 우리말의 속설 속엔 낮의 효율을 위한 충전, 혹은 낮의 보상으로서의 밤뿐이 아니라 진정 자신의 순수 욕망에 충실한 시간으로서의 밤을 중시하는 지혜와 속셈이 온새미로 깔려 있는지 모른다. 막중한 사명을 배경으로 한 인륜지대사인 섹스는 대부분 몰밀어 밤에 이루어진다. 그래서 밤일이라고 한다. 그러나 섹스는 맥쩍게 일 치르듯 해서는 결례다. 일은 식욕을 에너지 삼아 낮에 하는 것만으로도 충분하다. 섹스는 일과 휴식의 중간지대에서 이루어지는 일도 휴식도 아닌 놀이이다. 모처럼 저다운 생명체 최고의 황홀한 발휘이듯 거친 호흡의 귀잠일수록 완연한 화음인 것이다.

　어쩌면 나무꾼과 선녀의 전설에서 선녀를 붙들어 둘 구실로 나무꾼이 훔친 옷은 실은 남성의 풋풋한 에너지인지도 모른다. 그런데 사라진 선녀의 귀환일까. 야관문이 이 땅의 풀죽어 난질거리는 나무꾼들을 자못 설레게 하는 것이다. 아직은 젊다고 큰소리치면서도 막상 잇긋않는 정체를 들킬 새라 죄인인 양 숨어서 입정 사납게 뉘척지근한 비아그라를 찾아 눈심지를 돋우는 음지식물들. 그 서글픈 한대寒帶를 당당한 양지 동물로 기꺼이 부활시켜 줄 눈부신 선녀의 옷이 우리 산과 들에 널려 있는 것이다. 돌을볕 같은 생명예찬의 천연자원이 이 땅의 곤고한 나무꾼들을 위해 선녀와의 살팍진 특식을 준비해놓고 자연스럽게 뜨거운 밤의 관문을 통과하기를 수줍게 부추기고 있는 것이다.

가을

길을 가다보면 울음을 자주 듣는다. 첫닭이 울고 새가 울고 풀벌레가
울고 바람결에 늙은 갈대숲이 우우 울고 차들은 쉴 새 없이도 삐삐
운다. 그러니까 길은 울음과의 동행이다. 그러나 한 번도 그들에게
그것이 꼭 울음이냐고 물어보지 못했다. 오랜만에 재회한 샛강과 샛
강이 강 하류인 것도 잊고 소곤대듯 노래를 나누는데도 굳이 흐느껴
운다고 한 것처럼, 그 많은 노래들을 무심코 울음이라고 흘려들어 온
것이다. 그러니 이제부터라도 길을 다시 시작해야겠다.

벼

장마 걷힌 후,
고향 사는 친구가
싱싱한 벼들의 춤이 한결같이 골라서
다랑이 논도
훨씬 크고 넓게 보인다고 웃는다

그 해 팔월, 아버지가
엊그제보다 한살 가깝게 보인다고 하신
뒷골 그 논이다

며칠 전 고향 나들이 때
친구는 만나지 못하고
그 논 물꼬에

삽 한 자루를 슬며시 두고 왔다
– 「다랑치 논」

    어머니가 장에 가시면 긴긴 하루 어머니를 기다리며 보냈다. 장에서 돌아오신 어머니는 맨발로 달려간 나를 와락 안아 주셨다. 그러나 나는 실은 장 보따리 속이 더 궁금했었다. 어느덧 내가 어머니 또래 어른이 되어, 즐기시는 박하사탕과 홍시를 사다드리면 어머니는 그것들은 저만큼 밀쳐두고 내 얼굴만 그윽이 지켜보신다. 귀 바짝 대고 내 말만 잡수신다. 내가 눈에 띄지 않으면 그때서야 내 생각을 하시며 맛있게 드신다.

    장에 가신 어머니를 기다리던 그때는 큰 욕심 내지 않고 주어진 복에 감사하며 이웃과 옹기종기 모여 살았다. 성실하기만 하면 구멍가게도 대물림하며 키울 수 있었다. 직장은 웬만하면 정년까지 보장되었다. 하찮은 기술 하나만 가져도 가족의 생계는 걱정 없었다. 몸만 건강하면 기다리는 일감. 집값도 물가도 속을 끓이지 않았다. 아이들은 학교수업에만 열심이면 남은 시간을 대자연과 더불어 실컷 즐겨도 되었다. 부모는 학원비 때문에 따로 신경 쓸 필요도 없었다. 한번 입은 옷은 떨어질 때까지 깨끗이 빨아 입기만 하면 흠이 아니었다. 일부러 외국어를 섞어 쓰는 입들은 왠지 낯설고 흉했다. 무궁무진한 모국어와 지방 토속어를 갈고 닦는 것이 시인의 텃세였다. 이웃끼리는 끈끈했다. 부부는 웬만해선 참고 살았다. 숨어서 담배를 피우던 아이들은 어른들에게 걸리면 큰 죄라도 진 듯 몸 둘 바를 몰랐다. 노인들은 공동족장의 권위를 누리며 자식 키운 값을 톡톡히 되돌려 받았다. 대부분의 길은 산책로였다. 학생들도, 노동계도, 재야 운동권도 구도자나 순교자처럼 순결하고 신선했다. 유월항쟁을 정점으로 표출된 사회정의, 조국애, 민주주의에 대한 국민 도덕지수는 최고도로 고양돼 있었다. 정말 그때는 차분하고, 여유 있고, 살판났었다. 몸도 마음도 어느 때보다 건강했다. 야만적 강도 집단인 군부독재만 아니라면 굳이 더 욕심 부리지 않아도 되었다.

그랬다. 거기서 잠시 멈추고 내실을 고루 탄탄히 다졌어야 했다. 물질의 발달에 걸맞는 정신의 발전을 도모했어야 했다. 굳이 선진국이 아니라도 좋았다. 대다수 국민이 절망적 양극화의 들러리인 것이 선진국의 실체라면 그것은 고만고만하게 정겨운 후진국만 못하다. 마땅한 분배가 전제되지 않은 일방적 성장은 비윤리적 사회악이다. 착하고 여린 백성을 전쟁과 다름없는 생존투쟁의 도가니로 몰아넣고 들볶아 부리는 것은 반민족, 반사회, 반역사적 죄악이다. 금수강산을 정신병원으로 만드는 저주다. 그리고 그것은 소수의 포만이 다수의 궁핍을 향해 터뜨리는 선전포고에 다름 아니다.

가을하늘을 보고 있자니 자꾸 시인이라는 상표가 부끄럽다. 새털구름 시 첫 행을 채 읽기도 전에 나는 내 낡은 시에 절망하고 만다. 하여 나도 모르게 한 수 배우고자 스승이라 부르려고 목청을 가다듬노라면 그새 하늘은 겅성드뭇 가락 내던 시를 거느리고 요술처럼 사라진 뒤였다. 그러나 나는 절망하지는 않는다. 그 무한의 여백에서 이미 한번의 절망을 배운 터이므로. 그리고 땅은 내가 잠시 한눈 판 것을 굽 잡아 걸고들기라도 하듯 사방에 놀라운 눈요기를 간지피어

놓고 기다리기에.

　바야흐로 만산홍엽의 계절이다. 녹색 일변도의 통제 속에 숨죽이던 금수강산이 마침내 거추장스런 전체주의의 제복을 벗어 던지고 저마다의 색동옷으로 갈아입기 바쁘다. 삼천리 산과 강, 들녘과 길, 골골샅샅 가리지 않고 펼쳐진 다채롭고 아기자기한 천연물감 전시장이 걸음마다 눈길을 사로잡는다. 일찍이 성급한 마파람이 가물에 돌 치듯 간사위를 부려놓은 꽃길을 더듬어 곰바지런한 늦볕을 몰고 남하하는 단풍의 귀성길이 어김없는 인과응보의 증언처럼 갸륵하다. 그러니까 꽃샘추위 속에 더디기만 하던 꽃 소식의 북상은 이처럼 눈부신 단풍을 낚기 위한 고도의 미끼이자 투자였던 셈이다. 봄이 꽃의 계절이라면 가을은 잎의 계절이다. 그 숱한 꽃들은 간 데 없고, 꽃의 들러리에 연연하던 잎만 무성히 자라 비로소 꽃보다 눈부신 차림새를 하는 것이다. 함박눈을 좇아 하늘을 우러르던 눈길을 다시 지상으로 돌이키는 봄꽃의 영토가 부분일식이라면 가을 잎은 개기일식이다. 아무리 전에 없이 맑고 파란 하늘이 손짓해도 사람의 눈길은 농익은 단풍의 취기에 한눈 팔 수밖에 없으니 말이다. 거기에 또 알알이 익어가는 열매는 얼마나 거늑하고 유혹적인 감투밥인가. 단풍 중에서는 가을 산의 바탕색인 단풍나무 단풍보다도 선홍빛 옻나무와 황금빛 은행나무단풍을 조화한 느티나무 단풍이 더 돋보인다. 그런데 그보다도 더 황홀한 단풍이 있으니 아득한 지평선을 황금물결 넘실거리는 수평선으로 착각하게 하는 벼 단풍이다. 다른 단풍들은 잎과 줄기, 열매 등 제각각 괜듯싶은 불협화음인데 벼 단풍은 온몸이 거드모리로 노랗게 물들어 있다. 포기마다 그리고 포기와 포기가 마치 정원사들이 자로 재서 다듬어놓은 듯 고른 키와 고른 무게로 어우러져 있다. 산등성이 키 큰 나무들은 다투어 하늘을 향해 삿대질을 해대지만, 벼들은 그 낮은 키도 너무 높다는 듯 발밑의 흙에게 곰살갑고도 경건한 절을 올리고 있다. 시시각각 무르익어가는 씨앗에게 부르튼 태양의 젖을 물리며, 너나없이 고맙다는 듯 이웃을 향해 고개를 숙여 가까이 다가서고 있다. 본디에 대한 굽다듬은 회향이자 그늑하니 아름다운 너나들이 결속이다. 그렇듯 간더족족 가지런한 자립과 공존의 지혜로 다져온 부족국가가 모여 이룬 거대한 평등공화국 속에서 저마다 알찬 풍요 속의 자유를 누리는 벼! 그 단풍이 절정인 들판을 보자. 어떤 산도 저처럼 눈부시게 화사할 수 없고, 어떤 바다도 저처럼 고요하고 평화로울 수 없다.

　벼는 우리에게 단순한 식물이나 식품으로는 설명할 수 없는 모국어이자 혈육이다. 1945년 8월 15일. 어제까지만 해도 그토록 멀던 뒷골 천수답도 텃밭처럼 가깝게 느껴지더라는 아버지 말씀으로 일구어 온 벼! 시골 사는 친구에게 들렀으나 만나지 못하자 대신 슬그머니 낫 한 자루를 숨겨두고 온 다랑이 논에서 해마다 수확을 늘려온 벼다. 안성시 미양면 보체리, 뼈대 있는 정씨가문의 대지주가 그 유구한 종가 살림의 근거를 후손에게 대물리지 않고, 평소 소작이타기보다 제살붙이처럼 일구어 온 마을 사람들에게 마치 되돌려 주듯 훌훌 나누어주고 떠난 아름다운 논에서 난 벼다. 경자유전의 벅찬 실사구시에 후손들 역시 흔쾌히 동의한 부전자전의 향기가 알알마다 곰비임비 배어 있는 벼다. 한편, 애줄 없이 궁뚱망뚱하던 산골처녀들이 쌀밥 한 그릇만 실컷 먹어보고 시집가도 원이 없겠다던 벼다. 흥부가 뺨을 얻어맞고도 앙가조촘 뺨에 붙어 있는 밥풀을 뜯어 먹던 벼다. 심청이가 공양미 삼백 석에 꽃 같은 처녀를 인당수에 내던진 그 벼다. 심지어는 군량미에조차 겨와 모래까지 섞어 괴까다롭게 배급하던 벼다. 삼정문란이 극에 달한 시절 환곡의 고통, 암태도 소작농의 절망, 동학 혁명의 쌓이고 쌓인 울분이 서린 벼다. 그러나 미국 상선 셔먼호에 탄 선교사 토머스가 통상무역을 빌미로 싣고 온 그 쌀과는 분명 다른 우리 벼이다. 그 벼의 근현대사를 잠깐 톺아보자. 온 나라가 떠들썩하게 한사코 수확량에만 매달리던 적이 있었다. 그 무렵 통일벼와 유신벼는 식량 증산에 획기적으로 이바지한 이를테면 기적의 만나 같은 명줄이자 산 국보였다. 그때는 농약이든 화학비료이든 누구 하나 고까지로 걷잡는 사람도, 탓할 겨를도 없었다. 덕분에 차츰 묵은 재고가 쌓일 만큼 배는 불렀지만 산성화되고, 잔류 농약에 중독된 입맛은 예전의 그 갓맑은 혀를 되찾지 못하게 개개풀어지고 말았다. 전국 농촌에 걸쳐 농지정리, 수리시설 확충, 기계화, 직파 기술의 비약적 발달로 농사짓기가 한결 수월해졌지만 여전히 농가의 일손은 딸리기만 한다. 장차 농촌을 이끌고 갈 젊은 일손들이 다투어 도시로 줄행랑을 친 탓이다. 무슨 작물이든 그렇지만 쌀 역시 농약이나 비료 등 화학제품을 사용치 않고, 자연 발효물인 퇴비로 지은 친환경 쌀을 꼭두서니로 친다. 그리고 백미보다 일손이 '덜' 한 현미를 '더' 알아준다. 벼의 순수한 성질을 다소곳이 살린 것일수록 좋은 쌀인 것이다. 쌀의 성분은 대부분의 탄수화물과 약간의 단백질 그리고 미량의 지방으로 이루어져 있다. 전 세계 인구의 절반 정도가 주식으로 사용하고 있는 쌀은 인류가 섭취하는 열량의 약 5분의 1을 차지하며 120여 나라에서 재배되는 매우 중요한 식량자원이다. 우리나라에서도 4,000년 전부터 붙여온 벼는 아득한 옛날부터 대대로 일용하는 식량으로 굳건히 자리 잡았다. 아시아 몬순기후지대인 한반도의 기후풍토에 잘 적응하여 기르기 쉽고, 생식도 할 만큼 요리가 쉬운 반면 맛은 감빨리며, 단위면적당 생산량이 높아 인구부양능력이 크기 때문이다. 쌀과 더불어 가시버시처럼 면면을 이어온 반찬의 주인, 김치가 요구르트에 비길 유산균을 보유하고 있으며 사스를 치료하는 특효가 있다고 시새움을 받는 것처럼, 우리의 뗄 수 없는 주식인 쌀 역시 단순한 식량이기보다 겨레의 건강과 생명을 유지해온 보약이다. 의학이 실험의 집적인 경험을 토대로 한 과학일진대 "하루 세끼 밥 잘 먹는 것 이상의 보약은 없다"는 우리 속담처럼 건강에 관한 명언이 또 어디 있을까. 천년이 가도 하루도 거르지 않고 밥상머리를 차지하는 그 보약이 우리에게는 곧 쌀인 것이다. 옛 문헌에도 찰벼와 메벼의 껍질을 벗긴 쌀은 위를 편하게 하고, 양기를 북돋우고, 곽란을 다스리며 그 뜨물은 갈증을 가시게 하고, 소변을 시원하게 해주며, 설사를 낫게 한다고 기록되어 있다. 밥 말고도 쌀을 재료로 만들 수 있는 음식은 죽, 떡, 국수, 전, 과자, 엿, 막걸리, 소주, 청주, 약주, 숭늉, 식혜, 현미효소, 현미차, 고추장, 된장, 미숫가루, 식초, 미강유, 떡볶이, 잡채, 빵, 피자, 라면, 냉면, 요구르트, 쌀 고기 등 실로 다양하다. 앞으로도 그 수는 계속 늘어날 것이다. 그러나 무엇보다도 쌀은 밥으로 먹어야 제격이다. 단방약처럼 온전히 저 혼자만으로 이루어진 작품이기 때문이다. 다소 거칠지만 현미이면 더 좋다. 거기에 잘 익은 묵은 김치를 결 따라

찢어 걸쳐 먹는다면 최고의 음식 궁합이 된다. 최근 우리나라에서 주로 재배되는 10대 벼는 동진1호를 필두로 추청, 남평, 주남, 일미, 일품, 오대, 신 동진, 운광, 새 추청 등을 꼽는다. 나름대로의 특성들은 있지만 너나없이 밥맛이 좋고 품질이 우수한 우리 벼 품종들이라는 사실이 감격스럽고 뿌듯할 뿐이다. 신석기 시대 후기에 이르러 농경 생활을 하였다는 사실은 그 시대의 유적에서 발견된 돌도끼, 돌괭이, 홈자귀, 반달돌칼, 곡식을 가는 갈판 등으로 지레짐작할 수 있다. 한편 벼농사의 발달은 토지 사용의 필요성에 따른 사유 재산 개념을 낳고, 그것은 곧 빈부의 격차를 부르는 신호탄이기도 했다. 농업의 중추인 벼농사는 이 나라 민속의 보고이다. 우리나라는 원시 시대부터 풍백, 우사, 운사, 주곡 등 농경의 신격화에 따른 각별한 농경의례를 베풀어 왔다. 농자천하지대본農者天下之大本이 가리키는 철학적 농본사상에, 전통 가무에도 농악이라는 나름의 넓고 뿌리 깊은 영토를 간직하고 있을 만큼 벼농사는 우리에게 끈끈한 일상 풍속의 꺼리였다. 삼한시대의 농공가무, 김제의 벽골 문화제와 벽골제 쌍용놀이, 고양 벽제의 성석놀이, 부천의 농기고두마리 놀이를 비롯하여 전국 각지에서는 정월대보름과 추석명절을 기해 풍년을 빌고 가을걷이에 감사하는 다양한 지역 잔치가 벼농사를 중심으로 살뜰히 이어져 왔다. 향약에 뿌리를 둔 두레는 최고의 지방자치이자 이스라엘의 기브츠에 한참이나 앞서는 효율적 협업이었다.

벼 생육의 절대 조건인 비는 적재적소에 때 맞춰 공급해주지 않는다. 제 마음 내키는 대로다. 그러나 알고 보면 지상의 하기 나름이다. 그 결과물이니까. 지상에서 쏘아 올린 갖가지 포신 없는 문명 찌꺼기의 대공포들이 허공의 꿍꿍이 반사작용에 따라 산성비로 되돌려지는 인과적 순환인 것이다. 그러니까 바람과 구름과 기온 그리고 무분별한 지상의 산물인 비는 지극히 피동적이다. 다만 유기적으로 부지런할 따름이다. 그 무심하고 냉정한 자연의 속내를 아첨하듯 재촉하며 은총을 빌거나 원망하는 인류의 무지와 자가당착은 제대로 검증된 바가 없다. 우리가 자연어 정작 고마워해야 할 사실이 하나 있다. 자연은 은혜를 베푸는 주체가 아니라는 점이다. 다시 말해 자연은 자의적 권력일 수 없다는 이야기다. 오히려 자연의 가치는 원인과 여건을 좇아 한 치도 어김없이 순리적으로 반응하는 그 공평무사에 있다. 그것이 진리의 실상이다. 진리는 결코 은총의 수여자가 아니다. 유기적 관계에 따라 철저한 인과응보가 이루어질 뿐이다. 그뿐이다. 치밀하고 엄정한 진리의 회로를 보지 못할 따름이지 실은 모두가 제할 탓이다. 최고의 기도, 최고의 불공은 맞닥뜨린 일에 몸소 땀 흘려 최선을 다하는 몸 기도, 몸 불공이다. 농부야말로 그 산증인이며 벼야말로 산 증거이다. 벼는 '무념의 은총'을 '천지합일의 유념'으로 바꾸어 우리 곁에 낡삭도록 머문다. 지상에 육화한 하늘의 혼신渾身이 인간을 먹여 살리는 것이다. 그처럼 '자연의 무념'을 유념화하려면 대상물의 자연성을 훼손하지 않는 곡진한 상호 배려가 앞서야 한다. 그런데 우리는 수천 년에 걸친 일방적 은혜에 일방적으로 배은망덕한 탓에, 결국 자승자박에 다름 아닌 문전옥답의 산성화를 재촉하며 면역력 마비의 주범인 화학비료와 농약을 내미룩 네미룩 무한정 쏟아 붓고 있는 것이다. 벼논은 검은 색에 가까울수

록 기름지다. 설탕도 별로 몸에 좋은 것만은 아닌데 그래도 그 중에
서는 검은 것이 몸에 제일 낫고 노란 것이 그 다음 낫고 하얀 것이 제
일 나쁘다고 한다. 깨도, 콩도 검은 것이 좋긴 마찬가지다. 카오스의
산물인 인류도 처음에는 흑인이었다고 한다. 그리고 아버지는 나보
다 더 검으셨다. 아직도 농촌에 사는 옛 이웃들은 나와 아프리카 흑
인의 중간이다. 희뿌연 아스팔트보다 흙빛을 닮은 것이다. 일종의
보호색인 셈이다.

고향에는 내 친구 용택이가 벼농사를 짓고 있다. 하루도 거르지
않고 전화점호를 취하는 친구. 해마다 가을이면 쌀, 여름이면 보리
한 섬을 보내오는 친구다. 그가 전화할 때마다 자기 논, 자기 벼를 일
러 나에게 “자네 논에 모 다 심었네.” “자네 벼 잘 자라고 있네.” 라
고 하는 통에 나도 깜박 농사를 짓는 착각에 빠지며, 부동산이라곤
겨우 몸 붙일 집과 아버지 묘소뿐인 터에 황공하게도 전답을 짱박아
둔 부자의 기분에 젖곤 한다. 친구 역시 머리만 희끗희끗할 뿐 백인
보다는 흑인에 가깝다. 그 친구는 가물거나 폭풍우가 쏟아지면 나에
게 하느님과 타협을 좀 봐달라고 보챈다. 내가 딱히 신앙이 없는 것
을 아는 그는 하늘에 기도해 달라는 주문을, 내 체면을 세워가며(하
늘과 동격으로 격상시켜) 슬쩍 돌려서 하는 것이다. 하여튼 친구의
농사 걱정을 입으로나마 덜어보려고 몇 번 농담 삼아 내가 하느님께
부탁했으니 마음 놓으라고 한 것이 그만 덜컥덜컥 들어맞고 말았다.
그 역시 우스개인 줄 뻔히 알겠지만, 기댈 데라곤 없는 친구의 그렇
게라도 뼈아픈 마음을 다잡아주고 싶은 욕심 따라 언제부턴가 나는
꼼짝없이 안타까운 주술사가 되어가고 있다.

같은 수평인데도 수평선은 전망대에서 한참 내려다보는 풍광이 뛰어나지만, 한살 벼가 무르익는 지평선을 벼와 어깨를 맞대고 나란히 서서 꿈만하게 노박이로 보는 맛에는 비기지 못한다. 그 중에서도 일손을 마친 농부가 노릿노릿 녹느즈러진 황금물결을 저녁노을에 비쳐보며 자기도 모르게 함박웃음을 짓는 정경이야말로 단연 압권이다. 아름답고, 평화롭고, 풍요롭고, 따뜻하고, 알찬 것이 아무리 봐도 물리지 않는다. 태평가의 악보가 바로 저런 것이리라. 저 영락없는 대동세상을 두고도 누가 지상에 유토피아는 불가능하다고 했는가. 저토록 눈부시게 광활한 금광은 어떤 서부영화에도 없었다.

해당화

마냥 앞만 보고 달려가느라고 바빠서

많은 것들을 등진 채로 살아왔네.

급류에 휩쓸려 가는

헌 신발 한 짝을 건지려다가

발을 헛디뎌 망망대해에 갇힌 무인도처럼.

그리고 이제

낯선 회오리바람에 쫓기며

겹겹이 떼 지어 밀려오는 파도와 해일에

맞부딪쳐야 하네.

그동안 나는 너무 뒤를 돌아보지 않았네.

그리하여 많은 것들을 잃었네

허둥지둥 태양 앞세워 쫓느라고

뒤따르는 그림자를 까맣게 잊어 왔듯이.

　　내가 등지고 살아온 것들이

　　실은 내 등허리를 받쳐 온 사실을 몰랐네.

–「뒤안길 2」

　　현대 문명, 그 거대한 집단광기의 뉘누리에서 몇 걸음만 느루잡
아 비켜나 보자. 보기만 해도 더넘스럽게 배부른 오곡백과가 고맙
고, 금수강산이 가분가분 받힘술집어라도 든 듯 취기 곤히 오른 단
풍이 고맙고, 오비어 파내 푹 떠 마시고 싶은 하늘이 고맙고, 자칫 국
화로 오해되어도 좋을 길섶의 초강초강한 쑥부쟁이조차도 고맙다.
들녘에 허수아비와 나란히 선 농부의 구슬땀을 시원한 동동주로 닦
아주고 싶은 충동이 절로 인다. 마을에는 까마귀뿐이 아니었다. 까
치도 많았다. 원래 까치가 많아서 가작마을이라고 불리었다는 유러
가 그것을 뒷받침해 주었다. 까치 울음소리도 까마귀에 비해 별 다
를 게 없다. 그러니까 '까'를 머리소리로 하는 '치'와 '마귀'의 말꼬
리, 이를테면 길조와 흉조가 공존하는 지극히 평상스런 공간인 셈이
다. 그러나 그것은 먹은금새도 모르고 애먼 새 따위를 빌려 길흉을
논하는 한낱 부질없는 '상징놀이'에 불과하다. 정작 밑도 끝도 없는
입방아에 올라 괜히 불안을 덤터기로 몰골스러운 냉대와 혐의를 뒤
집어쓰는 까마귀들은 얼마나 억울할까. 쇠기침처럼 불합리한 상징
에 갇힌다는 것은 곧 실체 없는 미혹의 섬쩍지근한 포로가 되는 것
이다.

　　무지하고 참담한 오해를 강요하는 미신은 상징을 무모하게 확장
하고 비틀어 변질시킨 먼눈 팔이 폐단이다. 그것이 여년묵은 신앙의

형태로 발전할 때의 피해는 끔찍하고도 신둥부러진 저주이기 쉽다. 상징의 제조자이자 하수인인 시인 역시 시를 쓰되 반거들충이로 그 시에 멱살 잡혀서는 안 된다. 환상은 물론 실재 속에 갇혀서도 태연히 그 구속을 떨칠 수 있어야 사방이 가시 첩첩 오랏줄인 세상에서 돋움요를 두르고 발장구를 치는 본연의 자유를 누릴 수 있다. 그것은 무한공간을 꿈꾸는 시인의 특권이면서 숙제이기도 하다.

진흙으로 엉긴 뿌리를 물에 씻고 줄기의 허리를 잘라 하룻밤을 묵혀 개울가에 옮겨 심은 줄풀의 속 움이 하루 만에 한 뼘이나 자랐다. 약초로도 가꾸고 물길 단속도 시킬 겸해서 들여온 터인데 다른 것들은 벌써 모가지가 여물어가는 시절인데 속절없이도 딴통같이 새 땅에 새 맛을 들인 것이다. 갈대, 부들, 창포 등 여울져 흐르는 강물속의 잡초들은 싱싱한 이파리와 질긴 뿌리를 거느린 칠척장신이 말하듯 한결 생명력이 왕성하다. 벼가 우리와 역사를 함께해 온 것처럼 그것들이 저 오랜 시간 숙주인 양 강을 지키고 살려왔다. 다시 말해 강의 진정한 소유자는 우리가 아니라 거기에 대대로 뿌리를 내리고 살아가는 바로 저렇게 끈질긴 터줏대감들이라야 맞다. 그러나 그것들은 누구에게도 행여 주인이라고 거품을 물어본 적이 없다. 우리만 그것들을 관두지 못해 안달하는 것이다. 날강도 같은 뭇따래기의 한심한 배은망덕이다.

줄기찬 가을비 속, 뽕 중에서도 가시가 사나운 꾸지뽕을 따왔다. 술을 빚자고 하니 아내는 효소를 담그자고 우긴다. 적막결사寂寞結社에 엊그제 또 한 마리 진돗개가 가입했다. 달포쯤 고참인 진돗개는 그 이름이 보스이고 풍산개는 해피이다. 아내는 이번만은 복이 들어

왔다고 순우리말로 복들이라고 부르자고 하지만 딸아이가 대뜸 루키라고 사방에 정정보도 해버린다. 어엿이 족보를 지닌 토종개조차도 외국 명찰을 다는 게 대세이다. 우리말 이름은 무조건 곰팡스럽고 촌티 찍찍 흐른다는 것이다. 나는 숫제 꾸지뽕 벙어리, 차마 횡설橫說과 수설竪說의 편을 들어 줄 수 없어서 횡설수설하고 만다. 세상이 갈수록 단작스러운 우왕좌왕투성이 우문인데 그 어줍은 독자인 터에 변모없는 횡설수설이야말로 모두걸이 현답이 아닐까.

개들이 먹을거리를 가지고 싸운다. 물론 사람이라고 다를 게 없다. 그래도 개는 배가 부르면 먹이를 가지고 싸우지 않는다. 사람만 배부를수록 더 먹이를 불리기 위해 싸운다. 다만 그 먹이를 경제(거룩하게도 경세제민經世濟民을 줄인)라고 포장하여 부르는 게 다를 뿐이다. 사람에겐 먹이 말고 문화가 있다고 하겠지만 그 문화 역시 먹을거리의 수단으로 전락한 지 오래다. 네 마리 강아지 중 보스가 명실 공히 이름값을 톡톡히 한다. 서서히 그 티를 낸다. 먹이를 주면 으레 그릇마다 선홍빛 혀로 서부렁섭적 영역표시를 해두고는 다른 입들이 얼씬도 못하게 한다. 이윽고 브스의 배통아리가 고자누룩하니 부풀어 올라야 나머지들은 서슴거리다 말고 슬금슬금 그 찌꺼기를 훑어 먹는다. 오늘은 가을이란 녀석이 보스가 금줄을 쳐 놓은 제 밥그릇에 눈치 없이 입을 맞추다가 된통 물리고 말았다. 눈 밑이 찢어져 피가 난다. 울컥 화가 치밀어 오른다. 평소 유독 귀여워하는 터이지만 부랴부랴 보스에게 매를 들었다. 읍참마속이다. 해피와 복들이도 보스에게 호된 신고식을 치른 뒤끝이지만 겉으로 상처가 돋보이기는 가을이가 처음이라서 흥분한 것이다. 그러나 돌아서자마자 섥

이 삭고 짠한 마음을 재우기 힘들어 한참을 오줄없이 애끓어야 했다. 타고난 습성이 문제지 저 다섯 달도 채 안 된 어린 것에게 무슨 죄가 있으랴. 복들이는 그냥 그대로 부르기로 했다. 벌써 제 이름에 인이 박힌 탓에 아무리 루키라고 불러도 모르쇠 해버린다. 사람은 참 개명이 쉬운데 개는 개명이 어렵다. 사람은 입맛 따라 주인을 쉽게도 바꾸는데 개들에게 한번 주인은 영원한 주인이다. 나는 "눈"이라는 창 너머로 저들을 보지만 개들은 온몸으로 나를 보기 때문이다.

창은 안과 밖의 경계에서 그 너머(혹은 넘어)의 풍경을 탐한다. 안에서 바깥을 내다보는 망원경과 바깥에서 안을 엿보는 현미경이 시간의 렌즈를 갈아 끼우는 안팎 공동의 초소이다. 그 중에서도 유난히 기억에 남는 것은 앉은키에 맞춰 창호문을 오려내고 거기 겨우 두 눈 맞출 만한 손거울 정도의 유리 조각을 붙여 놓은 시골 초가집 창이다. 그 창은 안에서 바깥을 내다보기 위해 설치한 만큼 되도록 안을 들키지 않고 바깥을 잘 내다보아야 한다. 첫날밤 신랑신부의 꺼진 호롱 속 신음을 짓궂게 훔치던 그 창에 불쑥 밀주 단속원이나 빚쟁이의 그림자라도 비치는 날이면 감쪽같이 안엣 것을 숨기거나 뒷문으로 달아나야 하고, 깊은 밤 마당구석을 서성거리는 씨암탉 서리꾼이 비치면 거꾸로 잠옷이나 속곳 바람의 추격자가 되어야 한다. 어머니는 그 낡은 망원경으로 장날마다 어김없이 외상술에 절어 개선하시는 아버지의 동정을 걱정 반 공포 반 살피셨다. 우리 형제는 길 닿게 눈이라도 내리면 곳간 깊숙이 동면에 든 제상祭床을 이웅야웅 눈치놀음하며 꺼내 새 덫을 놓고는 어머니 눈물 미처 마르지 않은 창을 현미경으로 닦고 또 닦아, 오래 전에 까치밥을 설거지하고 난 참새 떼들의 모이사냥을 숨죽이고 기다렸다. 아버지와 어머니가 형만 데리고 할아버지 제사 지내려 이웃마을로 떠난 날 밤 누나는 아예 두 눈을 창에 못박아두고 바깥을 지켰다. 이윽고 누나의 헛기침 소리에 발맞춰 턱 높은 문지방에 딱지 접은 연애편지를 던져놓고 달아나는 검은 그림자의 뒷모습이 찍혔다. 그렇듯 내 기억 속의 창은 소통보다는 정탐이나 훔쳐보기를 목적으로 설치한 안방 중심의 방어기재였다. 우리 가족은 모두 그 창을 공유한 동창생이었다. 심심하면 자기네 집처럼 눌러붙어 종일을 거나하게 때우며, 허리 펼 새 없이 밭일을 마치고 밤이 이슥해서야 돌아오는 어머니를 창 너머로 흘끔흘끔 살피던 아버지 술친구들도 어엿한 동창들이었다.

교실의 창은 창이 아니라 창문이다. 활짝 열면 안과 밖이 툭 터놓고 만나는 광장이요, 반만 열면 창문이며, 아예 닫아 놓으면 밀실인 여닫음의 이중구조물은 햇볕, 바람, 산소를 불러들이고 실내에 쌓인 탁기, 악취, 더위를 내쫓는 소통과 교환의 장소다. 그러기에 망원경도 현미경도 아니다. 다만 유리문일 따름이다. 그러나 예외의 경우도 있다. 뜻밖의 추억이 탄생할 때이다. 그러니까 그 창문은 벽지 학교에 처음으로 오신 여선생님을 괜히 죄라도 지은 양 창 구석에 붙어 훔쳐볼 때는 현미경이고, 아스라이 나풀거리며 어느새 다가와 창문을 두드리는 함박눈에 서른 몇 개의 눈을 한 겹으로 맞출 적에는 망원경이다. 동창은 창을 공유해온 공동체이다. 그들의 창은 학교가 임의대로 만들어 놓은 인위의 창단이 아니다. 서로가 자신의 안을 내주고, 틈만 나면 옷깃을 스치는 친구들의 한결같으면서도 변화무쌍한 바깥을 내다보며 무릎맞춤해 온 시간의 창이다. 그들의 창은 일부러 닫아버리지 않는 한 언제나 곱새치기로 기지개를 켜는 열린 창문이다. 날마다 고상고상 새로운 소통의 확대재생산이 이루어지는 꽃창이다. 갖가지 다사스러운 신화와 전설이 만들어지고, 무수한 영웅과 천재가 바깥세상을 향해 파닥파닥 날갯짓을 해대는 신비의 창문이다.

동창 중에서도 초등학교 동창들이 한결 흉허물 없고 편하고 흥겹다. 집을 떠나 순수 평등집단을 이룬 최초의 사회구성원이기 때문이다. 추억도 압도적으로 많다. 학제 중에서도 가장 긴 6년이라는 시간도 시간이지만 어릴 때의 기억은 그 신비롭고 순수한 만큼이나 오래도록 총총하게 몸속에 녹아 흐르기 때문이다. 그처럼 깨끗한 백지에 그려진 문자와 그림은 평생을 떠나지 않는 창 안의 수채화이며 창밖의 풍경화이다. 오랜만에 객지와 고향의 동창들이 한데 뭉쳤다. 저마다의 세물전 영감 같은 추억 보따리를 서로치기하듯 날큰날큰 풀어가며 지켜보는 날 밤, 고향 해변 민박집 창 너머 어느새(어느덧) 인생의 가을에 접어든 동창들의 서낙하니 물기어린 눈길 저만큼 화사하고도 함초롬한 꽃들이 해변 가로등 불빛을 들러리삼아 무리무리 활짝 웃고 있었다. 낮에는 일부러 동원하기라도 한 듯 줄줄이 길 가장자리를 물고서는 내내 그치지 않고 차창 밖에서 손을 흔들어대던 것들이었다.

해당화였다. 어릴 적에는 있는 듯 없는 듯 건성으로 지나치던 것들이 새삼 눈부신 고혹으로 재탄생하여 부다듯하게 해변의 정취를 물들이고 있었다. "얼굴만 봐도 그리운" 그 "지지리도 못난" 천둥벌 거숭이들은 여전히 뼈들어진 마음고름채로 제자리에 숫스럽게 말뚝 박혀 있고 저 달밤의 새색시들이 대신 금의환향한 터였다. 눈길 사 무칠수록 송이송이 결 곱고 해맑기가 첫물 같기만 하다. 얼마나 더 러움과 어둠을 울고 나야 저리도 티 없이 환하게 웃을 수 있을까. 나 도 한때 저런 얼굴을 한 적이 있었다. 그러나 그때는 어른들의 들뜬 주문에 덩달아서 아무런 뜻 없이 마냥 방긋방긋 웃기만 했다. 그러 나 차츰 신비가 퇴색해 가는 세상의 낯선 표정을 읽기 시작하면서 그 해맑고 평화롭고 아름답기만 한 웃음을 잃고 말았다. 그리고 이 제야 들떼놓고 돌이키려 해보지만 꼭 조인 나사처럼 주름살이 굳어 잘되지 않는다. 그렇다면 시방 저 해당화가 그때의 내 대신 나를 브 며 일떠세우듯 웃고 있는 것인가. 아직도 풀리지 않은 화두, 염화미 소가 귀향길에 펼쳐지는 서해 일몰의 요술을 감상하기 전 치러야 하 는 통과의례로 고향 길 초입에 검문이라도 하듯 나를 기다리고 있는 것만 같다. 전생도, 내생도 모르는 주제에 이승이라도 잘 살아보려 는 모순을 어찌할 수 없는 길손에게 서쪽 막창 깎아지른 해변 길을 발품 팔아 서방정토의 해인을 꾀하라며 피 붉은 입술을 자늑자늑 모 아 아미타불을 다조지듯 염하는 저 간곡한 염불삼매라니!

　해당화는 장미과의 낙엽관목이다. 대부분 바닷가 모래땅에 많지 만 종종 산기슭에서 눈에 띄기도 한다. 유난히 많은 가시를 보송보 송한 털이 덮고 있다. 늦봄부터 초여름까지 붉은색, 흰색, 분홍색 등 의 화사한 꽃이 핀다. 여름부터 초가을에 걸쳐 익는 붉고 영롱한 열 매 속에는 작은 씨앗이 촘촘히 박혀 있다. 해당화는 싹트기 전 가지를 잘라 흙이나 모래에 꺾꽂이하거나 가을에 씨가 익으면 따 두었다 봄에 직파한다. 해마다 땅에서 여기저기 곁줄기가 많이 나오므로 뿌리를 잘라 고구마 순처럼 분식재배를 하기도 한다. 해당화는 염기에 강해서 해안이나 해변도로, 해수욕장, 해변 관광지 등에 심으면 한층 풍치를 더해준다. 해안 민가마다 앞마당에 몇 그루씩 심어놓은 것을 심심찮게 볼 수 있다. 꽃과 열매가 아름답고 향기로워 정원수로도 심고, 가시가 많고 곁가지를 많이 치므로 허물없이 울타리를 두르기도 한다. 꽃잎에는 방향성 정유가 들어 있어서 향수의 원료가 된다. 꽃잎을 차나 술에 넣으면 독특한 향기와 맛을 곁들일 수 있다. 익은 열매는 비타민 C가 많이 들어 있으므로 껍질을 벗겨 생식해도 좋고 꿀에 재어 먹기도 한다. 꽃은 향기가 좋아서 화장품 향료로 쓰이며 뿌리는 염료로 쓰인다. 향기 주머니를 만들어 차안의 방향제로 활용하면 좋다. 떡이나 전을 만들 때 색깔을 내는 재료이기도 한 꽃잎은 열매의 껍질과 더불어 심심찮은 주전부리이다. 멀고 배고픈 바닷가 하굣길, 백사장에 성벽을 이루고 서 있는 해당화의 꽃잎을 씹다 보면 씹을수록 입안에 향기가 퍼지던 기억이 새롭다. 한방에서는 주로 뿌리를 쓰는데 치통, 관절염, 설사, 당뇨병, 위, 유선염, 토혈, 풍습, 간의 치료와 보호에 효능이 있는 것으로 알려져 있다. 꽃은 진통과 지혈 등에 쓰인다. 특히 우리나라 연안에서 자라는 해당화가 혈청 중 지질성분의 농도를 완화하고 혈압 강하작용을 하는 데 효과가 좋은 것으로 밝혀져 학계의 주목을 끌고 있다. 해당화 꽃은 매괴화라고 하여 처음 개화할 때 채집하여 건조한 것을 약재로 사용한다. 해당화 뿌리는 민간에서 당뇨병치료제로 오랫동안 사용하여 왔다. 요즘은 해당화 구경도 쉽지가 않다. 대부분의 모래땅들이 해수욕장이나 콘도, 위락시설 등으로 난개발되어 이 꽃나무가 자랄 여지를 남겨두지 않는 탓이다. 그나마도 신경통에 효험이 있다는 소문 탓에 뿌리째 뽑혀 나가고 있는 실정이다. 그 해당화가 요즈음 들어 한참 관광지로 뜨는 고향 해안도로 삼십 리 갓길에 영접하듯 도열하고 서서 길손들의 눈길을 붉게 물들이고 있는 것이다. 연짓빛 노을이 곤짓빛 해당화와 홍등화음紅燈和音을 이루며 서서히 깔리는 칠산바다를 옆구리에 끼고 돌 때의 황홀한 풍광은 영광 백수해안도로단의 비길 데 없는 장관이다.

고향은 무한 질주를 탐하는 나그네의 설멍한 원심력에 대해 바투 견제의 날을 세우는 젖몸살 같은 구심력이다. 까맣게 전생의 기억을 닫고 아등바등 실재 아닌 현실을 살아가는 이승바치에게 실낙원의 향수를 돌이켜 근본과 궁극을 돌이켜 주는 시원회귀의 젖줄이며 자아회복의 지름길이다. 발가벗고 자란 자신의 진면목이 지문처럼 각인돼 있는 한 인격의 성소다. 다시는 더럽힐 수 없는 본색을 찾아나서는 순수여행의 지도이다. 무엇보다도 고향은 문학하는 이들에게는 모국어의 산실이자 저장고이다. 나는 투박한 듯 부드럽고, 느린 듯 바지런하고, 직정적인 듯 은근하고, 다감하면서도 풍성하고 질박한 전라도 언어, 그 중에서도 남도 언어가 맛깔을 잃지 않고 결곡히 그 혈관과 호흡을 다스려 온 바닷가 두메산골에서 낳고 자라, 거기 내 모국어의 모태를 묻어둔 것이 두고두고 설레며 고맙고 뿌듯하기만 하다.

문학의 진정성은 '자기언어'의 흙과 뿌리를 통하여 그 열매로 나름의 사회공통언어를 창조하는 참신한 성실성에서 꽃피워져야 할 것이다. 어디 본딧말 없이 준말이, 어간 없이 어미가 가능하던가. 내 문학의 연원은 모국어 중의 모국어인 고향의 혼과 질감과 서정에 두기로 한다. 언어는 생활의 근거에 따른 요소요소마다 그 토양과 배경과 정서를 오금대패질한 지역사地域史의 수레바퀴를 타고 아우러진 친환경적 오케스트라이기 때문이다. 그러기에 아버지의 주벽, 어머니의 한숨, 그리고 질긴 악순환의 고리를 끊을 길 막막하던 가난조차도 그 아득한 바다나 험악한 산새와 더불어 내 문학의 소중한 자양분이었음을 실감하고 감사한다. 천진무구한 삼라만상과 원초적 대화를 나눌 수 있었던 자연환경의 축복 그리고 반알코올중독 아니면 견디기 힘든 가족사의 시련이 아니었다면 나의 문학에 대한 집착과 열정은 오래 전에 소진되고 말았을지도 모르기 때문이다. 하기에 오목가슴 깊숙이 도사리고 있는 시간의 응어리가 끈끈하고 아플수록 내 문학의 불덩어리는 뜨겁고 오래 탈 것이다.

고향! 지금도 지긋 눈 감고 물쩍지근한 추억의 나룻배를 서리서리 몰박아 저어가노라면 어머니의 젖 냄새가 곰삭은 새우젓갈처럼 삼삼하게 고여 있고, 미완의 첫사랑 눈물이 내 희검고 듬성듬성한 머리칼에 첫 이슬로 내리고, 절절하고도 구성진 노랫가락이 저절로 되살아나 어깨춤을 재촉하며 오목가슴을 후벼 파는 등, 아스팔트 속 점토와도 같은 서정과 감성과 애증의 파도가 솟구쳐 넘실거린다. 그러니 이제라도 그 취한 듯 촉촉한 그리움의 언어를 바탕색 삼아 형형색색의 판화를 옹골지게 새기려고 한다. 아스팔트 위의 무미건조하고 투박하며 타성적 상식을 발가리 놓는 잠언의 교집합 같은 시詩를 고향의 원형인 청정산천의 술도가니 속에 노골노골하도록 흠씬 담그려는 것이다. 그런 고향을 자궁으로 한 내 영혼의 모국어에 염화미소, 천년화두의 본래면목이 있다. 귀향은 단순한 과거회귀가 아니다. 자칫 까마득한 시간의 집적을 허무는 퇴행이나 부질없는 감상의 유희, 볼품없는 현실변명의 반복이 아니라, 으밀아밀 군살로 철갑을 두른 인위의 먼지를 털어내 순결한 자연의 맨살을 되찾는 고도의 정진을 이른다. 내 문학은 그 열쇠이다. 섣달이 둘이라도 시원치 않을 만큼 걸음걸음 신비롭고 뜨겁고 굵은 땀방울의 결정인 시詩는 아직도 천지사방을 서성이며 뿌리내리지 못하는 나그네의 치열한 귀향보고서인 것이다. 그 혈서에 다름 아닌 언문일치 속에서 당장의 목숨 값을 끌어내지 못한다면 길지 않은 시간 빚을 내어 맑은 영혼과 따뜻한 가슴을 추구한답시고 앞짧은 소리 질러온 자신에 대한 배신이요, 서정의 일탈과 상상력의 빈곤(무궁무진한 대자연을 텃밭으로 두고도)을 광고하는 문학적 직무유기이다.

그러나 기실 생물학적 고향은 내 생을 단발성 이승에 국한시키는 시발점일 뿐 지금의 내가 있게 한 근원적 출처로서의 고향은 따로 있다. 빙산의 일각에 불과한 의식의 저변을 흐르는 광대한 무의식세계처럼 윤회의 원산지인 무명 그리고 무명과 일란성쌍둥이인 진여眞如의 본가가 곧 변화무쌍 속의 영구불변인 실재의 고향이다. 그러니까 내게 있어서 고향에서의 고향 찾기야말로 백척간두 진일보에 다름 아닌 화두이다.

그 고향의 다른 말인 시는 우주의 근원 즉 말과 행위가 분리되지 않은 태초의 언어를 찾아가는 신앙적 탐험이며, 최후의 구원을 위한 수련의 방편이기도하다. 별도의 신앙이 없는 나에게 시구 하나 하나는 절박한 기도이자 주문이기 때문이다. 진리의 거처인 언어도단의 입구를 서성이다 진정한 무無의 경지(진공묘유眞空妙有)에 머물지 못하고 끝내 허무의 늪(무기無記)에 빠져 정신적 황폐를 앓아야 했던 니체나 말라르메의 경우는 동양적 침묵의 언어에 익숙하지 못한, 다시 말해 짜깁기 식 논리의 길항과 집적의 포로인 변증법의 함정(미완의 언어를 도구로 한)을 벗어나지 못한 서구 지성의 한계일 것이다. 나는 내 무의식의 심연에 내장된 동양 고유의 유전인자를 십분 발휘하여 마침내 유무초월의 산정호수에 이르고자 한다. 고향을 만법귀일萬法歸一의 빌미로 하는 시가 그 길 도우미이자 최후의 깃발임은 물론이다. 해인삼매와 고해를 동시에 상징하는 바다의 굽이굽이 맴돌아 늘어진 언덕길을 노을빛으로 물들이는 해당화! 오늘도 내 뒤스럭스런 문명의 잿빛 창 너머 청초 서리담은 원주민으로 발바투 서 있거니, 이 피곤한 문명의 상투 끝에서 내려 발가벗고 맨발로 족두리하님 같은 너에게로 돌아갈 때까지 지상의 마지막 한 마당 초원에 부디 원시의 일점일획도 건드리지 말고 고이 피어 있어라.

느티나무

내 고향은 서쪽 바다, 내 발자국은

밀물 썰물 따라 수시로 바다와의 경계를 바꾸는

개펄의 배수진을 찍고 있다

눈만 뜨면 수평선에 몸을 맞추는 서해 개펄은

늙은 해녀의 물질처럼

어떤 때는 흔적도 없이 파도에 먹혔다가

시치미를 떼며 서서히 고토를 회복하곤 한다

여기는 서쪽 끝

드디어 나는 첫새벽 아스라한 염불 따라

자처울듯 입속을 맴도는 사방西方에 이른 것이다

그런데

이제는 혼자 기도하는 것조차도 부끄럽기만 한

지상의 불안과 참담 그 저속低俗의 끄트머리

행여 어린 마음으로 어울려 놀던 고향도 아니고

아스라한 개펄과

한겨울 망망대해뿐 더 이상 갈 곳이 없다

오가는 배 한 척 없는데

저기 무인도 등대는 대낮에도 예사로 깜빡이며

발길은 그물 걷힌 말뚝처럼 처연하나

마음은 잠시도 여기 머물지 않고 서성이다니

나는 그만

잘 못 왔거나 눈이 어두워서 보지 못한 것이다

하여, 이 부르튼 발이 살아있는 한 분명

그곳은 어딘가에서 나를 기다리고 있을 터이니

다시 동쪽으로 이삭을 줍듯 새로이 가

무등無等의 일출을 맨 먼저 맞을 일인가

어쩌면 시방 내 발길이 바로 거기일지도 모른다

– 「돌아가는 길」

　일곱 살이 되자 어머니는 나를 반비알진 개울 깊은 곳으로 데려 가셨다. 그리고 냉큼 물속으로 밀뜨리셨다. 억지 물을 먹고 겨우 부 라질 쳐 빠져 나오면 다시 빠뜨리는 싱경이가 한참 동안 반복되었 다. 다음날도 그 다음날도 그랬다. 그 후 나는 교과서적 영법泳法은 아닐지라도 제법 발만스럽게 동네수영은 자랑할 수 있게 되었다. 수 영은 강과 바닷가에 살려면 누구나 발새 익게 갖춰야 할 필수요건이 었다.

한때 무등산에서 할머니 타잔이 나타났다고 수군거리던 적이 있었다. 어떤 할머니가 바람처럼 빠른 속도로 산을 타는 솜씨에 놀란 입소문이었다. 일흔 줄에 이르신 어머니가 그 주인공이셨다. 그러나 나는 그 소문이 썩 내키지 않았다. 안타깝고 송구스럽기만 했다. 첩첩산중에서 점심도 거른 채 무거운 나뭇단을 포개 이고 십 여리 산비탈을 타시던 솜씨인 것을 잘 알기 때문이었다. 그것은 어쩌든지 새끼들 배는 골리지 말아야 한다는 눈물겨운 집념의 소산이었다. 그토록 가난에 멍에 메인 억척이, 나와 아홉 살 터울인 막내 누이의 초등학교 운동회 날 달리기 시합에서 딸 또래의 학부모들을 거의 반 바퀴나 물리치고 맨 먼저 들어오시게 했다. 어머니는 손자의 운동회 때도 그렇게 펄펄 나셨다. 딸과 손자가 기뻐할 상품(노트와 연필) 생각이 무조건 앞만 보고 달리게 한 것이었다. 한국전쟁 때, 태어난 지 미처 다섯 달도 채 못 되는 나를 업고 열 살 난 누나와 네 살짜리 형을 양 옆구리에 낀 채로, 가파른 고개를 넘고 허벅지까지 빠지는 겨울 갯벌 속을 200여 미터나 내달리시던 초인적인 힘의 부활이셨다. 그렇게 다져진 어머니의 등산 신화는 무등산에서 가장 가파른 비탈 몇 배나 험준한 인고의 결산이셨다.

플라스틱 용기에서 발암물질이 나온다고 글컹거리자 냉장고와 찬장의 플라스틱 주방기구를 버리느라고 법석들이다. 한편 오랫동안 찬밥 신세이던 도자기와 유리제품들이 모처럼 대접을 받는다. 사실 편하기로야 가볍고, 단단하고, 뚜껑만 덮어놓으면 김치 국물 한 방울 새지 않는 플라스틱 용기만한 것이 있을까. 반찬이 담긴 채로 냉장고에서 끄집어내 뚜껑만 열면 그대로 찬기요, 식후에는 뚜껑만 닫아 그대로 집어넣으면 되고, 씻을 때는 함부로 다루어도 깨질 염려가 없으니 잠옷바람에 대충 식구끼리 하는 식사 때마다 게으름을 피우기에 더없이 좋다. 거기에다 오래 쓸 수 있고 가격도 싸니 얼마나 경제적인가. 그러나 편하고 좋은 것에는 대개 반대급부가 따르기 마련이다. 우선 그 재료가 석유라는 사실만으로 꺼림칙하다. 숨 쉬는 도자기에 비해 음식 맛을 제대로 보존할 수 없고, 썩을 줄 모르는 탓에 폐품 처리가 난감한 공해거리다. 원료를 100 % 수입에 의존하는 처지이므로 소모량이 늘수록 무역수지를 악화시키고 석유 값만 올릴 뿐이다.

무엇보다 심각한 것은 그 때문에 자고이래로 우리의 흙, 우리의 손으로 빚어온 도자기 산업이 끝갈망 없이 끈 떨어져 사양길로 추락해 간다는 안타까운 사실이다. 그렇지 않아도 우리의 독점적 도예기술을 강탈해 가 꿍겨박고 세계 최고의 생활자기를 빚은 일본의 경우는 우리를 질량 번갈아 위협하고, 또 저질의 중국산 도자기는 가격 면에서 점점 우리의 입지를 좁히는 사면초가 속에서 가마 불을 끈 공장이 태반인 실정이다. 수지 안 맞는 우리 논은 묵히고 값싼 외국쌀에 입맛을 팔다가 마침내 식량 무기화전략에 먹히고 말지도 모르듯, 도자기 역시 그 전통 기술의 대가 끊기고 난 뒤, 기다렸다는 듯 '도자기 시절'이 되돌아와 밀어닥치면 후회해도 소용없을 게 뻔한데도 말이다. 도자기는 우리의 얼과 손길이 살아 꿈틀거리는 '밀접 문화유산'이다. 플라스틱 제품에 비해 은근하고 다채로운 색상, 다양한 문양, 우아하고 매끄러운 자태, 깔끔하고 아름다운 식단, 고열에도 끄떡없는 내화성 등 그 장점은 이루 다 손꼽을 수 없다. 더욱이 가내공업 성격에 중소기업 형태를 가미한 도자기 공장은 대개 시골에 터를 잡고 있어서 단순 노동자의 고용 효과는 물론, 나름대로 지역 경제 향상에 이바지한다. 따라서 우리의 부엌살림이 조금만 부지런해지면 민족 고유의 유산인 도자기 산업이 그 맥을 이어갈 수 있고, 직장을 잃은 도자기 기술자들과 시골의 유휴인력이 다시금 일거리를 되찾을 수 있는 것이다. 그처럼 우리의 것을 소중히 지키고 키우는 일이 세계화의 격랑 속에서 살아남는 첩경임을 어서 깨우쳐야겠다. 지금 우리 주위에는 그렇게 소외된 문화자산이 우렛소리 치며 지천으로 널려 있다.

어렸을 적 꿰매다 지친 신발을 끌고 탐험가처럼 쏘다니다가 어디로 가야할지 가리산지리산 망설여질 때 손바닥 위에 떨어뜨린 침을 손뼉 치듯 튀겨 갈 길을 정하던 버릇이 있었다. 그러나 잡을 수도, 그릴 수도 없이 부풀던 상상의 오지랖을 딱딱하고 비좁은 상식의 틀에 꼭 끼우며, 다시 말해 어줍은 눈치의 산물인 이른바 그 놈의 철이라는 세상물이 들기 시작하면서 차츰 아슴아슴하고도 신통한 신탁의 비법을 잊은 채 지도를 따라 아예 미리 정해 둔 길만 판화를 찍듯 오가기 시작했다. 지금 생각하면 자못 심각하게 점치던 천진한 신들림에 피식 웃음이 나오다가도 어딘 가로 걸터듬듯 막 달려가고 싶은 원심력의 발효가 그 침이 아닐까 하여 흥건히 고인 것을 도로 삼킨다. 어쩌면 눈 비비고 쏘아보는 사방을 향해 걷몰듯이 달려가던 군침의 눈부신 분사는 한낱 박제된 북극성일 뿐인 나침반보다 팔팔 살아 가슴 설레는 우주별의 전령이 아니었을까. 지금 나에겐 그때의 순결한 무작정이 없고, 걸음마다 피곤과 허탈과 식은땀의 재확인일 뿐 길에 대한 확신이 없다. 나는 그때의 발새 익은 주술사가 아니다.

눈길이 흐려지면 귀 가늘어지고 덩달아 침묵이 보청기인가. 애꿎은 목청만 닦달하는 탁음이 눈치 없이 낙후일로인 귀의 비밀까지 폭로한다. 시간이라는 복병의 텃세에 말 많은 세상의 부르튼 입술만큼 눈과 귀의 축전지가 방전돼 가는 탓이다. 뜬금없는 귓밥을 파고 마른 입술 다독거려 백태가 허연 혀를 잠근다. 남은 길에 대한 보신치고는 피동적이고 관습적이지만 도리 없다. 전생의 잔영인지도 모르는 주술의 퇴화를 다릿돌 같은 상식과 과학으로 비보禪補한 내 이승의 풍수는 달포해포 드리없이 좀스런 현상고착의 실용주의에 다름 아니었으니까. 돌이켜보자니, 여름에서 겨울로 가려면 가을의 완충기를 거쳐야 하듯 나도 저쪽에서 이쪽까지 열 달이라는 완충의 호수를 건넜다. 그리고 거리 표시도 없는 이정표들을 들이곱듯 지나쳐온 지금 다시 예서, 제까지 얼마를 또 걸어야 한다. 그러니 그 걸음을 함부로 하는 것은 이승 저승 모두에게 두루치기로 반칙이겠다. 헌데 낯선 문턱을 들어가려면 한사코 몸을 낮추어야 하는가. 당알지게 빳빳하던 머리도 부스스하니 수그러지고, 드높던 구두 굽도 늦추 닳고, 허리는 눈속임하듯 야금야금 휘어지는 등 저쪽에 가까워질수록 이쪽에서는 읍벅집벅 볼품이 없어져 간다. 그렇게 이승의 꿀단지 언저리도 채 핥기 전에 어느덧 퇴행의 시간이 머무는 저승의 식민지로 유배당하고 만 것은 언어 탓이었다. 세상의 언어와 타인의 언어, 우주의 언어를 잃어버린 인간의 언어 그리고 간단없이 이방의 언어에 희롱당하고 침식당한 내 몸과 영혼의 모국어 때문이었다.

혼자 겨우 일어서기 시작할 무렵 신비와 두려움에 떨며 토한 내 첫 옹알이는 "엄마"였다. 자꾸 엄마를 옹알이 하다 배가 고파서 맘마라고 하면 엄마는 "오매 내 강아지가 또 엄마라고 했어" 하며 애먼 볼만 벌겋게 쪽쪽 빨아대셨다. 젖을 떼고 난 입술에 차츰 말말이 익어 갈 즈음, 배가 고픈 것과 아픈 것을 구분하지 못해 배가 고픈데도 자꾸 배가 아프다고 보채면 엄마는 울다 지쳐 잠들 때까지 안타까운 배만 살살 쓸어 주셨다. 이윽고 엄마 품에서 벗어난 후, 남들처럼 흥겨운 기쁨을 달라고 조르면 세상은 유효기간이 지난 기쁨의 찌꺼기로 눅눅한 슬픔을 꺼내주었다. 사랑에는 번뇌를, 눈물겨운 밤샘 기도에는 순간의 허탈을 던져주었다. 또 큰 소리로 혁명을 외치면 소곤소곤 달콤한 일상의 아이스크림으로 입을 틀어막았다. 그렇게 나의 언어는 늘 기의가 기표를 배반하는 엇박자 마찰음이었다. 이제 나는 어긋난 기의가 까먹고 남은 길이나마 처음으로 엄마를 부르듯 울음조차도 참따랗게 노래하며 걸으려 한다. 비록 늦었을지언정 시간을 내 자리에 앉혀놓고 대신 내가 시간이려고 한다. 저 아득한 산과 들, 강과 바다와 길 그리고 내내 초롱초롱한 별과 변화무쌍을 일삼는 달, 따사로운 햇살과 영롱하고도 촉촉한 아침이슬, 옷깃 먼지를 털어주는 바람과 아무리 마셔도 남아도는 공기를 두고도, 기껏 하루 세 끼와 한 평도 채 못 되는 잠자리에 연연하여 가쁜 숨만 몰아쉬어 온 협량과 소심과 어리석음의 늪에서 깨어나 광활한 우주의 언어를 공유하고자 한다. 그러노라면, 할아버지와 아버지 그리고 내가 하릴없이 불안한 직립의 종종걸음으로 그 천년 결과부좌 곁을 지나쳐가는 동안에도 우주의 중심 같은 지상의 붙박이별로 턱 버티고 앉아 만고일월의 분수대인 뿌리를 향해 천수천안을 드리우며, 견성과 득음 양수 겹장의 주술사인 양 시시각각 눈과 목청을 가다듬어 오밀 조밀하고도 유장한 시간을 천연덕스럽게 부리는 느티나무처럼 내 타락한 신탁의 순결한 효험을 되찾을지도 모르지 않는가.

　낭만과는 거리가 멀 것 같이 보이는 가수의 「낭만에 대하여」 라는 대중가요가 꽤 시간이 지났는데도 여전히 노래방의 단골 애창곡으로 대중의 귀와 입을 즐겁게 해주고 있다. 그만큼 낭만이 그리운 현대를 일컬어 낭만이 없는 시대, 혹은 낭만을 상실한 시대라고 한다. 바깥은 물론 가슴 속의 초원조차 잃어버린 도시, 도시의 사막화가 빚어낸 필연적 상처이다. 낭만은 일상으로부터의 일탈에서 얻어지는 다분히 감성적이고 비상식적인 축복이다. 헌데 잠시 낟가리잔치 같은 타성적 시공감각을 탈출하여 마련한 자연친화적 여유를 잃고, 경기장이나 피시방의 콘크리트 먼지와 공해 속에서 집단 히스테리나 사이버 자폐를 통한 현실의 일시적 망각이나 도피를 꾀하는 탓에 세상이 점점 암울하고 건조해지는 것이다. 그러나 도시에도 차츰 낭만이 깃들 여지가 늘어가고 있다. 주위환경이 푸르면 마음도 덩달아 푸르러지기 때문이다. 엊그제만 해도 사막 한 복판에 듬성듬성 찍힌 반점만 같던 숲이 어느 틈에 거대한 울타리처럼 도시를 에워싸기 시작했다. 납골함이나 신발장 같은 벌집을 간들간들 쌓아올려 하늘과 맞닿으려 덤비는 아파트 괴물이 무색하게 우리나라 여느 도시도 한결 깊고 짙은 산, 맑고 단정한 하천과 더불어 하루가 다르게 푸르러져 간다. 한 여름 낮게 뜬 비행기에서 내려다보면 제 이름을 찾은 금수강산이 온통 짙푸른 물감으로 한 폭의 수채화를 그리고 있다.

어느 틈에 산이 달려 내려와 행군하는 것 같은 착각을 주는 가로수는 그 첨병이다. 사방이 길인 도시는 가로수에 따라 그 건강과 품새가 갖추어지기 때문이다. 이제 웬만한 가로수는 제법 쉬어 갈 만한 그늘을 드리우며 철따라 꽃과 단풍을 한껏 뽐내고 있다. 도로마다 전봇대와, 가로등과, 이정표만이 갓길에 덩그렇던 시절에 비하면 오아시스 숲길을 달리는 기분이다. 가로수는 미관과 더불어 엽록소의 존재증명인 그늘을 생명으로 한다. 한편 숲은 하루아침에 가꾸어지는 것이 아니듯 가로수 역시 함부로 바꾸기가 쉽지 않다. 그런데 갑자기 웬 전염병이라도 번지듯 벚나무가 도시 농촌 가리지 않고 사방의 도로변을 무섭게 장악해가고 있다. 우리에게 식민지의 고통과 치욕을 안겨주고, 걸핏하면 애꿎은 독도를 들먹이며 호시탐탐 옛 미련을 버리지 못하는 일본을 의식해서만이 아니다. 잠시의 소나기 같은 꽃바람 말고는 금세 고목으로 주저앉고 말듯 목질도, 단풍도, 그늘도 영 볼품없는 것이 벚나무다. 그런데 굳이 한 사흘 반짝 눈부시다 사라져버리는 사쿠라 신기루로 일 년 내내 오아시스의 풍광을 망치지 못해 안달이다. 무궁화는 꽃어 비해 좀스런 나무가 그렇다 치더라도, 그늘은 빈약하지만 은행나무나 단풍나무도 있고, 가로수로는 단연 으뜸인 느티나무가 버젓한 데도 말이다.

느티나무! 봄이면 꽃보다 산뜻하고 싱그러운 연초록 이파리, 가을이면 화사한 단풍, 한겨울 둥근 지붕을 씌우듯 소복이 내려앉은 흰 눈도 장관이지만, 무엇보다도 여름마다 대기의 허파인 숲 숨을 내뿜으며 부챗살같이 긴 팔을 벌려 넓고 깊은 그늘을 주는 만년 피

서지요 고마운 쉼터이다. 그래서 마을마다 아득한 옛날부터 매미소리 청량한 그늘 아래 정자를 지었다. 그리고 대를 이어 마을의 수호신으로 삼아 은혜를 기려왔다. 느티나무는 우리의 넋과 정서가 살아 숨 쉬는 친숙한 영물로, 풍치와 실용을 겸비한 가장 한국적인 나무인 것이다. 그 품안에서 남녀노소 할 것 없이 숱한 이야기꽃을 피우는 느티나무는 정작 자신은 말 한 마디 없이도 수백 년을 버틴다. 그러면서도 그동안 스스로 지펴놓은 사랑방에 쌓이고 쌓인 마을의 말과 말들을 최첨단 녹음기처럼 낱낱이 온몸으로 간직하고 있다. 아름다운 무늬, 우아하고 견고한 목질을 자랑하며 박달나무와 함께 불씨로 이용된 기록이 있는 그 귀목은 봄에 돋아나는 애잎은 나물로 먹는다. 느티떡이라 하여 사월초파일 쌀가루와 잎을 버무려 찐 시루떡을 빚어먹기도 한다. 꽃과 열매를 따 차를 빚어먹으면 폐나 기관지에서 나오는 출혈을 막아주며, 잇몸이나 혀에서 피가 날 때 꽃을 볶은 가루를 바르면 신기하게도 낫는다고 한다. 잎, 잔가지, 뿌리껍질, 열매는 자궁출혈 장출혈 코피 치질출혈 등의 지혈, 강장, 이뇨, 혈압강하 등의 약으로 사용돼 왔다. 피부질환이나 가려움증에는 달인 물을 먹거나 환부에 발라 주기도 한다. 목이 쉬어 소리가 나오지 않을 때, 잘 낫지 않는 종기, 치통, 여러 가지 부종에는 약한 불로 촉촉이 달여 입속에 머금거나 복용하면 빠른 효과를 볼 수 있다. 느티나무의 주요성분으로 특히 꽃에 많이 함유되어 있는 루틴은 혈관을 튼튼히 하여 그 기능을 정상으로 유지해 줌으로써 고혈압, 중풍, 뇌출혈의 예방치료에 요긴하게 쓰이는 약재이다. 최근 산림청은 느티나무가 함유하고 있는 천연물질 카달렌은 폐암억제에 탁월한 효능을 나타냈다고 밝힌 바 있다.

　바다는 닥치는 대로 배를 채우기 바쁘다. 샛강까지 죄 빨아들이고도 모자라 몰래 버리는 공장 오폐수나 사창가의 뒷물, 난파선과 썩은 그물, 해적이나 수부의 시체마저도 남기지 않고 다 먹어치운다. 먹을 것이 없을 때면 무거운 몸 뒤척여 제 거품이라도 먹는다. 나는 그 잡식성 거식증이 싫었다. 전리품과 여색에 미친 늙은 제국의 배불뚝이 황제 같아서였다. 그러나 섣부른 오해는 곧 풀렸다. 해저만리海底萬里를 활보하는 수억의 눈부신 어초들을 보고 나서부터였다. 바다는 몸 전체가 젖이었다. 그 퉁퉁 불은 젖을 잠시도 쉬지 않고 오물락조물락 빨리고 있었다. 그것을 알고 나서부터 나는 아무리 얕은 물이라도 속내까지 속속들이 들여다보기 전에는 이러쿵저러쿵 함부로 입을 열 수 없었다.

　까마득한 세월 애오로지 고향을 지켜온 느티나무도 그랬다. 언뜻 치매라도 걸린 듯 태연히 음부를 드러내놓은 채로 혹부리투성이 흰 등만 남고 속은 텅 빈 동굴인 고목은 다 쓰러져 가는 고가처럼 흉했다. 개미떼와 말벌, 징그러운 벌레들이 제집처럼 차고 앉아 우글거려도 꿀 먹은 벙어리처럼 무장해제 당한 거장의 최후를 지켜보기란 여간 고역이 아니었다. 그러나 노병은 쉽게 죽지도, 그냥 사라지지도 않았다. 여간해서 열리지 않던 목청은 태풍이 미친 듯 휘몰아치고 천지가 맞닿는 어둠 속에서야 웅장한 포효로 지축을 뒤흔드는 것이었다. 그러면 혼신을 다한 기합 소리에 맞춰 겨우내 중풍을 앓던 수족이 우수수 꺾이고 질긴 시간의 부스럼과 멍이 파편처럼 떨어져 나갔다. 그 만삭의 신음 속에서 봄이면 새움이 분수처럼 솟아올랐

다. 새싹이 자라 자신과 키가 비슷해질 때까지 해마다 그 울음은 이
명을 앓는 천지의 귀청을 동시에 뚫어주곤 했다. 그리고 조장鳥葬이
라도 하듯 노구를 부려 등글개첩 같은 미물들을 양껏 먹여 살리는
몸 보시를 다한 뒤, 한 줌 기름진 거름을 노자 삼아 아무런 거드름도
없이 천길 뿌리 속으로 되돌아가는 것이었다. 그러나 그토록 장엄하
고 처절한 대자연의 진혼가는 아무나 쉽게 들을 수 없었다. 최소한
늙은 가수 곁에서 고수鼓手라도 되는 양 겨우내 꼬박 살팍진 귀를 주
어야 어렴풋이나마 가능했다. 마치 기울어가는 어미에게 잘 보이려
는 양 올해도 싱싱한 느티나무 단풍이 사방에서 붉노랗게 물들고 있
다. 산과 강변, 마을에서 길거리로 분가해 나온 신출내기들이다. 지
난해보다도 한결 넓고 깊다. 봄 쌍계사 벚꽃길이나 여름 담양 메타
세쿼이아 길이 눈에 밟히는 이들은 가을에는 또 광주에 와서 기아
자동차 길과 운천 저수지 길, 봉선동 옛 철길을 거닐어 보길 권한다.
황홀한 오색 느티나무단풍이 내장산에 비길 바가 아니다.

그 느티나무 언덕길을 내려 올 때였다. 앞서 가는 노인이 한 발
또 한 발 세듯 걸어가신다. 비좁아서 차마 비켜 갈 수도 없고 울컥 짜
증이 났다. 그러나 아니었다. 그 앙가조촘한 걸음마에는 눈부시게
동천을 달구던 해가 차가운 어둠 속으로 빠지기 전의 소득소득 소름
이 돋고 있었다. 그런데 아직 중천의 해가 더욱 뜨겁게 타오를 생각
은 않고 지는 해를 추월하지 못해서 발을 구르다니. 평균 수명대로
라면 한참 뒤를 따라야 도리와 잇속에 맞는 길. 좀 천천히 가면 어떤
가. 아니 될수록 그래야 하지 않는가. 감히 그분과 나 사이의 까마득
한 발자국을 헤아려보면 바로 뒤에서 그 자지러드는 호흡을 통바리

맞게 재촉할 수 없었다. 노인은 내 속맘을 읽으셨는지 보면 볼수록 아장아장 걸으신다. 그 옴니암니 남은 시간을 함부로 다가가 부축하지는 않고 행여 넘어지기라도 하실까 봐 감싸듯 싸목싸목 기다려 내려왔다. 느티나무는 쉬 늙지 않는다. 청춘기가 유난히 길다. 노익장을 과시하는 것 역시 놓치기 아까운 설치예술작품이다.

얼마나 많은 직선의 시간들이 구부러져 그 살피살피 매끄러운 굴곡들을 이루었을까. 무수한 등고선이 눕고, 천지의 교차로가 만나고, 수학자의 공식만으로는 풀지 못할 하늘과 대지와 느티나무의 삼각함수가 어울려서 쌓아올린 시간의 춤사위! 어떤 수직보다도 더 단정히 앉아 있다. 아니 꼿꼿이 서 있는가. 미처 내 콧속으로 들지 못한 공기와 햇빛이 저 위대한 묵언 정좌 무릎에 올라타 재롱을 부리고 있다. 해맑은 엽록소 속에 촉촉이 젖고 있다. 숲이 좋다고 너나없이 숲속 생활을 하러든다면 숲은 금방 망가지고 말 것이다. 설사 숲이 온전하다고 해도 숲의 의미와 가치는 이내 사라지고 만다. 사람들은 저잣거리의 시궁창 냄새에 절은 저마다의 언어로 숲을 다스리려들기 때문이다. 갯벌체험장마다의 숨넘어가는 신음이 증거하듯 사람의 발길들이 다투어 닿는 곳이면 여지없이 황폐해지고 만다. 숲에는 가끔 그리고 조심조심 가야 한다. 그리고 극소수가 데이빗 소로우의 월든을 꿈꾸더라도 그것은 숲의 언어를 읽히고 나서 숲에게 더부살이 여부를 물어본 다음의 일이다. 꼭 늙은 부모와 처자를 버리고 산에 아주 틀어박힌다고 해서 산사람이 되는 것은 아니다. 사람은 사람들의 동네에 어울려 살아야 한다. 숲은, 사람 동네에서 이웃과 아름다운 사람 숲을 이루며 살거나, 그렇게 살려고 노력하는 인적들이 잠시 쉬어가며 자연의 언어와 기운을 담아가는 충전소일 따름이다. 그런 심정을 안타깝게 헤아린 느티나무는 마을마다 웅혼한 나무숲을 이루어 미처 못한 산행을 기꺼이 대신해 주는 것이다. 눈먼 바벨탑처럼 기세등등하게 하늘을 찌르던 메타세쿼이아도, 지난 봄 띄엄띄엄 피다 만 벚꽃처럼 왠지 시들시들 몸살을 앓는 판에 촉촉한 그늘로 사나운 폭염을 재우던 느티나무는 가을 들어 또 화사한 옷매무새로 행인들의 피곤한 눈길을 산뜻하니 밝혀주고 있다. 오랑캐 군단 같은 황사의 기습에도 제일 먼저 옷깃을 여미고 생 얼굴로 활짝 웃던 그 기품이다. 우리 혼의 버팀목으로 각지에서 다투어 천연기념물로 보호되고 있는 느티나무가 잗젊게 살팍진 품새로 어연번듯한 한, 주변의 어떤 간나위 노략질에도 끄떡 없이 우리는 우주의 언어와 모국어의 사고史庫인 느티나무와 더불어 두고두고 푸르고 건강할 것이다.

쑥부쟁이

낯선 산길을 가다가

무심코 돌아본 눈에 밟힌 작고 수줍은 꽃

제 스스로 말해주지 않는 바에야

이름도 모를 것이

볼수록 곱고 정갈하게도 피어서는

도무지 어디에 눈길을 주고 있는 것일까

어느 누가 보든지 말든지

밤새 눈 맞춘 별이

새벽같이 입맞춤으로 보내는 이슬 몇 망울에

소리 없이 목욕재계하는 것만으로도

저 이름은

홀로 산골 으슥하니 충만하기만 하다

그러니 내 무명

또 익명조차도 저렇게 닦아내는 것이다

-「산유화 2」

오랜만의 고향 나들이에서 돌아오는 길. 어머니는 내가 보기엔 아직 멀쩡한 분을 두고 아무래도 사흘 못 넘길 것만 같다고 혼잣말을 하셨다. 억척 값하느라 욕심은 많아도 그만큼 또 속정이 깊어 어머니와 아웅다웅 이웃하시던 인연, 안타깝게도 이틀 후 새벽같이 부음을 들어야 했다. 온 삭신이 관측기구이신 일기예보처럼 어머니는 30여 년이나 떨어져 지냈는데도 단박에 묵은 인연들의 운명을 섬뜩하니 점치시는 것이었다. 백 리 밖에서도 그 날수 엉숭팡숭 부대끼듯 챙기며 호흡을 맞추던 고향 안통의 이상한 낌새를 꼭 집어내시는 것이었다. 그러나 나는 물정도 모르면서 물정이란 말을 퍽도 낭비해 왔다. 사물마다 물정이 있는, 그러니까 깎아지른 바위, 지망지망 모로 난 새 발자국, 달동네 쓰레기통 속, 폐교의 이끼 자욱한 낙서, 말라붙은 산짐승의 분비물에도 제 나름의 뜻이 있고, 언어가 있고, 비밀이 있는 물정을 모르고 고분고분하지 않은 세상물정만 잠투세 부리듯 타박해 왔다. 무심코 사방을 향해 한 발짝만 내디뎌도 어녹이 치며 널려 있는 상상의 바다와 정情의 술도가와 반짝이는 진주조개의 가려운 말문을 애박스럽게 손사래치고, 박제 모형도일 뿐인 사전속 퍼즐 기호만 안개구름을 타듯 엉정벙정 아구맞춰 온 나는 물정의 물물교환에 얼마나 서툴렀던가. 맹꽁징꽁 꾸려가는 삶의 여파인 고독도, 불안도, 우울도, 허무도 다 물정을 모른 탓이었다.

아들의 나들이 차림을 보시고도 어머니는 그냥 누워 계셨다. 막

잠에 들다가 깬 아기처럼 누워서 나를 하염없이 바라보셨다. 꼭 집어 아프지도 않으면서 바짝 다가가도 꿈쩍도 않으셨다. 수평선처럼 누워서 중천에 수직으로 솟아있는 해 덩어리를 지긋이 올려다보고 계셨다. 한꺼번에 다 볼 것처럼, 내일은 못 보기라도 하실 것처럼이나. 그랬다. 일찍이 이토록 오래 뚫어져라 나를 지켜본 눈길은 없었다. 나는 못내 쑥스러웠지만 한번도 깜박이지 않고 아픈 눈을 들이몰리게 맞추었다. 그러고 보니 아직까지 내 앞에서 오늘처럼 맘 놓고 누워 계시는 어머니를 본 적이 없다. 어머니는 이제 억척같이 다잡아 오신 몸을 서서히 부리기 시작하시는 것이다. 울컥 눈물의 물꼬가 터졌다. 책장 서랍 속에서 된장질해 낸 술병을 만지작거리다가, 쫓기듯이 낮춤한 산자락을 물고 흐르는 가까운 강변 오솔길을 찾았다.

그동안 대부분의 생을 고인돌 상판처럼 무겁고 모진 관습에 차압당한 채, 인고의 시간이 안다미씌운 침묵 속에서 혼잣말 동무인 오목가슴만을 애면글면 잡조이해 오신 어머니처럼 나도 자신을, 즉 자신의 언어를 잊고 살았다. 아니 묻고 살았다고 해야 옳다. 그리고 세상의 언어에만 실레발레 끌려 다녔다. 하다 보니 어느 틈에 내가 세상의 언어를 오염시키고 있었다. 말하자면 이런 것이었다. 가령, 상사화에 관한 시를 쓸 때는 붉은 피나 불, 애련, 나체 등, 꽃과 동떨어진 표현이 대부분이어서 시에는 꽃도, 시인도 없고 빗나간 상징의 빙의에 끌려 다니는 상투적 타성뿐이었다. 하나의 엄연한 꽃을, 그 눈부신 정염과 고혹을 불러 함께 놀지는 못할망정 전쟁이나 혁명, 상사병, 실연과 안질 따위에 빗대어 어둠을 칠하기에 급급해온 것이다. 그것은 꽃에 대해서나 자신에 대해서, 무엇보다도 어줍은 내 시를 읽는 독자들에게 엄청난 결례였다. 그토록 힘들어 핀 꽃을 최소한 그보다 더 아름답게 노래하는 게 자연의 노고에 대한 예의이고, 각박한 세상의 피로와 무료를 잠시 꽃으로 씻는 뭇 시선들에게도 괜한 방해가 되지 않을 터인데. 오염되고, 변질되고, 갈가리 찢기고, 조잡스럽고 모지락스럽게 퇴화한 언어를 앞장서서 순화해야 할 시인의 위치에서 참으로 부끄러운 직무유기였다. 차라리 범죄였다. 흔한 꽃씨 하나 심지도, 가꾸지도 못한 주제에 저희들끼리 저절로 다투어 눈부신 대자연의 축제를 일부러 희화화하고 비틀고 재를 뿌렸으니 아무리 창조적 상상력 운운하며 독자들과 시의 낯설게 하기 기법을 나누기 위한 불가피한 전략이었다고 변명해도, 자발없는 입으로 자연을 훼손한 본질적 죄는 남을 수밖에 없다. 창작을 빌미로 인간의 한계로는 감히 근접할 수 없이 심오한 자연의 조화로운 언어를 파괴하고 왜곡하고 무궁무진한 진선미의 내재율을 훼손하는 섣부른 파격은, 흥이야항이야 종애 곯리듯 어질더분한 흥미를 유발하여 일시적으로 독자의 관심을 끈다 해도 궁극적으로는 먹잘 것 없는 딴소리 군소리라고 독자로부터 외면당하고 세상을 혼탁하고 피곤하게 재곤두치기 마련이다.

나는 돌이킬 길 없는 생도 그렇게 지나쳐왔다. 감히 인형이나 애완동물 등 장난감이라곤 가져보지 못한 어린 시절, 놀이에의 연습이 부족했기에 자라서도 놀이에 서툴고 소홀하고 인색하기만 했다. 멀쩡한 바깥 것을 화분 안에 가둔다는 게 뭣하고, 게으른 듯 때 맞춰 꼬박꼬박 물을 챙겨 먹일 자신도 없어서 난 한 분 맘 놓고 치지 못한 탓으로 꽃과 진지하게 통정할 기회가 없었다. 그러다 보니 생화와 조화조차 제대로 구분하지 못하는 색맹이었다. 산에서는 집을, 집에서는 또 산을 밝히다가 집도 산도 다 놓치고 마는 떠돌이 중처럼, 일도 놀이처럼 하는 나비나 새를 보면서드 놀이조차 일이라고 꾸역꾸역 해온 어리석음이 내 만성 피로증후군 병상일지의 음각 문자였다. 그리하여 '꽃 보기'는 분명 놀이임에도 일로 착각하여 모진 오해와 도욕을 가한 것이다. 사방에 널려 있는 꽃과 놀다보면 아름다움과 향기에만 취하려 해도 시간이 턱없이 부족한데 말이다.

초겨울 강가에 가면 안으로 깊어지는 시간의 숨소리가 가쁘다. 이제 발가벗고 뛰어들 수 없는 강가에서 제 원심력만큼의 물수제비를 띄우다 비에 쫓겨 달아난 아이들의 발자국이 물수재비 파문처럼 동그랗게 번지며 젖고 있다. 늙은 낚시꾼의 팽팽한 눈길은 낡삭은 옻나무 단풍잎 하나 마수걸이 중이다. 강가의 등 굽은 물푸레나무가 입질이라도 하듯이 강을 향해 긴 팔을 뻗치고 있다. 강물은 넘실거리는데도 바싹바싹 타들어가던 잎사귀 몇을 지나가던 바람이 빗방울과 합세하여 물결 위에 툭 떨어뜨려 놓는다. 그러나 채 목을 축일 틈도 없이 떠내려가는 조각배에는 어느새 석양이 호송병처럼 타고 있다. 쇠백로 한 마리. 열심히 빗방울을 세어 강에게 인계하고 있다. 하나, 둘, 하고는 다시 반복할 때마다 고개를 조아린다. 아직 둘까지밖에 헤아릴 줄 모르는, 정확히 둘에서 멈추고 하나부터 다시 시작하는 철저한 경험주의적 이진법! 그런데 나는 올해도 작년의 쉰 몇에 하나만 더 얹어 달랑 그것만 외우고 그 이하는 아예 송두리째 까먹는다. 그리고 낼 모레면 또 하나. 밑두리콧두리 십진법에 물든 시간의 먼지를 껴입어야 한다. 하여 잠시 세상 물정을 떠나 나만의 언어로, 어느 무엇보다도 그 물정에 서툴렀던 자신과 속말을 터보자. 어영부영 나는 지금 어머니가 거의 꼭대기에 이르신 나무의 중턱쯤 올라와 있다. 볼수록 아래 가지는 과실이 더 싱싱하고 주렁주렁하다. 그러나 흐린 눈 크게 뜨고 보면 내 팔 가까이에도 늦가을은 제법 열렸다. 그리고 높이만큼 나름의 맛이 고여 있다. 그것들은 나만이 손쉽게 따낼 수 있다. 나는 그렇게 잘 보이고 내 팔에 가까운 결실을 손수 따며 천천히 나무를 오를 것이다.

쑥부쟁이인지 구절초인지 어슷비슷한 들국화가 무심코 지나치려는 발길을 붙들고는 얼낌덜낌에 단비로 씻은 제 낯꼴이 어떠냐고 묻는다. 묵은 땅마다 으레 선수를 치는 단골 점령군, 개망초도 들국화와 어떻게 다른지 망설여지긴 마찬가지다. 다 늦은 산과 강변, 들녘은 약속이나 한 듯 들국화 세상이다. 흔히 산과 들에 핀 감국화, 산국화, 쑥부쟁이, 구절초 벌개미취, 금불초, 쑥방망이 등 국화과에 속하며 소국으로도 불리는 꽃들을 한데 묶어 들국화라고 부른다. 이른 봄부터 설쳐대던 그 많은 꽃들 아로록다로록 다 지고 나면 그때서야 소슬한 바람과 서리로 목욕재계하고 정가롭고 우아한 자태를 수놓는 국화도 타 식물과 마찬가지로 원래 야생이던 것을 사람 손길이 본격적으로 미치기 시작하면서 국화와 들국화로 나뉘고 말았으니, 지상의 동식물이 다 그렇듯 국화 역시 야생이 그 시원인 것이다. 헌데 제물에 피어 스스로 가꾸는 자연이 들국화로 밀려나고, 인간의 호사스런 손길에 길들어 화단과 화분을 장식하며 화환이나 상여꽃으로 동원되는 인위가 언제부턴가 함부로 국화의 본명을 빼앗아 독차지하고 말았으니 들국화들이 저리 사방에 들쑥날쑥 날것으로 피어 먼장질하듯 제 본디를 밝히려고 몸부림하는 것이리라. 그 중에서도 대장장이 딸의 슬프고도 아름다운 전설을 머금고 드라마 제목으로 차용되어 되숭대숭 본디를 잃어가는 추억의 동방예의지국 불효자식들의 심금을 울리는가 하면, 들꽃향기를 실어 나르기 바쁜 갈바람 좇아 시인과 그에 한 추렴 든 길손들이 즐겨 노래하는 대중화大衆花가 있으니 쑥부쟁이다. 국화과인 쑥부쟁이는 산과 들의 다소 습기가 있는 곳, 길가, 개울가, 풀밭에서 자라는 여러해살이풀이다. 대개 줄기는 사람 허리춤 정도의 높이로 곧게 서며 가지가 갈라지고, 어긋나는 잎은 가장자리에 굵은 톱니를 한 채 위로 올라 갈수록 점차 작고 가늘어진다. 꽃송이에는 보랏빛 꽃잎이 한 줄로 빙 둘러 있고, 가운데에는 노란색 통꽃이 빽빽이 들어차 있다. 어린 순은 나물르 먹기도 하며, 대개 뿌리를 제외한 전초를 약으로 쓴다. 기침, 가래, 해독, 감기, 코피, 종기, 편도선염, 기관지염, 독사에 물린데, 벌에게 쏘인 상처, 유선염, 천식 등의 치료에 효험이 있다. 특히 임상에서 일차적으로 유효성이 검증된 사포닌 및 탄수화물, 에스테르, 탄닌, 단백질, 아미노산, 엽록소 등을 함우하고 있어서 담을 제거하고 기침을 멎게 하는 작용이 뛰어나다. 들국화 중에서 쑥부쟁이와 비슷한 벌개미취가 있는데, 보통 습지에서 잘 자라지만 산비탈 바위 틈새 척박한 환경에서도 자라는 강인한 야생화이다. 벌개미취는 쑥부쟁이에 비해 일찍 꽃이 피며 줄기도 굵고 잎도 둥근 편이고 꽃의 크기도 더 튼튼한 느낌을 준다. 진해, 거담, 항균작용을 하며 폐암과 복수암에도 효과가 있다. 어느 시인도 쑥부쟁이와 구절초를 구별하지 못한 무식(자연에의 소홀)을 탓한 바 있듯이 쑥부쟁이는 구절초와도 비슷하다. 쑥부쟁이는 가지마다 꽃대 하나에 여러 송이의 보랏빛 꽃이 피며, 논두렁 밭두렁 같은 사람과 가까운 곳에서 쉽게 찾아볼 수 있다. 반면 꽃대 하나에 하얀 꽃 한 송이만 피는 구절초는 주로 높은 산 풀밭 등 양지바른 자리에 나며, 국화주와 국화차 국화전을 빚어 먹는다. 여름에는 마디가 다섯이지만 가을이면 아홉 개나 되므로 구절초라는 이름이 붙었다. 쑥부쟁이에 비해 꽃잎이 굵다. 구절초 역시 훌륭한 민간 약재이다. 폐렴, 기관지염, 기침감기, 인두염, 두통, 고혈압에 쓰이며, 약간 쓴맛이 있어서 소화불량, 위장질환에도 쓰여 왔다. 주로 부인병을 다스리는 데 두루 쓰인다. 생리 단절, 생리불순, 자궁냉증, 불임증에 복용하면 효험이 있다.

눈에 띄게 화려한 때문일까. 서둘러 시사용어를 읽히듯 유행에 민감한 탓일까. 엊그제 외국에서 들여온 꽃이나 나무 이름은 입에 발린 듯 척척 왼다. 그러나 수백, 수천 년 이웃해온 들꽃은 엇비슷하다는 이유만으로 으레 그 이름을 바꿔 부르거나, 아예 불러주지도 않는다. 그리고 화분 속의 꽃, 나무는 대부분 변종이거나 외래종이다. 우리는 그렇게 고유미固有美에는 인색하면서도 이색미異色美엔 유난하게 호들갑스럽다. 개 못된 것, 들에 가서 짖듯이 외제에는 물불 가리지 않고 오구감탕 새암바리 발서슴하면서도 우리 것에는 시건 드러져 있으나 마나 소홀히 하는 것과, 외국어에는 기를 쓰고 오감을 집중하면서도 우리말에는 갈수록 철자법도 발음도 제멋대로인 개념 없는 '역 원근법의 모순'을 어떻게 해석해야 할까. 남의 것에 앞서 우리 것을 기리고 감싸는 것이 순서 아닌가. 그런데 왜 다투어 우리 것을 건너뛰어 남의 것만 드높이고 밝히려고 안달복달 할까. 분명 우리의 정신, 정서에 이가 빠졌다. 이가 빠지면 먹기도 사납고 보기에도 추하다. 그렇다면 그 빈자리를 어떻게 메워야 할까. 멀쩡히 살아 있어도 버림받은 지근거리의 유배객들, 저 은근하고 아담하고 볼수록 우아한 수묵화(쑥부쟁이)가 삼천리 방방곡곡을 바지런히 가꾸고 있듯이 당연히 나와 우리를 튼튼히 한 바탕 위에서 남을 받아들여야 할 것이다.

쑥부쟁이가 아름아름 이정표처럼 늘어선 들길은 곧 말의 길이었다. 얼기설기 발자국마다 아망스러운 모국어들을 재재 묻혀 날랐다. 풀을 뜯는 소는 풀의 말을 전하고, 물꼬를 트는 삽질에 싹둑 허리나 꼬리가 잘린 지렁이는 마디마디 구분동작으로 말과 말의 다리를 놓았다. 달팽이는 혀를 길게 빼 밀어 아직도 제 말을 못 알아듣는 길을 막았다. 고추잠자리는 하늘의 말을 물어 날렸다. 그러면 아이들은 굴렁쇠를 몰아 그 말 많은 말을 지우고 새 말을 기르기 시작했다. 그 곁에 쑥부쟁이는 이듬해 다시 찾아와 한살 더 끈끈하고 가려운 말수를 뿌리고, 나도 첫사랑과 그 길을 오가며 둘만의 귀엣말을 애초롬하게 수놓았다.

강변 오솔길 쑥부쟁이. 모두 자리를 떴거나 곤히 잠든 빈들에 앙버티듯 때늦어 유독 눈에 밟히는가. 문득 옛 선비의 시 구절을 떠올리다가, 웬 욕심이 많아서 금방이라도 쓰러질 것만 같은 개미허리에 저리 주절주절 버거운 왕관을 썼을까 하다가, 꽃들 죄 마다하는 초겨울까지 사력을 다하여 꽃다발을 받치는 그 간절한 정회를 생각하다가, 그런 나를 보았다. 가만히 있는 깃발과 바람을 두고 저만 흔들리는, 꽃 한 송이조차 제대로 볼 줄 모르는 날개 젖은 나비를. 그래. 저 한 송이, 한 송이가 헤실바실 눈부시기까지 우주는 얼마나 자지러드는 젖몸살을 했을 것인가.

언제 그랬냐는 듯 비 그치자 뱀허물을 꽃잎에 부려놓은 개미떼가 쑥부쟁이와 귓속말을 나누며 쉬고 있다. 그 광경을 훔쳐보고 침을 뱉으며 달아난 아이가 큰일이라도 난 듯 이웃들을 불러 모아서는 꽃도 실은 뱀처럼 징그럽다고 한살 침을 튀기자 너도나도 눈을 감고 덩달아서 튀튀 침을 뱉는다. 꽃길은 삽시간에 침 바다가 된다. 나는 장거리 전리품에 취한 개미군단이 후방의 식구들과 나눌 만찬을 다시 물고 저만큼 갈 때까지 기다린다. 이윽고 개미가 묻혀놓고 간 발자국을 가만가만 닦아주며 큰 소리로 쑥부쟁이에게 이른다. 너는 여전히 해맑고 아름답다고. 그리고 제 이름을 달아주면 뒷골목 찌부러진 간판도 신바람이 나서 밤새 보름달과 눈싸움을 하는데 사방 이웃의 어엿이 팔팔 살아 눈길 그윽한 이름들 놔두고, 굳이 천년이 몇 바퀴가 구르도록 누구하나 속 시원히 눈여겨 본 적 없는 '만고불변의 허상'에 제멋대로 이름을 붙여 간드러지게 불러대는 단골 미신(신)의 노예들. 그 고드러진 허장성세의 늪에 갇힌 당달봉사 앵무새들이 '약삭빠른 자기기만'과 '녹슨 추상'으로 흐려놓은 헛된 미명美名을 지우고 그 위에 크고 뚜렷이 쑥부쟁이라고 아로새긴다.

한방에서 약재의 이름을 정할 때는 몇 가지 기준이 있다. 인명이나 전설, 역음譯音이나 해음諧音, 산지, 형태, 생장특성, 표면의 색깔, 향기와 맛, 이용부위, 효능 및 효과, 포제방법에 따라 명명하는 경우

등이다. 쑥부쟁이는 산에서 피는 흰 국화(실은 보라색이지만 백색에 가깝다고)라고 하여 그 생약명이 산백국山白菊이다. 그러나 나는 "쑥을 캐러 다니는 불쟁이네 딸"이라는 전설이 달아준, 쑥부쟁이라는 정겹고 입에 쩍쩍 달라붙는 우리말 이름이 한결 좋다.

기억하는가. 쑥부쟁이 꽃숭어리처럼 애모쁘고 청초한 첫사랑과 어쩌든지 세상 끝까지 꼭 끼고 가자던 손가락 반지를 통과의례 성장통이듯 아령칙하게도 풀어버린 그 손가락으로, 남자들은 심심하면 까닭 모르게 가려운 귀를 후비고 여자들은 새 입맛 좋아 끼니마다 애발스러운 양념 간을 맞추는 건망증과 원죄를. 쑥부쟁이는 줄기가 가늘고 꽃도 작고 가냘프다. 그러나 꽃말은 인내이다. 저 가녀린 듯 몰강스러운 인내가 앙잘거리는 모국어로 조금없이 씻은 어금니 사리물고, 이 땅의 '순결한 손가락'을 첫사랑처럼 조강지처처럼 기다리며 눈물겹게도 순 우리 것으로 피고지고 해 온 것이다. 진둥한둥 나는 갓 말을 트기 시작한 아이로 돌아가 남은 세월을 적바림하듯 쑥부쟁이와 손가락을 건다.

사과

청둥오리 한 마리가
날선 부리로
빗방울을 세어 호수에 인계하고 있다

숫자를 까먹었는지
이따금 고개를 갸웃거린다

그때면
비도 뜨끔하니 한숨 돌린다

ㅡ「겨울 호수」

  나무 위의 사과는 가지의 길이와 높낮이에 따라 꾸미꾸미 무수한
층위를 이룬다. 그러나 그것을 따서 광주리에 담거나 사과 박스에

포장할 때는 다만 덧걸려 엉클어진 사과의 집합일 따름이다. 신 역시 우리를 지상에 내보낼 때 다만 인류라는 집합명사뿐 괜히 너름새 부려 별도의 토 따위를 달지는 않았을 것이다. 부귀빈천으로 숙설숙설 각색된 천차만별의 경우도 막상 죽어갈 때 보면 너나없이 한낱 누추한 시신에 지나지 않는 것이 그 엄연한 사실을 증명한다. 그러나 사과처럼 정물이 아니고 쉴 새 없이 살아 움직이는 인류사회에 있어서 평등과 자유는 어느 시대에나 곰비임비 상충하기 마련이다. 헌법에 보장된 평등권이나 기회균등이 완벽하게 이루어진 세상은 꿈결에서나 엿본 나무말미 같은 유토피아이다. 역사를 빌려 얼더듬는 게 아니라 소수의 부에 비해 다수의 상대적 가난은 어쩔 수없는 모순적 현실이기 일쑤이다. 그 불가피한 사회공학을 외면하고 탱자나무 울타리를 다듬듯 천편일률적 평등을 다투려고 든다면 그것은 인간의 동물적 속성을 간과한 공상과학에 지나지 않는다. 문제는 적어도 대다수의 국민이 통상적 인간의 존엄과 평범한 경제적 일상만큼은 누릴 수 있어야 하고, 비록 소수일지라도 자살을 택할 만큼 참혹하게 소외되는 경우는 없어야 한다는 데 있다. 소위 기득권층들은 그 정도는 늘 살피면서 자유와 권리의 근간인 국가와 민주를 입에 올리는 염치와 눈치와 '자기정치'가 있어야 한다는 이야기다. 아무리 돈이 많고 잘났어도 일단은 당장의 의식주를 비롯해 일거수일투족을 이웃의 수고에 의지할 수밖에 없는 공동체의 일원으로서 이웃에 대한 배려야말로 최소한의 도덕적 교감을 떠나 지혜롭고 안전한 자기 방어이자 선택된 풍요에 대한 실용적 보험이기 때문이다.

호숫가. 해가 제일 먼저 찾아와 제일 늦게 발길을 돌리는 집. 저녁노을을 들이키고 흠씬 취한 호수를 그리고 나서 낡은 붓을 호수에 딴 숨을 쉬듯 씻는 화가가 있다. 호수가 잘 보이는 쪽으로 통유리 창을 낸 통나무집 마당 모퉁이. 작고 신 열매를 주렁주렁 짊어진 늙은 사과나무 한 그루가 아롱무늬 지며 흘러내리는 머리칼을 풀어 화가의 집을 훔쳐보는 호수의 왼눈을 가리고 있다. 호수를 통째 공짜로 마련한 화가는 당장 장애물을 치워버리고 싶었지만 오랜 시간의 목을 함부로 자른다는 것이 왠지 숨겨둔 부적을 찢는 것처럼 두렵고 꺼림칙해서 그냥 두기로 했다. 그렇게 해가 뜨고 지고하여 호수도 뜨거워 길길이 뛰는 여름이 오자 이파리마다 그물막을 엮어 부챗살을 활짝 편 사과나무는 유난히도 추웠던 지난겨울 삭정가지가 벽난로를 지펴준 것처럼 호수보다 푸르고 시원한 그늘을 주었다. 그리고 호수에 한돌림 쳐 씻어 담근 사과술 향기에 '멋맛'을 들인 화가는 차츰 한 쪽의 툭 터진 호수와는 달리 사과나무 가지 새로 감칠맛 나게 수줍은 얼굴을 내미는 호수가 더 좋았다. 화가는 석양이면 으레 세상에서 가장 편안한 자세로 나무 밑에 앉아 있었다. 그때는 담쟁이 넝쿨처럼 기어올라 나무를 껴안고 이파리마다 젖을 먹이는 호수의 손길이 막 캔 금광처럼 놀빛에 반사되고 있었다.

사과나무. 호숫가 화가의 사과나무. 이브의 사과, 백설 공주의 사과, 윌리엄 텔의 사과, 뉴턴의 사과, 그리고 삼천리 방방곡곡 차례상마다 공손히 놓인 사과. 저 인류의 원조가 사과동산에서 추방된 후로도 여전히 그 후예들 곁에 바짝 붙어 붉은 유혹을 되풀이하는 사과나무. 새큼달큼한 과실 한 알에서 비롯된 인류의 억울한 고난에 대한 항소 이유서를 펼쳐보자. 우리는 이 세상이 실낙원이라는 메시지를 전달하러 온 전령이다. 낙원은 건설하는 것이 아니라 복원하는 것이라는 사실을, 진정한 신앙은 부활을 통해 재림을 약속한 미래의 구세주 것이 아니라 곁에 두고도 찾지 못하는 진리를 일깨워준 영원한 현재적 존재의 선물이라는 사실을 기억해야 한다. 에덴은 신화적 공간이 아니다. 시간과 공간이 분리되기 이전, 언어가 혼란스러워지기 이전, 선과 악의 이분법적 두 끝이 대칭을 이루기 이전, 저마다의 "욕망이라는 전차"가 만들어지기 이전, 분명 실재했던 역사적 자취이다. 우리 무의식의 심연에는 아직도 그 낙원의 향기가 발맘발맘 숨 쉬고 있다. 우리의 유전인자 속에는 아직도 아담과 이브의 끈끈한 정액이 흐르고 있다. 우리는 우리의 집단무의식인 그 원형질을 찾으려고 몸살을 앓고 있다. 과거와 미래라는 허상에 구속되어 실존의 본질인 현재를 도륙 당한 몽매의 늪. 그 악몽에서 깨어나 진정한 실재를 구출해내는 작업이 곧 에덴으로 가는 지름길이다. 그러나 혼돈의 자식인 지식이라는 선악과는 애꿎은 원죄의 정체를 숨기며 교활하고 화려한 혀로 우리의 고토 희복을 끊임없이 방해한다. 기껏 양파 벗기기의 무지와 비극은 시지푸스의 형벌처럼 지식의 한계와 숙명을 자명하게 입증하고 경계해왔지만, 논리는 반드시 논리에 의해 부정되는 변증법적 함정을 벗어나지 못하면서도 여전히 지식인은 상층구조의 우산 속에서 지배세력의 몰역사적 특혜를 조장하고 치장하며 확장하고 있는 것이다.

　나는 평생을 전 지구인이 매달려도 도저히 헤아리지 못할 사하라 사막의 모래알 몇을 안다고 떠들며 거들먹거리는 지식인의 치졸한 오만을 경계한다. 이미 소크라테스는 오래 전에 참 지식의 단순성에 대해 갈파해 놓은 바 있지 않은가. 깊이 들어가면 들어갈수록 허허롭고 잡스러워 겸허해질 수밖에 없는 지식의 정체는 우리를 한결 진지하고 경건한, '단순 무지'에의 자각으로 인도한다. 부조리의 속성을 떨치지 못하는 불완전한 인간의 언어로 진리를 완벽하게 그려낸다는 자체가 모순임을, 그것은 마치 흐르는 물의 실상을 그리는 것과 같은 오류라는 사실을 우리는 누차 경험해 왔다. 나는 솔직히 빌게이츠나 엘빈 토플러가 아메리카 원주민인 인디언에 비해, 칸트나 헤겔이 저 태양거석기의 주술사들에 비해 더 지적이고 현명하다고 인정할 만한 하등의 증거도 갖고 있지 못하다. 허무적이고 번쇄하다고 매도하던 불교의 심오함에 대립하고자 급조한 주자의 성리학이 불가의 용어 몇 개 신조어로 바꾸어놓은 엉성한 패러다임을 부인하기 어렵다. 대체 석가의 자비, 공자의 인仁, 예수의 아가페가 얼마만한 차이가 있는지 생각할수록 멀미를 앓을 뿐이다. 나는 보르헤스나 바슐라르에게서 산해경이나 법화경 이상의 신기함이나 상상력을 찾을 수 없다. 프로이트나 라깡이 샛강이라면 유식론은 바다일 것이다. 하이젠베르크의 불확정성의 원리는 2500여 년 전 만천하에 공시된 색즉시공 공즉시색 수수께끼 원리를 현대어로 풀어놓은 설익은 주석이다. 변증법이나 해체철학 역시 나가르주나의 오역에 불과하다는 상념을 지우기 어렵다. 자연스럽게 공존하는 사물을 억지로 쪼개고, 붙이고, 난도질해 온 사람들은 그 변질품들을 특허나 지적재산권 등 기만적 장치를 통하여 사유화하기에 혈안이 되어 있다. 이 세상에 새로운 것은 없다. 상상력을 가장한 창조래야 돌이켜 들여다보면 기실 어영부영 기호나 원소의 이합집산을 꾀한 유희나 퓨

전판화에 불과하다. 부질없는 창조라는 미명 아래 인류사가 얼마나 복잡해졌는가 생각하면 철부지들의 맹목적 모험심이나 이기심에 울화가 치밀기도 한다. 태초 인류의 어머니가 시식한 바 있는 사과는 곧 지식이라는 요물의 상징이다. 그 허잡虛雜의 낭설로 바벨탑을 쌓다가 마침내 태초의 언어를 잃어버린 실어증의 미아들이 여전히 추억의 알리바이로 우뚝 서있는 사과나무를 배회하며, 오늘도 에덴의 열쇠인 시원의 언어 찾기를 딴 짓하듯 반복하고 있는 것이다.

사과는 장미과에 속하는 갈잎큰키나무이다. 성질은 따뜻하고 맛은 시고 달며 독이 없다. 하루에 사과 한 개씩 꾸준히 먹으면 의사가 필요 없다는 말이 있을 만큼 훌륭한 건강식품이다. 주성분은 당분과 유기산 그리고 펙틴이다. 그밖에 식이섬유, 비타민C, 폴리페놀 등 우리 몸에 좋은 영양소를 다양하게 지니고 있다. 그 중의 칼륨은 염분을 몸 밖으로 내보내 콜레스테롤 수치를 낮춤으로써 혈액 순환을 원활하게 한다. 유기산은 위액의 분비를 돋우고 철분의 흡수율을 높여준다. 식물성 섬유인 펙틴은 장의 활발한 활동을 돕는 한편 당뇨, 대장암, 동맥경화 등의 예방과 치료에 유용하게 쓰인다. 케르세틴과 비타민 C, 페놀산과 같은 강력한 항산화 물질은 뇌세포 손상을 억제하기 때문에 스트레스 해소, 학습능력과 기억력 향상에 도움이 된다. 그 밖에도 사과는 호르몬 기능을 활발하게 하고, 마음을 안정시키며, 숙면을 도와주는가 하면 피투미용에도 효과가 있다. 부스럼이나 염증, 알레르기, 자외선 등으로 얼굴이 붉게 되었을 때는 즙을 내서 발라주기도 한다. 시기적으로 아침에 먹는 것이 가장 좋은 사과

의 껍질에는 과육보다 훨씬 많은 펙틴이 들어있고, 비타민 C 대부분
은 껍질과 껍질 바로 밑의 과육에 들어 있으므로 껍질째 먹는 것이
좋다. 깎아서 먹을 경우에는 한사코 얇게 깎아야 한다. 사과는 신맛
이 나지만 알칼리성 식품이다. 대개 앉은자리에서 생식하지만 삶아
서 먹을 경우 환자에게는 한층 효과적인 보양식이 될 수 있다. 사과
는 배수가 잘 되는 곳에서 자라는 과일이라는 뜻에서 붙여진 이름이
다. 지금처럼 큰 사과는 조선 효종 때 중국에서 수입한 것이고, 그 전
에는 능금으로 불리는 작은 사과가 있었다. 우리 풍속에 사과는 액
운을 몰아내고 행복을 부르는 삼색 (노랑, 파랑, 빨강)과일이라 하여
각종 굿거리나 제수용품으로 빠지지 않았다. 개량종은 1884년 외국
선교사가 몇 그루 들여왔는데 처음에는 관상수로 심었다고 한다.

남쪽 바닷가에는 공룡 알이 살고 있다. 일찍이 그 뜨거운 알에 덴
흉터 같은 타원의 동굴 벽화마다 들숨 날숨 없는 에덴의 지문이 암
호처럼 촘촘 박혀 있다. 내 숱한 생애를 여행객과 어부로, 갈매기로
혹은 조수로 들락거리며 앍족앍족 만지느라고 손때가 묻어 까맣게
굳어버린 것들이다. 그리하여 이승의 기억으로는 도무지 아기자기
한 표적들을 찾을 길 없는 공룡 알이, 무수한 생의 다람쥐 쳇바퀴를
전전하는 내 불멸의 증인으로 살아 있는 것이다. 그 알 속에 모셔진
명부전을 도둑처럼 들여다본다. 낱낱의 소소한 구분동작을 거두어
하나의 우주 알로 돌이키는 장엄 미사를 엿듣는다. 돌이킬 수 없는
절망의 벼랑 아래 세운 이승에서 가장 거대한 망명정부. 그 막강한
치외법권이 질긴 영욕을 '헤쳐모여' 시키는 신병 훈련소. 아버지도,

누나도, 형도, 그리고 어머니조차도 거기 입소했다. 내가 열어 놓은 문틈만큼의 바닷바람이 그 신발들을 어루만지고 있다. 헌데 내가 여기 있는 줄 어떻게 알았을까. 한참을 돌고 돌아서 보지도 듣지도 못한 행방불명의 틈에 두루치기로 끼었는데, 잔뜩 움츠려 명찰도 떼버린 지 오랜데, 웬 낯선 손길이 가진 것 훌훌 다 내놓고 미리미리 길 떠날 채비하라고 채근한다. 뼈저리게 일만 했지 제대로 한번 놀아보지 못했다고 해도 그따위야 저 알 바 아니라고 딴전을 부린다.

아직은 할 일이 남았노라고 아득바득 뿌리치고 돌아오는 길. 우연히 만난 연상의 옛 군 후배와 찻집에 잠깐 들렀다. 그런데 다짜고짜 오래전부터 감춰둔 소식이 있다며 "김 형은 오랜 전생에 계백이었습니다. 그리고 뒤에는 경허였구요"라고 귀띔해 준다. 그동안 정신과학에 관한 책도 펴내고, 부인과도 각방을 쓰며 꾸준히 수행을 해왔다는 이야기는 들었지만 원체 뜻밖이라 황당했다. 그러나 평소 허튼 소리 할 만큼 가벼운 주변머리도 아니고, 머리부터 발끝까지 현대과학으로 무장된 소위 잘 나가는 지식인인 터에 하등 나에게 아첨할 필요도 없는 친구(굳이 저녁도 그가 샀다)인지라 우습게 넘길 새수빠짐만은 아니었다. 그래. 그렇다면 내 어디에 그 흔적이 있을까. 절망의 벼랑 끝과 허무의 밑바닥까지 갔다가 여기, 이렇게, 버젓이 돌아온 만큼 그 혹독한 한 때의 질병에는 면역이 되었을 터. 거품을 물고 창을 들 것도, 일부러 사서 가려운 제 몸을 때릴 일도 없이 설사 그 천기누설이 선무당의 횡설수설이라고 할지라도 관계치 않기로 했다. 그러나 문제는 계백의 원한이 얼마나 깊었기에 아직도 돈오 후의 점수를 굳이 딴통같이 닦달해야 하는 경허가 과연 용납될 수 있느냐다. 그 무수한 생의 간이역을 뱀 허물 벗듯 지나쳐 오면서 아직도 태초의 언어를 찾지 못한 형벌이 이리도 깊다니! 혼란과 잡설과 허구에 오염되고 중독된 내 이방의 언어가 되새길수록 무겁고 두렵고 거추장스럽다.

그 입에 발린 언어로 꽤나 "무엇 무엇을 위한", 혹은 "무엇 무엇을 위하여" 라는 제목의 시를 써댔다. 그리고 간혹 좋은 시라는 평까지 즐기기도 했다. 마치 생뚱맞은 건배와도 같은 그 허튼 적선積善의 대상은 백화점을 골고루 채우고도 한참 남을 것이다. 오늘만 해도 아침 일찍 '눈을 위한 서시'를 쓰다가 황당하여 그만 두었다. 세상에! 내가 눈을 위하다니! 그 눈부신 순결에 취하기는커녕 고작 집 앞의 눈조차 성가셔 동 트기 바쁘게 부랴사랴 쓰레기 치우듯 쓸어버리면서 대체 눈을 위해 무엇을 어떻게 할 수 있단 말인가. 나는 그동안 내 시에 너무 무성의했다. 먹잘 것 없이 밤잠을 설치며 심신을 닦달하는 시의 위의에 결례를 해온 것이다. 그랬다. 곰곰이 저간의 시들을 죄 뒤져봐도 정녕 어떤 구절을 위해 백짓장 하나 맞들어 준 적 없다. 시의 행과 행 사이에 고인 땀 한 방울 닦아주지 않았다. 시 나부랭이를 끼적거린다고 핑계 없는 핑계까지 불러내 마셔댄 술값의 십일조도 바치지 못했다. 꽃가루 하나 날라 준 적 없는 들꽃을 꺾어 화병에 꽂으며 굳이 고추 모종하듯 옮겨 심는다고 시적詩的으로 둘러댔을 뿐. 그러면서도 시, 그 가혹한 유명무실을 좇느라 무병巫病이라도 치르듯 앓았다. 차라리 기생 끼고 음풍농월이나 했으면 하다못해 '술을 위한 시'라도 몇 편 제대로 건질 수 있었을 것을. 내 시는 위선 아니면 위악의 고급 포장지였다. 진짜 나만의 언어로는 한 마디도 쓰지 못한 건성만성의 짜깁기였다. 그러고 보니 그 숱한 불면과 저 만년 겨울 나그네의 신음은 내 시와 몸이 겉도는 업보였다. 이제라 도 진선미의 신전神殿에 토한 오물인 그 시들을 도로 삼켜야 한다. 지 상의 사전에서 말끔히, 말끔히 지워야 한다.

　길을 가다보면 울음을 자주 듣는다. 첫닭이 울고 새가 울고 풀벌 레가 울고 바람결에 늙은 갈대숲이 우우 울고 차들은 쉴 새 없이도 삐삐 운다. 그러니까 길은 울음과의 동행이다. 그러나 한 번도 그들 에게 그것이 꼭 울음이냐고 물어보지 못했다. 오랜만에 재회한 샛강 과 샛강이 강 하류인 것도 잊고 소곤대듯 노래를 나누는데도 굳이 흐느껴 운다고 한 것처럼, 그 많은 노래들을 무심코 울음이라고 흘 려들어 온 것이다. 그러니 이제부터라도 길을 다시 시작해야겠다. 말 많은 말(언言)채찍에 흠뻑 등이 젖은 말(어語)부터 갈아타고 저들 과 더불어 노래하는 길을 가야겠다. 원래 나는 자연의 것, 조금만 멀 리 보면 무소유의 것이다. 그러니 내 낡고 바랜 거울의 먼지를 털고 화장기 없는 맨 얼굴을 되찾아야 한다. 아스팔트 냄새에 중독된 낡 은 몸 안에서 젖 비린 흙냄새를 되찾아야 한다. 현상이라는 가시적 매너리즘에 빠진 육안을 들여다보는 원초적 심안을 되찾아야 한다. 미친 가속도의 소음 속에서 본래의 걸음걸이와 음정을 되찾아야 한 다. 자신의 속말에 귀 조일 수 있는 고독한 시간을 되찾아야 한다. 둘 이면서 하나인 우주와의 관계를 재정립해야 한다. 법이나 도덕 이전 의 '자연 질서'를 회복해야 한다. 정복의 대상이 아니라 공존의 둥지 인 자연을 행여 거슬리지 않는 지혜를 지식의 바탕으로 해야 한다. 무엇보다도 언어이전, 자연과의 고감도 교감신경을 회복해야 한다.

그리하여 잃어버린 에덴을 현재의 위치에서 되찾아 누려야 한다. 그
래야만 비로소 상징의 빙의에서 풀려난 저 도화살 흥건한 사과를 맘
놓고 맛있게 따먹을 수 있을 것이기에.

제사를 마치고 난 사과를 껍질 채로 먹는다. 처음엔 이물질이듯
질기고 딱딱하더니 제법 잘근잘근 씹히는 맛이 이제야 제대로 먹는
것 같다. 지금까지 나는 남하는 대로 덩달아서 과육만 발라먹고 귀
찮은 껍질은 두껍게 깎아 쓰레기통에 버렸었다. 그러나 살을 보호해
온 무수한 상처, 풍상의 초병이 다져온 맛은 여간 아니었다. 양분도
과육보다 훨씬 많다고 한다. 그러니까 여태 제 몸을 씻기 위해 부러
일렁이는 파도 소리가 바다의 대표음이듯 삶의 표면에 파도처럼 이
는 고통도 번뇌도 아끼듯이 오래 잘근잘근 씹으면 비로소 나오는 제
맛, 그 단물 맛을 몰랐다. 애써 잊고 있었다. 사랑도 그랬다.

겨울

지방은 내게 있어서 몸에 익은 '시간의 관성'과 고향의 합성어이다.
나는 탯자리인 그 만년 연고지에 뼈를 묻으려고 한다. 아니 뿌린다는
게 옳다. 묻는다는 것은 여전히 무엇인가 남겨두는 것 같아서 싫다.
뿌리는 것은 완전한 버림이어서 좋다. 아직은 덜 때 묻은 지방의 자
연미를 닦아가며 스스로의 손길에 취하는 맛은, 잠시도 가만 두지 않
는 아귀지옥의 아수라장 속에서 좁쌀만 한 이해타산에 목숨을 걸듯
다투는 타성화한 삶들의 억류된 시간에 비기랴.

겨우살이

배낭을 맨 채로 넘어졌다
깊은 골짜기에 또 하나의 골이 생겼다

이방인인 내가, 산골짜기에서

다람쥐가 비상식량으로 아껴둔 도토리를
무심코 주워서 담으면 도토리의 무게만큼
내 발자국은 깊어지고

어미가 품다가 먹이를 찾아 떠난
메추리알을 꺼내서 담으면
그 무게만큼 내 발자국은 깊어지는 것이었다

산을 나와도

그 마마자국은 사라지지 않았다

– 「발자국」

산골짜기에 수줍은 듯 똬리를 풀고 있는 길을 따라가는 중이었다. 차 한 대 빠듯이 빠져나갈 수 있는 외딴길 저만큼에서 가새지른 짐을 가로거치게 실은 화물차가 바쁘게 오고 있었다. 혹시나 하여 주위를 살피며 싸목싸목 가던 터라, 마침 눈여겨 보아둔 묵정밭 자투리에 서둘러 차를 세워두고 한참을 기다렸다. 그러자 부랴부랴 마음 겹게 달려온 차는 다소곳 발길을 죽여 비켜가던 창문을 활짝 열고는 큰 소리로 연신 고맙습니다! 하고 깍듯이 고개를 숙이는 것이었다. 마음에서 우러난 따뜻하고 공손한 인사였다. 초면인데도 꾀 낮이 익은 것만 같았다. 오랜만에 맛보는 감빨리는 길 인사였다. 새털구름이 거울삼아 한살 매무새를 가다듬는 아담한 호수를 끼고 돌아 소슬한 바람이 마중을 나와 기다리는 겨울 산에 이를 때까지도 마냥 기분이 좋았다. 만약에 넓고 편한 길이었다면 그 운전자와 나는 그렇게 뿌듯한 교감을 나눌 수 없었을 것이다. 비좁고, 매끄럽지 못한 산골길이기에 오히려 끈끈하게 맛볼 수 있었던 사람 냄새는 쉽사리 사그라지지 않았다. 그동안 자동차경주장 같은 직선의 고속도로 위에서 얼마나 많은 소중한 이웃들을 꼭 닫힌 차창 밖 바람처럼 놓쳐온 것일까.

길이 넓고 곧고 빠를수록 사람들은 멀어져 간다. 좁고 느린 길이 사람들을 한결 가깝게 해준다. 지방자치를 한다고 눈에 띄는 게 있다면 선거 때마다 낮도둑 같은 벽보가 알라꿍달라꿍 요란하고 풍성한 만큼이나 자고새면 여기저기 술덤벙물덤벙 다투어 길을 내는 점이다. 그렇지 않아도 주린 닭 모이 좇듯 파 헤쳐 놓은 금수강산을, 비수지르며 에워싼 도로의 그물이 발비투 옥죄고 있다. 웬만한 지방도도 고속도로처럼 시원히 뚫려 곧추 달리기에는 좋을지 몰라도, 한참을 가도 차 한 대 구경할 수 없어서 마치 유령의 도시나 무인도에 버려진 듯 혼자 달리기 허전하고 쑥스러운 전시용 도로가 한 둘이 아니다.

도로가 무엇인가. 다른 말로 하자면 생명체의 보금자리이자 허파인 흙의 영토를 갉겨먹어 영구히 그 숨길을 틀어막는 자해의 오랏줄 아닌가. 헌데 무단점거도 모자라 사방의 흙을 강제 징집하여 드높은 성채를 쌓기 바쁘다. 이제 웬만한 도로는 만리장성의 성벽 위에 모셔져 있다. 그 가즈러운 높이에서 한참이나 아래로 굽어다보는 마을은 무방비로 노출된 규방의 알몸과 같다. 길이 사람을 감시하듯 깔보기에 이른 것이다. 거침없이 달리려고 마을 외곽으로만 우회하는 탓에 느닷없이 맹지 같은 섬으로 추락한 옛 도로변의 중간 도시들은 단골처럼 오가며 들리던 손님이 뚝 끊겨 날벼락을 맞은 듯 고사해간다. 고작 몇 걸음 차이의 구부러진 길을 바로 한다는 핑계에 떠밀려 멀쩡한 도로가 가뜩이나 좁은 땅덩어리를 물고 폐허유적지 같은 골칫거리로 내버려진다. 도로마다 땅보탬도 못하고 도나캐나 널브러져 있는 산짐승의 시신이 도로의 일부분이 된 지도 오래되었다. 누구랄 것 없이, 아무래도 절박한 경고신호만 같은 그 비극의 현장(문명의 뒤안길)을 될수록 양정머리 없이 지나치며 마비된 페달에 더

욱 힘을 줄 뿐이다. 갈수록 대형사고 위험이 서리서리 도사리고 있
는 도로마다 반대편 차선을 달리는 차는 물론이려니와 바로 곁을 스
쳐가는 차와도 띠앗머리를 나눌 겨를이 없다. 범죄의 소굴처럼 짙게
가린 창문을 꼭 닫고 달리는 탓에 한참이나 어깨를 나란히 하고 달
리면서도 옆 차에 누가 탔는지 알 턱이 없기는 마찬가지다. 그러기
에 아직 제 모습을 고스란히 간직하고 있는 오솔길이나 수줍게 한가
閑暇의 허릿장을 지르고 숨어있는 샛길을 만나면 고향처럼 반갑다.

산에 들려면 길을 바꿔야 한다. 도로를 허물처럼 벗어놓고 산의
길에 접어들어야 비로소 산행이 시작된다. 점점 좁아지는 길 폭을 좇
아 이윽고 사람 폭만큼의 길에 이르는 것이 산행이다. 모처럼 한가로
이 되찾은 두 발의 저속低速을 따르는 발품인 것이다. 도시의 길은, 인
도와 자전거도로는 시늉뿐이고 차도의 전유물이다. 시골길은 차와
사람이 두루치기로 공유한다. 산에는 곤한 정적을 제멋대로 들쑤시
며 짓밟는 산망스러운 침입자들만의 길인 등산로와, 미처 등록하지
못한 천연기념물의 보고 그 숫처녀의 은밀한 안방까지 거침없이 무
단 횡단하는 소위 산불 진화용 임도뿐 정작 산의 길은 없다. 그러나
자세히 보면 산 전체가 길이다. 산은 온통 길로 엮어져 있다. 산짐승
들이 다니는 길, 개미떼가 먹이를 나르는 길, 벌이 꽃을 찾아 가는
길, 햇빛과 숨바꼭질하는 초목 잎사귀를 싱숭생숭 간지럼 태우러 바
람이 쏘다니는 길, 메아리와 메아리가 얼싸안는 길, 그리고 나무와
나무 풀숲과 풀숲이 서로를 향해 달리는 길이 사방팔방으로 널려있
다. 수억 년이나 다져온 길이며 방금 새로 낸 길이기도 하다. 그 길을

방해하지 않아야 진정한 산 손님의 자격이 있다. 일말의 배알과 염치가 있다면 경계가 없는 길과 길 사이에 허락도 없이 임대료 한 푼 내지 않고 인도가 세 들어 있다는 사실을 걸음마다 곱새겨야 한다.

헌데 산허리를 가새지르며 콘크리트로 덧씌우고 뜻밖의 산불을 대비한다는 임도는 쥐 뜯어먹은 까치머리처럼 얼마나 흉한가. 산에서는 기껏 이방의 객일 뿐인 사람들이 산의 은혜를 알고 제 분수만 지킨다면 괜한 산불 염려도 없을뿐더러 막상 소형차조차 제대로 운신할 수 없이 비좁고 가파른, 저 길도 산도 아닌 얼치기 흉물은 하등 필요가 없을 터인데 물질문명에 찌든 일상의 때를 씻으려고 찾아든 산에서까지 뱀허물처럼 도사리고 있는 도시의 흔적을 흘려보기란 여간 고역이 아니다. 겨울이면 산도 겨울잠에 든다. 눈 속에 묻힌 산의 적막은 언뜻 죽음보다도 깊다. 가끔 바람소리와 산새 발자국이 허튼 소요를 일으키지만, 누가 저리 덤부렁듬쑥 들숨 깊은 겨울 산을 두고도 지상을 싸잡아 번잡과 수다의 날숨뿐인 소음지옥으로 부러 오역하는 것인가.

겨울엔 산야초도 모처럼 한가를 누린다. 외형을 최대한 줄이고 뿌리를 더욱 단단히 하는 내부단속의 망중한이기도 하다. 그러나 겨울이면 오히려 더 선연한 차림새로 혼자서 바쁜 겨울 일꾼이 있다. 겨우살이이다. 오늘 산행은 어린 기억과 책속의 영상만 막연히 남아있는 그 실체를 확인하려는 답사 길이다. 언뜻 풀처럼 보이는 겨우살이는 참나무를 비롯한 활엽수 가지 끝에 까치둥지 모양으로 매달려 있는 작은 상록 관목으로 다른 나뭇가지에 기대어 살아가는 기생목이다. 잎도 줄기도 모두 진한 녹색이다. 두꺼운 잎은 촉촉한 물기

가 있고 연하지만, 두 갈래로 계속 갈라지며 뻗치는 가지는 웬만한
바람에도 잘 부러지지 않는다. 겨울에 열리는 노란 콩알 모양의 열
매는 산새들이 즐겨 먹는 양식이다. 행여 가지에서 떨어지지 않게
접착제처럼 끈끈한 수액으로 붙박아 놓은 씨앗에서 싹이 나와 나뭇
가지에 뿌리를 박게 된다. 봄부터 가을까지는 잘 보이지 않으나 겨
울에 접어들면 홀로 푸르러서 쉽사리 눈에 띈다. 겨우살이는 강력한
항암식물의 하나이며 훌륭한 고혈압 치료제이다. 부종, 이뇨, 간경
화나 간암으로 인한 복수, 당뇨병 환자에게 좋다. 몸을 따뜻하게 하
며, 임산부가 먹으면 태아가 건강하고 편안해진다고 한다. 독성이
없고, 특별히 체질에 구애받지 않아도 되므로 누구든지 안심하고 복
용할 수 있다. 근육과 뼈를 튼튼하게 하므로 관절염이나 풍습성질병
치료에 효과적이다. 만성병으로 몸이 몹시 쇠약해졌을 때 오랫동안
먹으면 기운이 회복된다. 신경안정, 지혈에 효과가 있으며 여성의
생리불순, 자궁염, 산후 등 부인병 치료에도 좋다. 민간에서 산모들
젖이 잘 나오지 않을 때는 황기와 으름덩굴에 섞어 달여 먹기도 했
다. 생약 명으로 상기생桑寄生이라고 하는 탓에 뽕나무에서 자란 것만
을 겨우살이로 착각할 수 있는데 뽕나무 겨우살이는 그리 흔치 않
다. 겨우살이는 기생하는 숙주나무의 종류에 따라서 약효가 다르게
나타난다. 영양을 공급받는 숙주나무의 성질을 닮는 것이다. 특히
아름드리 참나무에 기생한 겨우살이는 매우 신성시 했다고 한다. 사
람의 손길이 미치지 않는 꼿꼿한 거목의 낙엽이 지고 난 하얀 가지
끝에 청일점 군락을 이루고 있으니 그럴 법도 하다. 서북지방에서는
전염병이 돌 때 겨우살이를 문밖에 걸어두는 풍습이 있었다. 아이를

낳지 못하는 부인이 달여 먹으면 아이를 낳고, 전쟁터에 나갈 때 부적처럼 지니면 무사하다고 믿기도 했다. 우리나라에서 나는 겨우살이 중에서는 주로 참나무와 떡갈나무에서 자란 것을 약으로 쓴다. 남쪽 섬 지방에서 눈에 띄는 동백나무겨우살이도 제법 탐탁스러운 약재이다. 반면 버드나무와 밤나무에서 자란 것을 먹으면 머리가 아프거나 부작용이 생기며, 독이 있는 나무에서 자란 것을 잘못 먹으면 목숨을 잃을 수도 있다고 한다. 채취는 겨울부터 이른 봄 사이에 하는 것이 제일 좋다. 그러나 자기가 기르는 것처럼, 다시는 못 볼 것처럼 아무나 닥치는 대로 거두어 버린 통에 깊은 산골 아니면 구경하기 어렵게 되었다. 그 흔하던 것이 어쩌다 천연기념물로 보호받아야할 지경에 이르고 만 것이다.

금수강산이 텃밭까지 묘지 천지다. 시골은 물론 도시초입도 마찬가지다. 그러니까 인적을 좇아 귀를 바짝 붙이며 옹기종기 모여든 묘지는 도심으로 접어드는 마지막 이정표이자 개찰구인 셈이다. 산중에 칩거하던 묘마다 다투어 하산하는 탓이다. 후손들의 뜸한 발길이 아주 끊기지 전에 먼저 가까이 다가가려는 조상님네들의 안타까운 정의 탓일까. 도시를 울타리 친 묘지들이 야금야금 아파트 턱밑까지 먹어 들어오고 있다. 죽은 이들이 산 자들을 밀어붙여 협곡으로 가두는 거꾸로 된 사생결단인 셈이다. 저 모두가 내내 산 자들의 애꿎은 자승자박 짓거리일진대 실은 후손들이 잘살아야 조상들도 저승에서 편히 쉴 게 아닌가.

눈먼 욕망의 블랙홀, 서울도 마찬가지다. 마치 묘지가 인가를 목

조이듯 반생명의 그림자가 곤고한 삶을 겨를 없이 바쁘고 갑갑하게 옥조이고 있다. 도무지 씨가 먹히지 않을 따름 너무나도 당연한 이야기이지만 콩나물도 너무 빽빽하면 삐삐 말라 부실해질 수밖에 없다. 사람도 많이 모이면 자연히 그만큼 부자연스런 경쟁이 치열해진다. 지나친 경쟁은 활기가 아니라 살기를 부름으로써 한사코 삶을 피폐하게 한다. 엄부렁하게 몰박은 과밀은 생명의 풍향계가 자꾸만 모지락스러운 죽음의 소용돌이 속으로 빨려 들어가게 유도(자초하는)하는 지름길이다. 유행가 가사가 생각난다. 마치 서울로의 바람잡이 주문 같던 서울! 서울! 서울! 가뜩이나 사람에 차이고 숨이 막혀 제 정신이라면 아무래도 사람 살 데 못 되는 인구폭탄 속. 그 불가사의의 초만원사례는 이판저판 가리지 않고 낮도깨비 같은 난전을 벌임으로써, 면면히 조상의 숨결이 살아 숨 쉬는 "무궁화 삼천리 화려 강산"을 살뜰히 가꾸고 지켜야할 방방곡곡의 산 국보들이 텅텅 빈 그 넓은 땅 다 버려두고 소비지상주의의 밀림 속으로 타이타닉 쥐떼처럼 몰려들도록 어루꾀어 끌어들이고 있는 것이다.

지방에서도 얼마든지 세상 돌아가는 형편을 읽을 수 있다. 오히려 차분하게 반추해가며 정독할 수 있다. 먹고 사는 거야 욕심만 부리지 않는다면 비교할 수 없이 질 좋은 산지 조달의 특혜를 누릴 수 있다. 도시 몇 곱의 시간과 공간도 만끽할 수 있다. 도심, 그 군중 속의 잿빛 고독도 골짜기 이름 모를 야생화와의 푸른 대화 몇 마디로 달랠 수 있다. 그뿐인가. 소주 한 병이면 허리띠 풀고 천하를 세 낼 수 있는 이웃과의 너나들이가 시간의 저만치서 이엄이엄 기다린다. 집집마다 아랫목 지피고 텃밭 가꾸어 서울의 아들 손자에게 만년 무료 천연 별장을 제공할 수도 있다. 이미 터 잡은 젊은이들의 서울 생활까지는 말릴 수 없다고 치자. 다 늙어 이민도 가는 판에 웬만하면 노후만이라도 훌훌 털고 시골에 내려와 흙과 친해지는 것도 바람직하지 않을까.

지방은 내게 있어서 몸에 익은 '시간의 관성'과 고향의 합성어이다. 나는 탯자리인 그 만년 연고지에 뼈를 묻으려고 한다. 아니 뿌린다는 게 옳다. 묻는다는 것은 여전히 무엇인가 남겨두는 것 같아서 싫다. 뿌리는 것은 완전한 버림이어서 좋다. 자연의 입장에서는 쉽고 온전한 흡수이자 동화이겠기여서이다. 결국 자연의 품에서만 가능한 동화同化는 전체로서의 나와 개체인 내가 오롯이 만나는 동화同和이다. 마치 동화童話나 동화童畫처럼 들리는 동화라는 말씨! 얼마나 아름답고 편안한가. 얼마 전, 오랜 서울 생활을 접고 훌훌 낙향한 노시인이 고향 품과 스스럼없이 통음通音하는 유유자적을 보고 내 확신은 더욱 굳어졌다. 그래도 아직은 덜 때 묻은 지방의 자연미를 닮아 가며 스스로의 손길에 취하는 맛은, 잠시도 가만 두지 않는 아귀지옥의 아수라장 속에서 좁쌀만 한 이해타산에 목숨을 걸듯 다투는 타성화한 삶들의 억류된 시간에 비기랴.

겨울산은 바다다. 그리고 섬이다. 몽동발이 같은 겨우살이의 고독하고도 치열한 겨우살이가 하도 대견하고, 눈물겹도록 아름다운 생명애가 볼수록 애바르고 벅차서 차마 손대지 못하고 돌아서는 길. 하염없는 눈꽃이 허공을 수놓고 있었다. 아찔한 높이에서도 사람들 손길이 두려워 떠는 겨우살이를 목가축하듯 살피살피 어루만지며 마침내 지상에 첫발을 내리는 함박눈은 정녕 꽃 중의 꽃이었다. 그 아슬아슬하면서도 들뜬 여행길의 겨울 나그네는, 순결은 어떤 소유보다도 아름다운 존재라는 것을 온몸으로 일러주고 있었다. 정형시보다 더 율동적인 자유시가 있다는 문법을, 나비보다 가벼우면서도 결코 경박하지 않은 춤사위로 보여주고 있었다. 그러니까 허공이 길인 저 낙화암의 소복궁녀는 무수한 음계의 악보로 이 땅의 소음과 누추를 가려주려고 하늘이 지상에 바치는 자장가였다. 그러나 흔적도 없이 지상의 갈애渴愛 속으로 스며드는 부활의 뒤안길에서 보았다. 그 아득한 걸음이 흘려놓고 간 눈물을. 보이지 않아서 더욱 그립고 아픈 침묵의 연서를. 눈은 하늘이 지상을 사랑하여 목숨을 바친 순교로 우주의 율법을 몸소 실천한 지상의 머리서방인 것을. 그 뿐이 아니었다. 혹 눈치 없는 새라도 껑충거리면 성가신 발자국을 밤새 꼬박 지우며 속옷부터 외투까지 감쪽같이 이음새를 감춘 그 백결선생은, 겨우살이처럼 대자연 깊숙이 귀 뿌리를 박아야 들릴 수 있는 거문고 소리로 빨아 놓은 눈부신 백지가 되어, 원고지가 부족한 가난한 시인의 운필을 씻은 듯 부신 듯 살 보드랍게 기다려 주었다. 그 곁에만 있으면 나는 가만있어도 한 편의 시였다. 그렇게 겨울은 자고새면 막고비 같은 외우내환과 가난 탓으로 겨우살이가 팍팍한 이 땅의 애 마른 막서리들에게 추운 날보다 따스운 날이 더 많게 삼한사온의 세심한 배려를 해주었다.

그런데 사철이 뚜렷하여 그만큼 내노라 한 축복이던 살뜰한 삶터가 종잡을 수 없이 오락가락하는 민심과 장단 맞춰 어느 틈에 봄가을을 나눠삼킨 여름과 겨울 만의 변덕스런 기후대로 밀리고 말았다.

갈수록 여름은 찌고 겨울은 매섭다. 기습폭염이 예사인 여름처럼 백 년만의 폭설이니, 때 아닌 삼월의 폭설이니 요동을 떠는 예측불허의 겨울이 기승을 부린다. 기실 언제나 그랬지만 이제 모두가 저 알아서 겨우살이를 해야 할 판이다. 허니, 제발 온실의 귀화요초들은 몸소 산야로 달려가 슬픈 월동을 같이할 마음이 없으면 괜스레 저 야생의 겨울을 두고 입에 발린 동정이나 낮도둑 같은 모멸, 먼산주름 탓잡기일 뿐인 콩팔칠팔 탁상공론은 부디 삼가야 한다. 거기에는 온갖 혹독한 시련 속에서 모진 세월에 되술래를 잡히면서도 맨몸으로 억척스레 살아남아 실리도 실권도 영예도 없이 조국이란 넋자리의 시묘살이라도 하듯 천애낙도에 배수진을 친 텃새로 이 땅을 갈고 닦고 지켜가는 민초들이 있다. 그리고 깊은 산 고목에서 나는 상황버섯, 아스팔트 철벽을 뚫고 나오는 민들레, 밟힐수록 꼿꼿이 일어서는 질경이, 가시로 무장한 가시오가피와 꾸지뽕, 독으로 무장한 옻나무, 오래 묵은 기와나 암벽에만 뿌리를 내리는 와송 등이 있다. 순박하면서도 끈질긴 민초들의 삶처럼 좋은 약초는 남다른 조건과 강인한 생명력을 지니고 있는 것이다. 그 중에서도 엄동의 한길 눈 속을 홀로 더욱 푸르고 화사하게 버티며 가꾸어내는 겨우살이는 뛰어난 약효도 약효려니와, 겨우내 천상천하유아독존天上天下唯我獨尊의 기개를 뽐내는 '독야청청무獨也靑靑舞' 르 우리네 춥고 팍팍한 겨우살이를 위로하고 독려하는 자연의 신비한 전령이다.

청미래

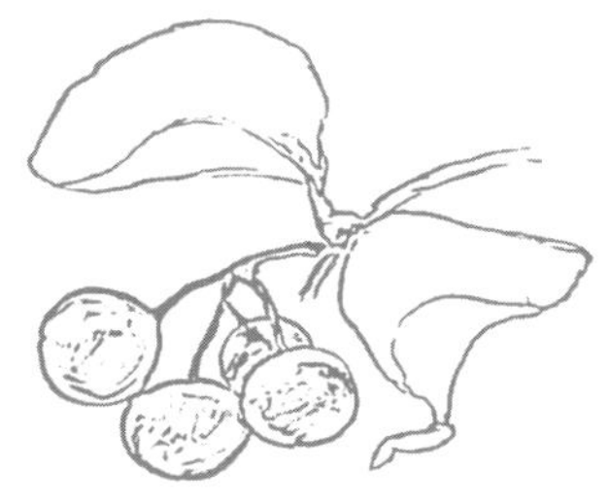

그대가 그리워서 산에서 사네

그대 향한 그리움 고이 지키려

깊고 깊이 숨어서 혼자 사네

푸른 기억 도무지 떨칠 수 없어

인적 아스라한 산에서 사네

늙어도 늙지 않는 사랑을 위해

날마다 그대가 부르기 기다리며

천년 바위 아련한 오목가슴

그대 그리울수록 더 크게 우네

– 「산 메아리」

산에 홀랑 미쳐 지냈다. 산은 간데족족 겉눈감고 삼빡한 길 맛을 들이기 시작한 내 길의 옴팡진 거처였다. 밑두리콧두리 눈길에 밟히는 낱낱을 까치걸음으로 부추겨 돌이켜보는 상상력의 자궁이었고, 시간의 맨 마루에 부치는 첫새벽 기도처였으며, 곧은불림처럼 가다듬는 무량 법문의 산 도량이었다. 입심거리의 입빔에나 맞을 잡탕의 언어를 새물로 세탁하는 정화수였으며, 덴덕스러운 만성피로증후군의 오감을 새수나게 깨우는 죽비였다. 그런데 요즈음 나는 '산 금단 현상'에 빠졌다. 도무지 애살맞게 가동질치는 산의 생기와 새 맛을 느낄 수 없다. 발도 머리도 가슴도 샐그러져 무덤덤하고 멍하다. 관디목지르듯 신기한 야생화를 보아도 별 흥이 없다. 깊은 계곡의 물소리도 더 이상 귀를 유혹하지 못한다. 발치에서 꿩이나 노루가 놀라 달아나도 전혀 놀라지 않는다. 예민한 독사는 반사적으로 꼰질꼰질한 결가부좌를 두꺼비 파리 채 먹듯 푸는데도 둔감한 나는 슬로티디오처럼 한참 있다가 그 일촉즉발을 강 건너 불구경하듯 흘려보내기 일쑤다. 무수한 나뭇가지들이 원시인을 겨냥한 화살촉처럼 날을 세우는 판에도 내 눈은 무장해제 한 채로 눈먼 발길에만 사주경계를 내맡기곤 한다. 그렇다고 그것들과 모듬살이 하듯 친숙해져 이방의 경계를 푼 것은 아니다. 제 자리를 바로 찾는 "산은 산, 물은 물"과, 내처 달리던 과녁빼기에서 부지불식간에 청맹과니로 우두망찰하는 '산은 산 나는 나'는 전혀 어감과 경지가 다른데도 나는 애써 그 건몸 달아 설치던 산속에서 산을 타고 흐르는 물도 없이 애먼 배산임수의 길턱에 붙들리고 말았다. 들팍 길의 뒤밀이꾼에도 턱없는 내 산행의 중간점검은 가소롭게 설익은 꼽사리꾼의 앞짧은소리에 불과한 것이었다. 어느새 산은 내 언어 영역의 바깥으로 달아나 있었다. 애써 익힌 적멸의 언어가 잡다한 소음으로 고비늙고 있었다. 산에 가까이 갈수록 산의 현장성에서 멀어지고 있었다. 그동안 산이라는 화두에 너무 집착한 탓이다. 무리하게 산의 비의와 언어를 구하려는 조바심으로 그만 부질없는 생각의 과부하에 걸리고 만 것이다. 집착은 병이다. 자연스러움을 해친다. 자연스러움이야말로 산의 진면목이 아닌가. 나도 모르게 가드락거리며 서서히 조여 오는 교활한 인위의 부추김으로 그만 사유의 어깨에 힘이 들어 간 탓이다. 산의 가르침을 산과 더불어 차분히 육화하기보다 산의 고유한 언어를 부랴부랴 밖에 나가 일상의 언어로 확대 재생산하고 싶은 욕심에, 모처럼 바투 조인 내면은 이미 청정의 호흡을 잃고 고리삭아 있었다. 허다 보니 어느 틈에 산 역시 저잣거리의 물물처럼 허튼 욕구의 대상으로 고착화 되고 있었다. 언제부턴가 내 두발걸이 입산수행은 산 고유의 자연스러움을 놓치고 구태의연한 저잣거리의 연목구어를 가뭇없이 일삼는 무기無記에 빠지고 만 것이다.

산에 들 때는 구름발치에서도 기침 소리는 물론 발소리조차 한사코 줄여야 한다. 인성만성 딴숨 쉬는 낯선 기척에 예민한 산엣것들이 놀라기 때문이다. 웬 선전포고처럼 온 산을 들쑤셔 뒤흔들어 놓는 함성은 얼마나 무례하고 감때사나운 청천벽력인가. 청정 고요를 잉태한 만삭의 산이 놀라 유산하지 않을까 두렵기만 하다. 그러기에 산에 가려면 천년 바위의 묵언정진이나 자이나교도의 아힘사 흉내는 못 낼지언정 한결 소리를 낮추고 발자국을 죽여 몸짓을 공손히 하는 연습은 깨닫듯 평소 저잣거리에서 틈틈이 해 두어야 한다.

혼자일 때조차도 동정일여動靜一如의 그루를 갖추며 없는 것처럼이나 조심스런 스님들의 몸가짐은 산에 곁들어 살기 위한 최소한의 자격이자 염치일 것이다.

　인류문명사는 소음화의 역사이다. 구메구메 벌어지는 자연과 기계음과의 심악스러운 부조화인 것이다. 돌이켜 보자. 산새 소리만은 못해도 야생의 소리를 집에까지 끌어들인 가축과 애완동물의 소리는 가공하지 않은 덕에 크게 거슬리지 않는다. 성악이나 기악곡 등 음악은 듣고 말 선택권이 있을 뿐더러 기본적으로 화음인지라 자청하여 귀 기울이곤 한다. 그러나 괴물의 신음 같은 자동차, 냉장고, 컴퓨터, 세탁기, 방송이 끝난 티브이의 기계음은 산새나 물소리와는 대척점을 이루는 탁음으로, 자연음과 음악적 화음에 길들여진 우리의 예민한 귀를 고문하고 마취하여 퇴화시킨다. 평소 금실이 좋던 경우도 부부싸움은 이웃을 구멍수 없이 괜한 소음에 시달리게 하는 공해이다. 아기의 웃음소리는 천상의 축가이지만 그 울음은 지상의 고문이다. 소음의 최고조인 전쟁을 보자. 노벨의 폭약으로부터 출발한 현대전일수록 천하의 고막을 갈가리 찢는다. 문명과 평화는 불화를 어깃장 질러 외나무다리로 걸쳐놓고 걸핏하면 건너지 못해 투정을 부린다. 문명의 기표인 소음과 평화의 기의인 화음은 불협화음 말고는 결코 화해할 수 없는 이방의 언어이다. 따라서 인간의 평화는 자연에 가까워지기 위해 그 발탄강아지 같은 소음의 목울대를 얼마나 낮추느냐에 달려 있다.
　혁명은 아버지를 살해함으로써 어머니의 항구에 닻을 내린다. 그러나 어머니가 아버지의 여자라는 사실을 아는 순간 제 눈을 찌르고 만다. 그 순간 혁명은 실패한다. 역사는 그 슬픈 앙코르 공연이다. 일찍이 원죄는 아버지의 창조물이다. 아버지는 우주의 원개념인 자연을 인위의 하위개념인 죄로 전도시켜 위선의 사생아인 권위와 소유의 간부姦夫인 권력을 영구화 하려든다. 아직도 어머니는 그 숭고한 모성의 천연성을 아버지 권력의 인위적 구실로 도용당한 억울한 누명을 벗지 못했다. 그리고 아버지의 모략일 따름인 태생적 한계를 극복하지 못하고 그 허구에 대한 희생제의를 치르기에 급급한 나는 강요된 거짓에 길들여진 '사이비 아버지교'의 세습적 맹신도이다. 그러므로 나는 가능하면 발새 익은 사방을 발서슴하여 사과를 많이 따 먹는 죄여야 한다. 아버지의 하수인인 신의 거짓 금기로 어머니가 미처 못 다 먹은 사과를 한사코 맛있게 먹어야 한다. 원죄에 충실한 것만이 원죄라는 허울과 그 이데올로기적 오해를 극복할 수 있는 첩경이기 때문이다. 원죄(참)를 통하여 원죄의 굴레(거짓)를 벗어나야 하는 것이다. 누명의 진원지인 '단순한 존재'를 통하여, 헝클어진 이방언어의 산물인 잡지식의 실타래로 결박당한 잡다하고도 허망한 소유의 늪에서 빠져나오는 것이다. 그것이 진정한 자아 해방이자 인류 해방의 지름길이다. 존재의 능동태이자 원동력인 자연성(미완)에 죄악이란 덤터기를 씌운 낙원(완벽)은 가면적 권위와 타락한 권력을 합리화하려는 현란한 수사로 기실 그림의 떡이다. 그리하여 태초부터 예약된 구원은 생사를 에너지로 영원의 반복운동을 일삼는 부질없는 도움닫기의 다른 언어이다. 다시 말해 인류의 생존은 원죄의 죄목인 미완을 닦달하여 끊임없이 허구의 창조물인 완벽의 유토피아를 오르게 유인하는 덫의 산물이다. 그러기에 완벽을 빙자한 미완의 가탁인 세상에 철저한 배반이어야 원죄의 혐의를 벗고 비로소 그 실상에 충실할 수 있다. 태초에 카오스라는 미완無明이 있었다. 미완이야말로, 양극을 떠나 그 중심을 정점이자 구심점으로 하는 진리의 실상에 있어서 최선의 역학적 구조이다. 타원의 눈자위 속에 한 점 보름달 같은 눈동자가 반짝이듯이 불완전한 인간의 언어일 뿐인 완전은 미완의 허구적 부분집합에 지나지 않는다. 밤은 낮의 안식처이자 충전소이다. 밤낮은 겉으로는 상극의 현상으로 비치지만 사실 음양 상생의 심원한 보완관계이다. 그 모순은 곧 탈언어를 통한 진리에의 재입성을 재촉한다. 돈오는 곧 그 사실을 깨치는 것이다. 점스는 무명의 거울을 똑바로 보기 위한 걸레질이다. 미완은 생명체의 본질이자 숙명인 시지푸스의 삶을 가능케 하는 필요악이다. 그러기에 미완의 작품인 인간의 언어로는 역설만이 효과적으로 진리를 설명할 수 있다. 기억하자. 죄는 나의 동사, 배반은 나의 접속사. 죄와 배반, 두 역린이 날마다 무감각한 비속의 이무기로 추락하려는 나를 끌고 가는 고삐인 것을. 모범이야말로 될수록 두꺼운 위장망을 쓰고 껑짜치게 쇠양배양해야 하는 사회와의 야합이기 쉽다. 구름결에 채석강의 주름살처럼 켜켜이 굳어가는 일상은 그 부산물이다. 일상의 포로인 인간은 '형식적 근신'과 황폐한 내면을 들키지 않게 교활하고 운 좋은 세상법世上法에의 무죄만큼 모범적이다. 따라서 혼탁한 세상에 무죄는 사막의 모래먼지와 화려한 쓰레기통 속에 숨은 충실한 자기기만의 악취에 다름 아니다. '표면적 무죄'는 곧 심각한 '내면적 유죄'와의 동침인 사회악 속에서 여들없이 모범이라는 가면을 쓴

인숭무레기. 그 낡고 썩은 인간의 탈을 쓰기 위해 무수한 회색 그림자의 눈과 입맛에 인질로 잡힌 나의 부재는 얼마나 피동적이며 피상적인 자기 상실인가. 하여, 나는 사회라는 이율배반적 반칙을 향한 죄의 깊이와 배반의 높이를 통해서만 부도덕한 세상의 늪을 탈주한다. 더 낮을 데가 없는 추락의 평화, 무위자연의 부활을 맛본다. 그때만이 나는 순결하다. 나는 내게 허락된 동사 중에서도 자동사와 보어만 남기고 타동사와 목적어를 지운다. 내 주어의 현주소인 반사회적 죄와 배반 두 용병을 온전히 먹여 살리기 위해서다. 그동안 나는 바다에 가면 그 짠물 속에 강물이 얼마나 섞여 있을까, 또 강은 몇 개나 숨어 있을까 헤아리기 바빴다. 강물을 보면서는 또 가파른 산골짜기와 바다를 떠올렸다. 그리하여 나는 늘 그 곁을 오가면서도 강과 바다를 제대로 보지 못했다. 미래와 과거에 사로잡혀 가장 소중한 현재를 짐짓 소홀히 한 것이다. 이를테면 께끄름한 금기 탓에 알알이 익어가는 사과나무 주변만 곧은불림하듯 서성이며 하릴 없이 나무의 썩은 밑동만 헤아리느라고 정작 현재진행형인 사과는 따먹지 못한 것이다. 그렇게 내 생은 강과 바다를, 실재와 구조를 따로따로 혼동한 착시와 실기失期의 연속이었다. 언뜻언뜻 신기루처럼 스쳐가는 낙원조차도 그렇게 밀치락달치락 뒤집개질하며 오독해 온 지옥의 편린이기 일쑤였다. 오늘도 바다는 토막여행길에 또 몇 개의 섬을 낳았다. 점점 섬으로 포위되어 가는 바다. 일벌들이 분봉하듯 새 섬으로 달려가는 갈매기와 배. 그러나 수가 늘어날수록 섬들은 외롭다. 바다는 더 외롭다. 도시라는 바다 속의 한 점 섬인 나. 고독과 벗을 트지 않고선 그 나마의 가리사니조차 건수하기 힘들면서도 너무 타성적이어서 외롭다는 말조차 까먹고 산다. 그래서 슬프다. 그렇다고 슬프다는 말도 못한다. 너무 타성적이기 때문이다. 그렇게 남의 것만 같은 외로움과 슬픔의 발효장치를 빌려서라도 내 언어의 항아리는 웬만큼 비워졌다고 생각했다. 때로는 너무 출출하다는 툴 만이 일기까지 했다. 그래서 그 속에 몰래 숨어든 태양이 발효해 놓은 잔술은 좀 채워도 된다며 뚜껑을 열어놓기 시작했다. 그러나 아니었다. 항아리는 술자리의 귀넘어듣는 객담 몇 마디나 친한 이웃과의 하찮은 서운함에도 쉽사리 금이 가곤 했다. 항아리는 벌써 비었다는 오만에 넘늘어져 딱딱한 자폐의 분비물로 이슥해지고 있었다. 그것이 쏟아질까 두려운 항아리는 차츰 사금파리의 정체를 드러내기에 이르렀다.

사방의 쩍쩍 갈라진 틈을 동여매 부랴부랴 또 산을 찾는 옹망추니의 등 뒤에 대고 아흔의 어머니는 오늘도 조심해! 하시고는 재차 더 크게, 조심해라! 하신다. 별로 유쾌한 추억이 없는 부부의 억지 합작인 우리 오남매. 그 중 누나와 형이 먼저 가고 누이 둘과 나만 남았다. 그래도 다수결에 따르면 저울추는 이승 쪽에 기울어 있다. 순서대로라면(나는 한사코 그렇게 되기를 바란다)다음 주자인 내가 캐스팅보드를 쥔 셈이다. 그래선지 누이들은 전에 없이 살갑게 나를 챙긴다. 분에 넘치는 호강이다. 호강이라고 누려본 경험이 별로 없으니 두렵고 송구스럽다. 그런 누이들을 위해서라도, 더욱이 하루하루 나를 불안하리만치 애틋해 하시는 어머니가 곁에 계시니 아무쪼록 모질게 버텨야 한다. 괜히 술김에라도 삶을 허술하게 농하는 따위의 망발은 없어야 한다. 새삼스럽지만 다시금 하소거리듯 뒤뚱발이 삶일망정 이승에 내 한 표를 찍는다. 우리 다섯은 청미래 넝쿨의 가시였다. 어머니는 늘 그 가시에 찔리면서도 눈에 넣어도 아프지 않을 가시들이 눈길에 사무쳐 한 길 밖도 맘 놓고 못 나가셨다. 그리고 지금은 나가시고 싶어도 걸음이 말을 듣지 않아 못 나가신다. 이승의 세 자식들에 갇혀 두 자식이 기다리는 저승에도 못 가신다. 형은 깊은 산사 납골당으로 더는 어찌할 수는 생의 피난을 갔다. 그런데 가뜩이나 움츠리던 삶이 죽어서는 더욱 움츠려져 겨우 구두 한 켤레 담을 신발장만 한 청자단지 속에 갇힌 그것을 피난이라고 할 수 있을까. 아니다. 누구보다도 내가 잘 안다. 형의 곁에 내가, 아니 내 곁에 늘 형이 존재했으니까. 육친의 연도 연이지만 우리는 씻기지 않고 더해가기만 하는 한恨을 노자 삼아 걷는 빛과 그림자였다. 그런데 빛을 두고 그림자만 따로 갈 수 있으며, 또 그림자만 두고 빛 혼자서 달아날 수 있겠는가. 어쩌면 나는 저승의 추격, 아니 영원의 추격에 그래도 터 잡고 살만한 데는 발새 익은 이승밖에 없다고 얼간망둥이처럼 얼러방치며, 이참에는 창공을 훨훨 나는 싱그러운 산새로 형이 되돌아오기를 기다리는 이승의 깜부기불, 아니 뼈고도리 같은 표적인지도 모른다. 어제는 망월동에 간 김에 김남주 시인 묘소에도 들렀다. 김남주와 형은 한 또래였다. 집안 꼴도 판에 박은 듯 닮았다. 그 중 하나는 어둑새벽에 시지푸스의 바윗돌 같은 민중 해방을 위해 프로메테우스의 간을 분연히 바쳤고, 또 하나는 해거름에 더욱 처절한 민중이자는 듯 땀과 눈물과 신음으로 써내려가던 혼자 몫의 민중사를 급기야 힘이 다해 절필하고 말았다. 둘 다 최후까지 철저한 민중이었다. 시종일관 민중의 거대담론과 미시담론을 공유한 것이다.

그들은 이 땅 어디를 가나 그랬듯이 저승에서도 청미래넝쿨로 서로를 눅자치며, 방부재로 쓰이는 청미래 잎처럼 이웃을 티 없이 떠받치는 남도사투리일 것이다. 지난 설날. 형의 청자 유골단지를 모셔놓고 천천히 절을 하는 동안 어머니는 바로 뒤에서 꼿꼿이 서서 끝까지 지켜 보시면서도 평생토록 그렇게 흔하던 눈물 한 방울 보이지 않으셨다. 천길 벼랑 끝을 차마 못 버리고 아득바득 붙들고 계시는 그 피 흥건한 손톱이 너무도 선했다. 남은 아들이라도 오래 살리시려는 비방치고는 너무 가혹하셨다. 오늘도 틈만 나면 당신의 비망록에 내 얼굴을 더 크고 깊게 새겨두려고 서두르시는 어머니. 어머니! 어머니의 삶은 이 땅에서 당신 또래 대부분 아녀자의 경우가 그렇듯이 청미래덩쿨처럼 헝클어진 가시밭길이셨다. 그리고 그 열매인 나. 붉고 싱싱하게 무르익다가 행여 벌레 먹지 않고, 실하고 곱다랗게 지는 것이야말로 마지막 효도일 것이다. 그러니까 어영부영 남의나이로 접어드는 내 여생은 어머니와 형, 두 지난한 삶의 하냥다짐 같은 알리바이이다.

"국가가 나에게 무엇인가 해주기를 바랄 것이 아니라 내가 국가를 위해 무엇을 할 것인가를 먼저 생각하라."던 케네디의 말이 생각난다. 비록 남의 말이지만 지금 이 나라에 이보다 더 절실한 주문이 있을까. 국민이라는 것들이 저마다 "나랏돈은 공돈, 먼저 쓰는 것이 임자"랄지 "나라야 어떻게 되든 나만 잘 살고 보자."는 도둑 심보만 하루 다르게 키우고 있으니 나라꼴이 제대로 될 턱이 없다. 생계형 자살과 이혼이 세계 최고라는 기막힌 경고에도 아랑곳없이 오히려 아파트 값은 하늘 높은 줄 모르고 치솟고, 소비가 미덕이라는 핑계로 아예 드러내놓고 빈부간의 계급차를 부추긴다. 로또의 천문학적 액수는 가뜩이나 도박버릇이 고약한 입맛들에게 허황된 물질만능의 게거품을 물린다. 인술을 베풀라고 남보다도 더 가르쳐 놓으니 의사란 것이 고작 분양권을 열 몇 장씩이나 챙기는가 하면 재산을 빼앗은 것도 부족해 멀쩡한 노모를 정신병원에 감금한다. 학교 교장이란 것이 제 손녀 또래 어린 제자를, 교회 목사라는 것이 심신 불능의 장애자를 포르노 찍듯 주무른다. 대낮에 강도가 군중 속에서 행인을 찌르는 것도 모자라, 경찰이라는 것이 강도로 변해 서민의 등을 친다. 그리고 그런 파렴치가 모여 부풀려진 배타적 집단 이기주의가 드러내놓고 국가의 존재가치를 우롱한다. 선거는 사기와 집단광기의 화풀이 장으로 변했고, 사분오열의 국론 분열을 부채질하는 신문은 또 눈 질끈 감고 편 가르기에 날 저무는 줄 모른다. 하여, 위로부터 아래까지 가리지 않고 막말을 해대며 미쳐 날뛰는 이 참담한 정신 병동에서 어렵사리 제 정신을 차린 이들은 어디 설 땅이 없다. 그러나 어쩌겠는가. 죽으나 사나 내 나라, 자손들이 마실 물에 더 이상 치명적인 독을 뿌려서야 되겠는가. 남이야 어쩌든지 간에 이제부터라도 바짝 제 정신을 차리는 수밖에. 나라가 거덜 나기 전에, 국민이 다 썩어문드러지기 전에, 국가와 이웃을 장물 창고나 오물을 몰래 버리는 하수구쯤으로 여기는 놈들은 스스로 왕따를 당하도록 건강하고 아름다운 사회 풍토를 만들어야겠다.

오늘은 한나절 정도면 맘 놓고 다녀올 가까운 산에 들렀다. 중앙

공원을 거쳐 금당산 중턱까지만 다녀오기로 했다. 일부러 사람들의 발길이 잦은 인근의 산자락을 골라, 그동안 출근길을 연습장 삼아 간접적으로 익힌 입산 예절, 즉 행선行禪처럼 조용하고 조심스런 걸음걸이를 시험해보고자 해서였다. 오가며 만나는 등산객들과는 가벼운 목례만으로 잠시나마 인연의 옷깃을 스쳤다. 가벼우면서도 공손한 인사가 썩 쉽진 않기에 진지하고 따뜻한 얼굴로 가벼움을 보완하기로 했다. 심심찮게 말을 걸어오는 경우에도 부드러운 웃음만으로 대꾸해도 별로 어색하지 않으니 다행이었다. 허락도 없이 산의 품에 들어 가뜩이나 송구스러운 목청과 발자국을 다잡는다는 게 마치 어릴 때 참외 서리하러 남의 밭고랑을 더듬던 기분처럼 야릇하지만, 나도 모르는 사이에 벌써 인기척에 놀란 산 꿩은 꽁지가 빠질 듯 달아나고, 소쩍새는 시치미라도 떼듯 촉촉한 산 메아리의 후렴을 끊는 것이었다. 나는 도리 없는 불청객으로 여전히 입산금지가 마땅한 침입자에 지나지 않았다. 멋모르고 길이 아닌 산 숲을 헤치려 드는 것은 만행이다. 호젓한 오솔길을 따라가며 눈에 띄는 길섶의 청미래를 거두기로 했다. 청미래는 흔하다. 이 땅에 뿌리박고 사는 대개의 약초가 그렇듯이 저토록 흔한 것이 귀한 약재로 재탄생하는 것이다.

오늘의 약초를 청미래로 고른 것은, 아무데나 흔해서 손쉬운 탓도 한몫 했지만 며칠 전 야생화에 밝은 한 시인으로부터 엿들은 달콤한 정보가 자꾸만 산행을 부추긴 때문이다. 사람도 약이 될 수 있다. 그러나 감히 약초는 될 수 없다. 그런데 그 엄연한 불가항력을 망각하게 하는 사람이 있다. 그가 아직도 땀과 눈물을 잉크 삼아 시를 쓰는 보기 드문 실천적 노동 시인이라 그렇다는 이야기가 아니다.

어느덧 오십 줄의 피곤한 막노동 중에도 틈만 나면 야생화를 찾아 그 천연을 닮아가기 때문이다. 들꽃과 친한 사람. 순박하고 천진한 분위기가 들꽃보다도 싱그러운 사람. 맑고 편한 얼굴만 보면 괜히 기분이 좋아지고, 덩달아 세상이 한결 나아 보이는 사람. 헌데, 동자승처럼 해맑고 따뜻하고 부드러운 살인미소도 이제 많이 늙었다. 그러나 하필 그를 통해 세월의 위력을 실감해야 한다는 사실이 켕긴다고 그 냉혹한 현실이 꼭 실망스런 것만은 아니다. 오히려 밟다듬이 하듯 드러내지도 감추지도 않고 자연의 일부로 환원해 가는 시간과 공간의 잔잔한 화해를 새삼 곁들여 볼 수도 있다. 지금은 지금대로 세월을 거부하거나 위장하지 않고 그만큼 허허실실 자연스러운 그와 가끔 소주잔을 기울이다 보면 나도 모르게 자연의 곁가지로 끼어 무위의 평화를 음미하게 되는 것이다. 지상의 생물군을 사람과 들꽃으로 나눈다면 선뜻 후자의 선두에 설 것 같은 사람, 그러나 아무래도 억눌리고 못난 사람들의 안부가 안 잊혀 새벽이슬을 털고 가난한 사람들의 마을을 소리 소문 없이 두리번거려야 견딜 수 있는 만수받이 들꽃. 그가 야생화에 미친 들꽃시인이라는 사실은 점점이 들꽃에 찍힌 자국으로 얼룩진 낡고 커다란 카메라가 증명한다. 어느 날, 숱한 야생화를 디지털 식솔로 거느린 그 카메라가 복성스럽게도 말했다. 어느 때보다도 진지한 열정이었다. 청미래에 관심을 가져보라는 것이었다.

산자락을 붙들고 휘늘어진 그 넝쿨식물이 나이 들면 약해지기 쉬운 전립선에 좋다는 상식은 익히 알려진 터이지만, 매독이나 종기, 악창, 만성 피부염 치료, 그리고 위와 간, 혈압은 물론 암 환자에게도 희망을 주는 영초靈草라고 한다. 무엇보다도 만성피로, 관절염, 신부전증, 두통, 중풍, 식욕부진, 간질환, 폐렴, 암 등 면역력 약화로 인한 현대병의 주원인 중 하나인 수은 중독을 씻어내는 데 각별하여 일반 한약 복용 전의 기초음료로 개괄하면 미래의 건강식품으로도 한결 뜰 수 있을 것이라는 귀띔이었다. 흔히 망개, 명감나무로도 불리는 청미래는 높고 낮은 산, 깊고 옅은 산, 기름지고 척박한 땅, 둔덕이나 고랑창 가리지 않고 아무데나 알토랑진 뿌리를 길게 뻗치고 있다. 전국의 산야마다 진을 치고 자라는 덩굴성 떨기나무로 효소를 담고, 차로 개발해 마시며, 가을에 빨갛게 익는 열매가 아름다워 꽃꽂이 재료로도 인기가 있다. 두툼하면서도 매끄러운 이파리는 방부제로도 쓰인다. 뿌리는 녹말 함량이 높아서 옛날 산중에 사는 은자들의 비상식량이었으며, 흉년이 들었을 때는 민가에서 구황식품으로도 요긴하게 먹었다. 신선이 먹다 남긴 음식이라고 하여 선유량仙遺糧으로도 일컬어지는 것처럼 청미래 뿌리를 오래 먹으면 정력이 솟고 얼굴빛이 고와지며 장수한다고 한다. 또한 청미래 말린 잎을 말아 담배 대신 피우다 보면 니코틴이 가시고 금단현상도 일지 않아서 금연초로도 꽤 효과적이다. 간경화와 간암으로 복수가 차올라 채 여섯 달을 못 넘긴다던 고모. 갯쑥과 느릅나무 뿌리 껍질 그리고 특히 고향 뒷산 너머 너덜겅 틈에 도사리고 있는 청미래 뿌리를 꾸준히 달여 먹고 그 득달 같은 저승의 단장목 아랑곳없이 8년을 더 버티셨다. 시나브로 산 고개를 넘나들며 사나운 가시넝쿨 속을 뒤져 힘들게 채취하신 고모부의 지극 정성이 사무친 결과였다. 청미래덩쿨의 그 신기한 기억은 들꽃 시인의 예찬과 더불어, 칠 할의 산이 금쳐 놓

은 약산인 약초 천국에 무궁무진 널려 있는 '미래 식품'을 향한 희망
과 의지를 새삼 굳히게 당조짐했다.

가깝고 평탄한 산길이라 맘을 놓은 탓인지 벌써 산중의 저녁도
이슥해지고 있었다. 이제 낡고 무거운 외투를 벗어던지듯이 세상사
에 대해 홀가분하게 생각해 보는 것도 괜찮겠거니, 자고새면 죄어치
는 세상의 시비 따위에 괜히 나를 부추기지 않기로 했다. 그러나 기
껏 시간의 중심에 들지 못한 게으른 주변인의 체념일 뿐인 시건방진
탈속의 사치는 한 무더기 청미래 휘어진 넝쿨 끝에서 속절없이 무너
졌다. 봄물 흥건히 오른 새 이파리 곁에 보푸라기 같은 낙엽 몇이 어
엿이 매달려 있었다. 애오로지 후손을 위한 기우제를 지내며 메마르
다 못해 습기 한 방울 없이 그 지루한 시간을 버텨온 눈물겨운 생명
력. 새로운 주자를 기어코 뚜렷이 확인하고 나서야 비로소 바통을
넘기고 선채로 눈을 감는, 그 완벽을 복무한 퇴역은 마침내 의무의
상한선 그리고 소유의 하한선을 벗어낸 존재의 극치였다. 시간의 이
삭을 언틀먼틀 얼러맞추며 주워온 내 어디에 저처럼 혼신을 다한 고
갈의 물증이 도사리고 있을까. 손에 닿자마자 마치 기다렸다는 듯
비로소 다 나은 상처인 듯 소리 없이 바스러지는 망부석 같은 마침
표는 한 방울의 땀이라도 남아 있을 때까지는 몸도 맘도 아주 다 하
라는 엄숙한 전언이었다. 이른 햇살이 무덤 속보다 묘지의 잔디 위
에 더 소복 쌓이는 망월동에서도 그랬지만 심술부리듯 생명의 존엄
에 결례하기 일쑤인 나의 우울하고 눅눅한 자학은 늘 부끄럽고 값싼
반사회적 생명모멸의 일단이었다. 세상이 있어야 내가 있다. 나를

죽이듯 살려 세상을 싱싱하게 살리면 그 세상이 나를 되살린다. 그
것이야말로 사회적 존재의 진면목이자 대긍정을 본질로 하는 변증
법의 진수이다. 그러니 자연이 나를 한 잎 고엽으로 거둘 때까지는
불면을 불침번 삼아서라도 한살 신명나게 불타야 하는 것이었다. 그
래! 금당산의 터줏대감이여. 오늘 다시 정식으로 상견례를 하자. 너
이름은 단연 푸른 내일, 청미래靑未來다. 내일은 오늘보다 더 하늘도
산도 청미래도 푸를 것이다. 그리고 청미래동산인 금수강산처럼 내
몸도 마음도 덩달아 푸르리야 하겠다. 청미래! 그동안 굳이 무명을
노래해온 터이지만 이 마당에 새삼스럽게 네 이름을 빌린 나나 너나
그 이름값에 최선을 다 하자꾸나. 그러자면 먼저 내일의 어머니이자
영원의 중심인 현재부터 당장 푸르러야겠구나.

부처손

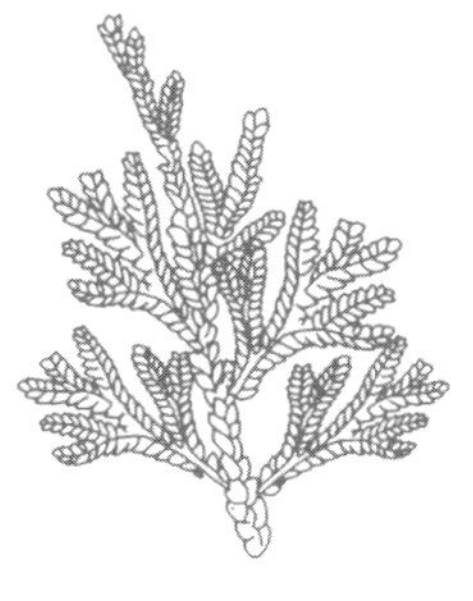

작은 발자국 몇뿐인 골짜기 눈밭

털모자를 눌러쓴 여승이

짧은 목례를 하며 스치고 간다

어디서 한번쯤 마주친 듯한

차마 부딪치지 못한 그 눈길이

떨구어 놓고 간 발자국에서

자꾸만 소 소 소 바람이 인다

한참을 그치지 않을 것 같다

– 「흔적」

　해는 내가 가렵고도 무거운 발 어렵사리 붙이고 사는 지방도시의 배후 무등산자락을 털고 일어나 첩첩산중 내 고향 구수산 너머 칠산 바다를 간질밥 먹이며 사라진다. 억겁 내내 지루한 반복의 길을 단 한번도 거르지 않는 철저한 개근이다. 덩달아 내 고개도 위아랫물지듯 하루해의 아롱무늬를 좇다가 이윽고 해바라기 꽃시계처럼 터벅터벅 다람쥐 쳇바퀴의 한 점으로 되돌아오곤 한다. 그리고 밤이 되어서야 간혹 꿈속의 고향을 개감스럽게 만난다. 그러나 밤과 낮은 갈붙이듯 서로에게 갈마드는 한통속이었다. 밤은 해의 길을 가릴까 봐 꼭꼭 숨어서 지친 해가 돌아올 때까지 어미 품처럼 제자리를 지키고, 감쪽같이 밤의 한 자락을 문 해만 종종걸음으로 앵무새 마실을 다녀오는 것이었다. 어쩌면 나도 제자리 가만있고 부르튼 발만 쫓기듯이 바쁜 길을 다녀오는 건 아닐까. 아무래도 내 실체는 우주의 몽동발이 중심인데도 머리보다 한참 작은 발만 애꿎은 위성으로 태양계의 변방을 헤매는 것 같다. 내 최초의 이름은 붙박이별이었는지도 모른다. 그러니까 해나 나나 어제처럼 오늘도 여념 없이 제자리 맴돌기를 거듭하는 것은 무의식적이고 본능적인 원심력과 주거니 받거니 밀고 당기며 습관적으로 의식화된 구심력 탓이다. 그 지독한 주야공모晝夜共謀의 시간관념 속에서 우주 삼라만상은 천변만화의 무상을 다투어 간다. 인류 역시 그 중 아주 작은 일부이다.

　해를 시계와 길동무 삼아 가는 여정. 그 길은 신발이 만든다. 새

짚신이 고갯길을 열듯 등산화가 등산로를, 번쩍거리는 구두 굽이 아스팔트길을 낸다. 쉴 새 없이 바쁜 신작로에는 무수한 신발자국이 쌓이며 닳는다. 길 위에 또 길을 덧칠하기 위하여 오늘도 행인들은 형형색색의 신을 신는다. 간혹 맨발일 때가 있다. 그제야 나그네는 잠시 길에서 벗어난다. 그러나 그도 잠시 다시 신발 끈을 바투 조인다. 그 길 위에 시인은 시를 쓴다. 이내 길은 시인들의 '반복언어'로 몸살한다. 눈에 띄지 않을 뿐 우주는 허공조차도 이미 탈고가 끝난 원고지인 것을. 빈 칸 없이 빽빽한 탈고脫稿 위에 짐짓 젠체하며 더덜뭇한 먹물을 덧뿌리는 그것이 하릴없는 시인의 짓. 그러다가 꾀바른 척 천기를 잘못 통역하여 시공時空의 뺨을 얻어맞는 것도 시인의 몫이다.

늘 쉼터를 찾아 피곤의 길을 닦달하는 내 속에는 독사가 한 마리 산다. 그놈은 꼬리를 자르면 오히려 두 마리, 열 마리로 되살아난다. 어느 날 그 머리를 찾아 독을 빼내고 혀를 날름 잘라냈더니 드디어 닻을 감는지 사방이 다 조용했다. 그런데 기우는 해 좇아 시나 쓰겠다고 굴침스럽게 나서자 다시 굼벵이대롱 같은 그놈이 고자누룩하던 고개를 되술래잡듯 곤댓짓하기 시작한다. 이번에는 지는 노을처럼 괜한 바람꽃만 일뿐 머리도 꼬리도 통 보이지 않는다.

신의 속내를 더듬어 가는 길을 너덜겅 밟듯 서성이느라고 내가 하나의 사원인 줄을 몰랐다. 걸핏하면 구멍가게나 술집보다도 많은 사방의 사원들을 기웃거리며 쇼윈도의 기성복 같은 성의를 빌려서 걸치기에만 바빴을 뿐 신앙의 자유가 충만한 이 나라에서 탄생과 동시에 자립을 선언한 내 종교의 교주일 수 없었던 것이다. 저마다의 기도가 다르고 저마다의 천국이 다른 것처럼 누구에게나 바람꼭지 같은 자신의 종교가 있는 것을. 함부로 진리를 구걸하고 남의 찬송가를 목청이 쉬도록 따라 부를 일이 아니었다. 네 종교 내 종교라는 것도 결국 진리의 대해에 이르기 위한 무수한 샛강에 다름 아니었다. 그 일맥으로 상통하는 환한 통로를 종교마다 특허인 양 가새질러 만든 위장망으로 겹겹이 가린 채 낯간지러운 호객을 일삼기 일쑤였다. 이를테면 종교마다 노느매기하듯 뻐꾸기 둥지를 꾸려놓고 내 미손을 불러 낯을 내며 천국의 분할통치를 위해 허공 위에 금 그어놓은 제각각의 영역 지키기에 다름 아니었다. 그러나 크고 작은 빗방울들이 모여 하나의 강을 이루어 바다를 향하듯 종교는 너나없이 두루뭉수리 통용되는 우주 근원에로의 여권이었다. 따라서 각각 제 구미와 체질에 맞는 언어로 우주의 모국어를 깨우쳐 그 실상을 오롯이 하는 것이 최선의 신앙이었다. 다시 말해 개체를 바로 세우지 않고는 온전한 전체를 이루기 어려운 우주합일의 방법론적 귀결 앞에 엄숙히 그 바닥나기로서의 주체 선언을 바른고장이로 해야 하는 것이었다.

산에서 봐야 강은 제대로 보인다. 바다에서 보아야 산도 제대로 보인다. 차안에서는 창밖을 스쳐가는 가로수를 보아야만 차의 속도를 짐작할 수 있다. 자기가 자기를 볼 수는 없다. 거울이라는 객체에 비춰 보아야만 얼굴의 티를 발견할 수 있다. 자신만으로는 제 마음도 알 수 없다. 마음은 끊임없이 흐르는 무형의 실체이기 때문에 대상이 있어야만 그 대상에 따라 움직이는 마음을 파악할 수 있다. 호수도 파도가 치지 않으면 자신을 기억할 수 없듯이 사단도 칠정도 마음의 흐름에 따른 파생어일 따름이다. 자신만의 언어는 통용이 불가능하다. 세상의 언어로만 자신을 나타낼 수 있다. 자신과의 대화도 세상의 언어로 해야 한다. 비교와 차이의 산물인 언어는 늘 대상과 타자를 필요로 하기 때문이다. 언어를 통해서만 설명될 수 있는 존재의 영역에서 자유로울 수 없는 나는 결국 타자와의 합작이다. 그러니 나는 내가 아니다. 나는 없다. 타자와 더불어서만 나는 존재한다. 주관과 객관은 겉으로는 상대적이지만 속으로는 일체적 표리表裏를 이루는 것이다. 하여 나는 우주의 덩두렷한 객관적 상관물로서만 존재하며 파악된다. 그렇다면 거꾸로 나를 통해서 우주의 웅숭깊은 자궁을 슬며시 들여다 볼 수도 있지 않을까. "신이 있다고 생각하며 열심히 살자. 만약에 신이 있다면 죽어서 보상을 받을 것이다. 설사 없다고 해도 삶이 그만큼 충실할 수 있으니 밑질 것은 없다."는 요지의 팡세 구절이 생각난다. 그 신을 시간에 대입해 보자. 내생이 있다고 한다면 하등 내일에 목을 맬 필요가 없다. 내생이 없다면 더욱이 내일에 아등바등할 이유가 없다. 중요한 것은 오늘이다. 내생이 있다면 무한대의 우여곡절뿐 하등 결과도 정점도 없으니 오직 현재에 마음 붙이는 것이 바람직하고, 내생이 없다면 그 짧은 시간 속에서 내일 내일하며 정작 현재를 허비할 겨를이 없을 것 아닌가. 과거와 미래에 사로잡혀 현재를 소홀히 하는 것은 어리석고 비능률적인 시간 낭비일 뿐이다. 하니, 이런저런 습관이나 구실로 과거와 미래에 저당 잡힌 현재를 과감히 해방해야겠다. 그 현재는 곧 생사가 따로 없는 영원을 의미한다. 그러나 하기 쉬운 말로 둘이면서도 둘이 아닌 우주와 나도 결국 주객이 따로 없는 한통속일 수밖에 없을 터인데 아직도 너와 나를 구분하여 반둥건둥 어제와 내일을 밀고 당겨 골똘히 색칠하는 어리석음을 어떻게 해결할 것인가. 그 해답은 시간과 공간이 너나들이 교직交織하는 길 위에서 구해야 한다. 그런데도 우물 속에서 물을 찾듯 길 위에서 길을 찾는 방황을 오늘도 우두망찰하고 있으니 새록새록 부끄럽고 안타깝기만 하다.

일과를 접고 산에까지 동행하려는 친구를 소금쟁이고랑에서 쫓듯이 겨우 보내고 혼자 산에 올랐다. 애초 한시랑 동골 얼음바위 근처를 훑으려다가 골프장 건설 발파작업을 한다고 해서 길용리 삼밭재 마당바위 쪽으로 길을 틀기로 한 것이다. 마당바위를 거쳐 구호동 쪽으로 하산하려는 속셈이었다. 대부분 산길이 그렇듯 새로 만들었다는 삼밭재 길 역시 잠에서 덜 깬 구렁이의 똬리처럼 지루한 나선형이었다. 멀고 힘든 길을 갈 때는 저마다 귀를 쫑긋하고 있는 주위의 사물과 통정하든지, 생각의 고삐를 바짝 조이든지 아니면 보물찾기라도 하듯 짭짤한 일거리를 만들며 가야 쉬 지치지 않고 어느새 목적지에 닿을 수 있다. 무료와 피로를 달래기 위해 길목에 늘어선 발가야드르르한 엉겅퀴를 캐며 천천히 길을 좇았다. 낯선 눈길을 받아 물며 마치 도열하듯 길가에 늘어선 가시잎사귀는 장갑을 낀 손타닥인데도 제법 따끔거렸지만 장마 탓인지 별 반항 없이 쑥쑥 뿌리째 뽑혔다. 불쑥 찾아든 인적에 무심코 밟힐수록 오히려 억척스레 질겨져 온 질경이를 거두는 것도 기대 밖의 쏠쏠한 부수입이었다. 고갯마루를 발등걸이 하는 안개의 농밀한 애무에 휘감겨 흐물흐물 맥을 못 추는 오리나무숲을 서둘러 빠져나가, 발새 익은 마당바위가 수줍은 옷깃을 은밀히 여민 채로 정좌해 있는 삼밭재 원불교수양원

에 이르렀다. 덧없이 쏟아낸 땀만으로도 길의 맛과 벌을 아우르고
남을 만큼 목이 마른 불청객의 쉼터에는 하늘색 고요가 햇볕과 뒤엉
켜 볕바르게 놀고 있었다. 아래를 굽어보면 개미만 한 사람들 개미
처럼 바쁜 그 종종걸음 하나하나를 팔 벌리면 이내 닿을 것만 같은
새털구름이 볕뉘를 헤아리듯 시시 티브이 카메라로 찍고 있었다. 함
부로 무릉도원이라 칭하기엔 아무래도 결례일 법한 순결한 분위기
의 산정. 하늘 아래 첫 집인 양 정갈하고 포근한 한옥이 한 채 한산하
다 못해 문득 소름이 돋는 정오의 적요를 한 모금 약수로 떠받들고
다소곳 정좌해 있었다. 사방이 정원이며 마당인 산채에는 대문도 담
도 방 자물쇠도 없었다. 툇마루를 지키는 단정한 흰 고무신과 첫눈
보다도 깨끗한 여자 속옷 빨래 뿐. 어떤 도둑도 거기서는 가슴 시린
약수 한 모금으로 흑심을 때운 채 눈치 없이 서성거리는 꽁무니바람
만 데리고 달아날 것만 같았다. 정작 부끄러운 것은 나였다. 그것은
순간적으로 날을 세우는 진저리에 가까운 보호본능이었다. 조심스
런 인위의 손길이 어느덧 또 하나의 천연으로 자리매김한 잔디 마당
에 원불교 젊은 정녀 한 분이 정오의 눈썹시름을 쫓으며 서 있는 게
아닌가. 볼수록 단아하고 정결하기만 했다. 아름답기로 세상 어느
그림이 저기에 당하랴. 한국적 고전미를 들라면 나는 서슴없이 막
창포물로 감아 올린 듯만 싶은 둥근 쪽머리가 볼수록 은은한 저 뒷
모습을 꼽을 것이었다. 그러나 깊은 산중에 '저기'와 '여기' 둘 뿐일
지도 모른다는 생각이 스치자 불현듯 헉 숨이 막히기 시작했다. 요
즈음 산에 갈 때마다 이 입 저 입 다투어 조심하라고 이르던 멧돼지
정도가 아니었다. 난데없이 나타난 이 동물動物이야말로 저 정물靜物

에겐 멧돼지보다 더 심각한 재앙으로 비칠지도 모른다는 불안이 반사적으로 오금이 굳은 나를 금쳐놓듯 부추겼다. 다행히도 저쪽은 이쪽의 난처한 행동반경을 눈치 채지 못한 것 같았다.

　나는 멋모르고 남의 집에 발을 들여놓고 만 침입자의 행방을 부랴부랴 깨끼발로 숨죽여 돌이켰다. 여직의 길품을 버리고 옥녀봉 쪽으로 길을 고쳐 묻기로 한 것이다. 산짐승 똥이 이정표인 양 진을 치고 있는 초행길은 힘겹지 않을 만큼 가파르고 서툴렀지만 계곡에서 한참 벗어나 골집사나운 산등성이를 밟고 가는 탓에 행선지의 절반에도 못 미쳐 탕진해버린 물병 생각이 온통 길목을 붙들고 조여 덨다. 옥녀봉에 오르기 전 새암바리 사난 관문으로 버티고 선 상여봉은 그렇지 않아도 음산한 안개 숲길을 헤치느라고 땀범벅인 발길을 괜히 주눅 들게 했다. 차츰 진이 빠지고 무릎이 뒤틀리기 시작할 즈음이었다. 고갯길 꼬리초리 바위틈에서 눈에 익은 조막손이 어린 손가락을 꼬박이 내치고 있었다. 와송이었다. 낡은 기왓장 틈에서 자라므로 그렇게 이름 한 것이라지만 바위틈에서도 어렵지 않게 구경할 수 있는 한해살이 풀이라고 익혀들은 친구였다. 그러나 겨우 두 송이뿐이었다. 그렇다고 감히 실망할 몰염치는 내게 허락되지 않았다. 언제 허락도 없는 산길의 흙 한 줌, 풀 잎 하나에조차 작은 도움이라도 되어본 적 있었던가. 더욱이 산행 중에 욕심은 금기라고 했다. 오늘은 그냥 산에서 와송을 발견한 것에 만족하기로 했다. 그때였다. 바위벼락 곳곳에 성급히 벗어놓은 속옷처럼 그루를 갖춘 부처손이 꾸미꾸미 널려 있는 것이었다. 본래 산중에서 태어나 문어체코다는 구어체의 토속적 말맛에 명토 박힌 내 귀에는 바위솔로 더 친숙한 친구였다. 부처의 손을 닮았다고 해서 그토록 황송한 이름을 하사받은 부처손은 마음을 안정시키고 혈액순환을 좋게 하며, 기침을 멈추게 하는 데 좋은 약초이다. 독이 없고 오래 먹으면 장수하며 힘이 부치고 몸이 나른할 때 달여 먹으면 기운이 난다고 한다. 여성들의 자궁출혈이나 생리불순, 생리통에 효험이 크고 치질, 장출혈, 혈뇨 등의 치료에도 좋다. 몸을 따뜻하게 하는 효과가 있어서 자궁이 냉하여 임신을 못하는 고민을 덜어주는 민간 약재로도 알려져 있다. 만성간염, 간경화, 황달, 기침, 신장결석, 정신분열증, 기관지염, 폐렴, 편도선염에도 효험이 있는 등 가히 약사여래의 손인 셈이다. 더욱이 항암효과가 뛰어난 약초 중 하나인 부처손은 암 환자의 체력을 키우면서도 암세포를 억제하는 데 뒤가 트이듯 좋다고 한다. 폐암, 피부암, 간암, 유방암, 자궁암 및 소화기암 등에 두루 효과가 있으며 특히 방사선요법에 민감하게 반응하는 환자에게는 방사선 치료의 부작용을 막아주는 역할을 해주기도 한다. 그런 특효약이 웬만한 바위머리마다 상투를 틀듯 다박다박 넘내리며 널려 있다니 놀라울 뿐이었다. 헌데 하필 사람 손길이 미치기 어려운 요새를 골라 자리 잡고는 제 터를 호락호락 내주지 않는 것이었다. 그 뿐인가. 제 몸집 몇 곱의, 실타래보다도 오밀조밀한 뿌리에는 대체 그 막막하고 사나운 암벽 어디서 어떻게 끌어 모았는지 수북한 흙덩어리가 겹겹의 켜를 이루고 있었다. 놀라운 생명력이자 참으로 오묘한 자연의 조화였다. 살아내기 위하여, 자칫 사라질지도 모르는 종족을 지켜내기 위하여, 우주의 일원인 의무와 자격을 서리담고 날선 바위꼭대기에서도 살피살피 끈끈한 삶을 바득바득 키우고 누려온 것이다.

얼마 전 자메이카의 우샤인 볼트가 100미터 신기록을 세웠다고
온 지구가 떠들썩했다. 종전기록과 불과 0.01초의 차이인데도 전 세
계가 열광의 도가니였다. 그러나 안타깝게도 그 발로는 아무리 죽자
사자 달려도 웬만한 네발 달린 동물들을 따라잡기 턱없다. 그나마
그 속도로는 채 1분도 달릴 수 없다. 그것이 인류의 한계이다. 요컨
대 보통걸음이 곧 정상적인 인류의 속도이다. 게으르지도 숨차지도
않은 평상의 속도야말로 인류가 누려야 할 자연스런 행동반경인 것
이다. 그런데 인류는 제 발 대신 갖은 인공의 발을 만들어서는 타고
난 분수의 간곡한 만류를 뿌리치며 자연을 등진 채로 자신들만의 고
속도로를 독주하기 시작했다. 문명은 바람난 속도와의 간음이었다.
색마의 거친 숨결처럼 속도가 빨라지면서 세상이 갑자기 좁아지고,
뿌리 없는 사생아 퍼지듯 인구가 불어나기 시작한 것이다.

그러나 좁아진다는 것은 답답하다는 사실이며, 수가 많아진다는
것은 그만큼 흔하다는 사실이다. 답답한 만큼 호흡은 불안정하고 거
칠어지기 마련이다. 사람이 흔한 만큼 그 가치는 떨어지고 생존경쟁
은 치열해지고 이웃은 멀어지기 시작한다. 역설적이게도 몸과 몸이
부딪치고 집과 집이 다닥다닥 가까워질수록 이웃은 이웃사촌의 의
미와 가치를 상실해 간다. 몸을 부딪히는 경우, 거리에서는 마치 속
나나 갈고 있었던 듯 시비가 인다. 지하철 안에서는 시나브로 손 더
듬는 성추행을 경계해야 한다. 어디 그뿐인가. 고층아파트로 대표되
는 밀집지역일수록 이웃과는 그냥 소 닭 보듯 지나치는 것이 묵시적
예의인 양 오히려 자연스럽다. 철저한 소통의 단절이 곧 과속과 밀

집의 신종 언어인 것이다. 이제 보통 걸음으로 나누던 새와 꽃, 이웃과의 대화는 고속 질주가 평상平常인 자동차의 소음 속에 무참히 묻히고 만다. 그렇게 기껏 일시적 거래 대상일 뿐인 멀리 있는 것들만 좇다가 정작 오랜 자산(돈으로는 살 수 없는)인 가까운 이웃들을 놓치고 마는 어리석음이 산업화나 근대화로 미화되는 문명의 현주소다. 그리하여 인류는 인류로부터 점점 소외되고 급기야 자신으로부터도 소외되기에 이른다. 중증 중독의 과속에게 덜미 잡힌 끔직한 사회적 재앙이다. 더욱이 무분별한 '경제의 과속'은 인류를 골육상쟁에 다름 아닌 걷잡을 수 없는 경제전의 소용돌이 속으로 몰아넣고 숨 쉴 겨를도 없이 닦달한다. 언제부턴가 이 땅은 하나의 거대한 프라이팬이 되었다. 프라이팬 속의 콩으로 퇴화한 우리는 더 높이 더 빠르게 뛰어 올라야만 한다. 그런데 프라이팬의 손잡이는 누가 쥐고 있을까. 착각하지 말라. 신이 아니다. 그들도 겉으로는 이웃과 다를 바 없는 인류이며 더구나 한 민족이다. 다만 그들은 콩의 신음을 먹고 산다는 게 다를 뿐이다. 그들은 한사코 콩을 늘여야 한다. 그리고 프라이팬을 더 뜨겁게 달구어야 한다. 그래야만 신음을 더 많이 얻을 수 있으니까.

맬서스의 인구론이 엥겔계수를 들추며 세상을 불안의 도가니 속으로 몰아넣던 시절. 새마을 노래와 함께 "아들 딸 구분 말고 둘만 낳아 잘 기르자."던 구호가 방방곡곡을 들쑤시던 기억이 아직도 새롭다. 예비군 훈련을 보건소나 산부인과 병실에서 때우던 추억도 그즈음의 웃지 못 할 풍속도였다. 하늘의 섭리를 거스른 정관 시술은 참으로 간단했다. 그러나 피임은 이 땅의 너무도 절박한 현실이었다. 그리고 그때나 지금이나 서민 대중들의 고달픈 삶은 별로 달라진 게 없다. 그런데 느질맞고 단작스럽게도 어느 틈에 저 출산을 걱정하며 산모에게 출산장려금을 지급한다고 법석이다. 그 형식적 액수가 가난한 산모들의 부담을 실제로 얼마나 덜어줄지 궁금하고, 마치 인구를 돈 주고 억지로 사는 기분이어서 군사작전이라도 하듯 산아제한을 설쳐대던 추억처럼 씁쓸하기만 하다. 무엇보다도 그 하찮은 돈으로 소수의 특권을 누리는 부자들의 대량 출산을 기대할 수는 없을 터이고 미래에 대한 불안 밖에는 대책이 막연한 저소득층의 출산만을 독려할 판인데, 가뜩이나 가난과 불평등에 찌들어 제 몸도 가누기 아차아차한 그들에게 내수 진작이라는 감언이설을 미끼로 그 무거운 짐을 떠맡겨 어떻게 '세슘 미아'인 흥부네 자식들의 막연하고 창창한 평생을 책임질 것인지 아찔하기만 하다. 무한질주만이 통용되는 고속도로의 갓길에 떠밀려 과속의 쓰레기로 떠도는 서민 대중은 지금 생존 경쟁의 도를 넘어 극악한 생존 투쟁을 치르고 있는 중이다. 그것도 친구와 친구가, 국가와 국민이, 부모와 자식이 살벌한 서바이벌게임을 벌이고 있다. 그런데도 너무나 흔해서 탈인 낙오자들, 국가도 책임 질 도리가 없다고 사막스럽게 내팽개친 저 만년 음지의 인구를 더 늘이자고 시망스럽다 못해 안달이다. 도대체 누구를 위해, 무엇을 위해서 절망의 무한소수를 무단 복제하여 그렇잖아도 죽기 살기로 근근이 버텨 가는 오지의 만성피로증후군들을 급기야 황폐한 정신병동으로 내몰겠다는 것인가. 끊이지 않는 자살 행렬, 거리의 낯익은 살풍경이 된 노숙자들, 비좁은 차도 양변을 무단 점거한 채로 다닥다닥 붙어 졸고 있는 노점상들, 막연한 이농과

귀농, 자본주의의 위기를 재촉하는 복병으로 널려 있는 신용불량자와 예비 신용불량자들을 치안부재의 위험천만 속으로 내몰며 장래에 대한 최소한의 고려도 없이 절망의 확대재생산이 뻔한 잉여인간을 무한 증식하겠다니! 끼리끼리 선천적으로 우수한 유전인자를 선점한 우성 계통의 유기적 결합에 풍부한 교육 투자와 정보의 독점 등으로, 입막음 치레의 형식적인 기회조차 아갈잡이 당한 무리를 일찌감치 따돌려버린 일방적 구조 속에서 현대판 음서나 다름없이 탄탄대로가 보장된 소수의 경제 귀족은 갈수록 교묘하고 탄탄하게 요지부동의 기득권을 확장 세습하고 있다. 그런데 그들이 뿌려 놓은 종자돈으로 대량 생산한 재화를 꾸역꾸역 소비하는 계층은 특단의 조치가 아니고는 숨 막히는 적자생존의 뒤틈바리 들러리를 면할 길 없는 대다수 서민 대중들이다. 그런 판에 마치 국가와 민족의 장래를 위한 절대적 요청인 것처럼 출산을 장려하는 것은 봉건시대에 대단위 경작과 생산 증가를 위해 노예가 필요했듯이, 계속하여 가난의 악순환을 되풀이해야 하는 ‘소비사회의 씨받이들’에게 구조조정과 첨단 기술의 결과물인 과잉생산을 처리할 현대판 ‘소비 노예’를 양산하도록 하려는 교활한 술책에 다름 아니다.

괜히 트레바리 부리자는 게 아니라 무엇이든 희소가치에 따라 그 값이 춤추는 자본주의의 생리처럼 사람도 귀해야 그만큼 대접을 받을 것이다. 누구나 꺼리는 위험하고 힘든 일을 도맡아하는 이들도 자신들이 구직난에 시달려온 것처럼 사용자들이 구인난에 발을 동동 구를 만큼 귀해야 모처럼 오랏바람 같은 대접을 받을 수 있을 게 아닌가. 선진조국이나 국가경쟁력 따위를 빙자해 무책임하게 자행

되는 출산 장려는 소비의 증가 즉 과잉인구의 혜택을 누리는 기득권 층들이 여분의 일부나마 추렴하여 자본주의 사회의 공통분모인 이웃과 더불어 건강한 세상을 이룩하려 들거나, 국민 모두가 최소한의 인간적 가치를 누릴 수 있는 복지 대책이 갖추어졌을 때에나 고려해 볼 문제다. 거리마다 골목마다 시루 속 콩나물처럼 빽빽한 인파와 비례하는 인명 경시 풍조 탓에 범죄와 패륜이 섞어작으로 난무하는 세상을 잘 헤아려서 말이다.

가까운 무등산만 해도 갈수록 불어나는 인파로 북적거리는 것이 꼭 무슨 저잣거리나 사랑방을 옮겨 놓은 것만 같아 발길이 내키지 않던 터였다. 그런데 오늘 콩나물시루와 프라이팬 속을 훌훌 벗어나 황송하게도 청정하고도 적요한 그것도 고향의 산골짜기를 혼자 득점한 것이다. 이 깊고 넓고 높고도 그윽한 산국山國 천지에 사람이라곤 혼자뿐이라니! 오랜만에 맛보는 무한의 자유. 적멸보궁의 고독한 충만으로 황홀하기만 했다. 그러나 누군가 꿈결 같은 무아지경을 죽비를 내리치듯 흔들어 깨우는 것이었다. 산바람 간지러운 산코숭이에서 낯선 나를 아닌 척 물끄러미 지켜보고 있던 부처손이었다. 문득 나야 시뻘건 프라이 팬 속의 잘 여물지도 못해 희멀건 콩깍지에 불과하지만 저 부처손이 내 눈길에 밟히기까지 얼마나 오래, 숱한 자연의 뼈품이 있었을까 하는 생각이 가슴 속 막장에서 솟구쳐 오르는 것이었다. 새근발딱 소름이 돋았다. 난데없는 전율은 한참동안이나 나를 사다듬하며 압박했다. 거듭거듭 내 모질고 뻔뻔스러운 불감증이 아찔하기만 했다. 나처럼 새수빠진 작고 흔한 인위人爲가 저마다 나름나름 알차고 귀한 대자연을 함부로 흔하게 막 대해 오다니. 어디 그뿐이랴. 같은 과科 같은 속屬의 사람들마저도 그 외견상의 현실적 가치만을 기준 삼아 두서없이 평가해 온 죄가 얼마인가. 흔하기에 오히려 눈에 잘 띄지 않는 하찮은 것들일수록 화려하고 귀한 것에 비해 본능적으로 모지락스러운 생명력을 발휘하기 마련이다. 자연과 마찬가지로 그런 악조건을 '존재에의 존엄'으로 서슴없이 나누는 이 땅의 민초들 역시 험한 삶만큼이나 눈물겨운 노력으로 역사의 기층과 인구의 밀도를 이루어 왔다. 따라서 흔한 것들이야말로 쓰임새는 아름답고 귀하다. 금은보석과 흙, 공기, 물을 비교해보자. 화려하고 귀한 것은 굳이 없어도 되지만 소박하고 흔한 것들은 결코 잠시도 없어선 안 된다. 흔한 것들일수록 세상살이의 절대적 구성체이자 원동력이다. 다만 필수불가결한 기초이면서도 부유물처럼 초라한 말단인 것이 진위가 바뀐 주객전도처럼 역설적일 뿐이다. 천수관음보살을 거느린 부처의 손은 우리의 한정된 개념으로는 그 수나 크기를 도무지 헤아릴 수 없다. 예수를 삼위일체의 일차원으로 읽듯 부처를 법신과 보신으로 상징되는 진리의 화신으로 읽는다면 그 손은 분명 이 순간에도 세상을 두루 어루만지고 있을 것이다. 다만 그 손길을 미처 동시다발적으로 깨닫지 못하는 탓에 세상이 고금토록 고르게 편치 못한 게 아닐까. 어쩌면 부처는 생사가 없는 '최고 건강의 경지' 즉 만수무강의 묘경妙境을 설하기 위해 방편적 현실인 인과를 약초로 사용하는 지도 모른다. 감히 그 이름을 딴 부처손 역시 어정잡이 잡초가 아니라 시난고난한 이 땅의 건강을 발서슴하듯 수발하는 뛰어난 약초로, 만인에게 그 품새가 두루 미칠 것이다. 다만 그것을 받아들이는 체질과 근기에 따라 그 효능이 천태만상일 뿐. 어쩌다 그 막중한 이름을 얻고도 새치부리는 영물靈物의 샘밑을 들여다보자니 중생들이 부처의 품안에 오소소 스며들듯 사방의 초목들이 다투어 달려와 그동안 소리가 팬 입속말들의 첫고등을 서분서분 쏟아낸다.

그렇다! 내가 이 한갓지면서도 화기애애한 자연의 합집합으로 살아 숨 쉰다는 사실이야말로 얼마나 고맙고 대견한 축복인가. 길섶의 흔해빠진 풀 한 포기, 미물 하나조차 한 치도 소홀한 데라곤 없는 신비롭고 무궁무진한 생명질서 앞에 무심코 고개를 조아려야 했다. 관계의 연속인 찬란한 상생의 잔치 속으로 빠져들수록 올라온 산의 높이만큼 사람의 키는 절로 낮아지는 가슴 벅찬 '자연 세례'의 순간이었다. 약사여래의 손처럼, 잘하면 반생명적 절망과 투쟁중인 암 환자들에게 기적에 가까운 생명 회귀의 추렴 젖일 수도 있는 부처손 몇을 조심스레 거두며 맘속으로 일찍이 경험하지 못한 가장 경건한 백팔 배를 수 없이 올렸다.

상황버섯

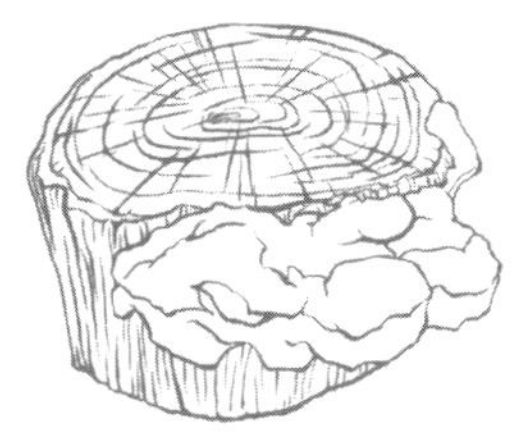

밤을 딴다는 게 밤夜을 따고 말았다

말벌이란 놈이 눈두덩에다
날카로운 발정發情을 수정受精하고야 말았다

해마다 밤꽃을 수정해 놓고 그
정액이 부화하기를 지켜온 밤 지기여

돋보기 아니면 맹盲자도 읽을 수 없는
공空자의 눈은 언제나 부화할 수 있을까

— 「산밤을 따다가」

최초의 배반은 열한 살 나던 해의 우리 집 소에게서부터 시작되었다. 창고와 화장실, 외양간 등의 다용도로 쓰이는 헛간을 고치느라고 잠시 소는 부엌 한 구석에 세 들어 있었다. 그 임시 외양간은 군불을 지피는 건넌방 아궁이 한 쪽 구석에 지푸라기를 깔아주고 까맣게 그을린 기둥에 고삐를 매놓은 게 전부였다. 부엌과 외양간의 경계는 처음에는 역겹다가 차츰 만성이 되어 가는 소똥 냄새 말고는 따로 없었다. 그 낯익은 냄새의 진원지에는 막 길을 들여놓은 소가 목마처럼 누워 눈을 감은 채 침을 질질 흘리고 있었다. 씨앗소로 데려온 송아지 때부터 거의 내가 거두다시피 한 친구였다. 아궁이 손에 묻어 둔 군고구마를 꺼내 오려고 부엌에 간 나는 순간적으로 적갈색 부드러운 털 위에 올라타고 싶은 충동에 오금이 달아올라 온몸이 근질근질했다. 숨죽이고 잰걸음으로 다가간 나는 개선장군처럼 그 등에 두 발을 실었다. 그러나 채 낙법도 익히지 못한 어린 기마병은 반사적으로 기지개를 켜는 절벽 위에서 냅다 추락하고 말았다. 나는 소스라쳐 금속성 비명을 질렀다. 순간 소는 적진에서 탈출하기라도 하듯 느슨한 밧줄을 끌고 무작정 밖으로 내닫는 것이었다. 몹시도 화가 나고 서운했다. 행여 놓치면 난리라도 날 새라 고삐를 움켜 쥔 고사리 손과 앞서거니 뒤서거니 하며, 두 해토록 마을 야산과 둑길 가장자리에 도사린 풀숲을 이 잡듯이 뜯고 다니던 친구. 비가 내려도 그 배가 빵빵하게 찰 때까지는 함께 흠뻑 다 맞아야 했고, 밤마다 거르지 않고 여물을 챙겨주고, 심심하면 싸리비를 바짝 세워 거칠어진 털을 곱고 후련하게 빗겨 주던 친구였다. 그런데 매미가 잠시 고목의 등 좀 빌리자고 하자 그토록 매정하게 뿌리치고 말다니! 그러나 그것은 아무런 의사소통도 없이, 오로지 소에게만 허락된 시간과 공간을 일방적으로 기습한 횡포였다. 미처 동의를 구하지 못한 혼자만의 유희는, 아침이슬 털어 가며 잠에서 막 깬 풀을 뜯기고, 해거름이면 공동묘지 수풀 밭에서 숨 가쁜 종종걸음으로 끌고 오며 익힌 습관적 동료애만으로는 어림없었다. 아무리 말 못하는 짐승이라도 피곤한 일과를 마치고 잠자리에 들었을 때는 어떤 구실로도 그 단잠을 방해하는 게 아니었다. 그리고 나는 소의 주인이 아니라 다만 목동이었다. 그랬다. 이장에서 대통령까지의 위정자들 역시 백성들의 주인이 아니라 주인인 백성에 의해 고용된 목동일 뿐이었다. 그러기에 백성들의 깊숙한 평화를 함부로 깨뜨리는 위정자는 성난 백성들의 등에서 반드시 추락하고 마는 것이 역사의 순리였다. 끼니때는 백성들의 배를 채워줌은 물론, 잠 잘 때는 그 단꿈을 조용히 지켜주는 것이야말로 백성들에게 고용된 위정자들의 할 바였다.

무명으로 왔기에 무명으로 가는 것. 그것이야말로 진정한 자기 경영이 아닐까. 오역誤譯되기 일쑤인 허명虛名의 중압감에 사로잡혀 정작 자신의 실상을 놓쳐버리는 어리석음에서 자유롭기가 얼마나 힘들던가. 허상이 제거된 자신의 실재를 통하여 사회와 만나는 구도자적 집념 없이 생명의 진면목을 기대해선 안 된다. 한편 죽음을 의식하지 않고, 진정성에서 우러난 삶의 질을 향유하기란 요원하다. 죽음에 효과적으로 대처하기 위해선 시간과 공간을 뛰어넘어 아예 초연하거나, 천국이나 부활을 예약해 놓은 듯 미래지향적 믿음이 충만하거나, 저승일지라도 거침없이 구경 가고 싶은 탐험가적 열정을 놓지 말아야 할 것이다.

인류 생활의 시초는 유목으로부터 시작되었다고 한다. 그것은 겨울이 시사하는, 욕망의 늪으로부터 벗어나 우리의 시원始原과 목적지를 찾는 입구일 것이다. 유목은 정착생활 이전의 원시로 귀환함을 이른다. 유목은 소유와 저장의 과부하를 필연으로 하는 정착사회의 끈적끈적하고 묵은 때를 벗겨내는 혁명이기도 하다. 인연에 대한 집착이나 미련이 덜 하므로 윤회의 사슬은 느슨하고 걸음은 한결 가볍다. 죽음에 대한 행보도 다음 유목지를 향한 여행처럼 자연스럽다.

현대사회는 신유목시대라고 한다. 그러나 그것은 사이버 유목이다. 히피는 그 우울한 전주곡이었다. 유행의 순간적 대량소비가 정체인 현대판 유목민들은 가상초원(유행)을 대강 뜯어먹고 나면 언제 그랬냐는 듯 다음 행선지(유행)를 향해 질주한다. 그들은 말 대신 초고속 자동차(유행의 상징)를 이용한다. 문제의 원인은 정착에 중독된 현대가 문명의 탈을 쓰고 유목을 추구한다는 데 있다. 그것은 진정한 유목이 아니다. 거기엔 낭만도 휴식도 없다. 목 좋은 가상초원(유행)을 선점하려고 속도전을 치르는 탓에 초원(지상)은 그 가속도만큼 황폐해지고, 문명의 쓰레기는 초원 전체를 이중 삼중으로 덮어버릴 뿐이다. 슬픈 유목이다.

진정한 유목은 욕망으로부터의 해방을 이른다. 그때그때 현재의 주어진 시간을 누리는, 그리고 그것을 연장하지 않는 지혜이다. 이 삿짐을 최대한 줄이고, 꼭 필요한 만큼만 자연에서 빌리는 임대와 반환이 그 수단이다. 생과 사의 문턱을 자유스럽게 넘나드는 무심無心이 그 영혼의 발자국이다. 겨울은 유목의 정점이다. 반죽음이다. 그러나 그것은 새봄을 위한 장기휴식일 뿐이다. 그래서 겨울은 생명체에게 베푸는 최고의 은총이다. 자신을 겸허하게 비우고, 외투의

먼지를 털어 내고, 대지의 품에 안기는 원색의 제의祭儀다. 평화와 자
유와 실존을 수확한 진정한 승자의 미소다. 아메리카 인디언은 광활
한 대자연 속 아주 작은 몇 개의 점과 같았다. 그들의 마을도 산사보
다 더 고요하고 깊고 아늑했다. 그처럼 사방이 온통 숲이요 강이요
들인데도 인디언들은 아이들을 일부러 강호로 보내 한참 동안을 혼
자 지내게 했다. 신라의 화랑 역시 청소년기에 심산유곡을 찾아가
호연지기를 기르는 것이 필수 과정이었다. 그들은 순진무구한 감수
성으로 고독과 두려움을 이겨내고, 대자연과 맞서듯 소통하며 깊은
명상에 들곤 했다. 그 속에서 위대한 영혼을 지닌 추장들이 나왔고
뭇 화랑들의 우국충정이 빚어졌다.

그러나 지금은 그런 자기만의 공간이 없다. 집에서 한 걸음만 나
가도 소음과 인파에 멀미를 한다. 직장이나 학교에서는 종일 사람들
틈에서 지낸다. 모처럼 휴식공간인 집에 돌아와서는 또 티브이나 컴
퓨터와 놀기 일쑤다. 휴일 산에 가도 등산객이 넘친다. 강이나 바다
역시 소풍객이나 낚시꾼으로 북적댄다. 외부와의 일상적 접촉에 길
들여진, 그리하여 고요나 침묵 속에서는 아무것도 못하는 아이들은
조용한 공부방을 두고 굳이 생돈 들여 도서관이나 독서실을 찾는다.
제 컴퓨터를 집에 버려두고 게임방이나 피시방을 기웃거린다. 안방
의 비디오를 두고 시장 속 같은 영화관을 찾는다. 가족을 두고도 애
써 다른 대화 상대를 부른다. 이른바 광장문화로 그 문화에 익숙지
못한 아이는 왕따를 당한다. 그리고 광장에서 소외당한 아이는 혼자
만의 공간에 견디지 못해 자폐증을 앓는다. 그렇듯 현대인들에겐 사
색이 없다. 그리하여 자신과의 대화를 잃은 그들의 삶은 타성적이고

의존적이고 도피적이다. 타인과의 진정한 대화도 불가능하다. 그 타자들의 광장에서 그들은 정보를 생산하고 교환하여 소비한다. 그 정보는 발 없는 말이 천리 가면서 천 거의 언어로 도배된다. 그 언어는 주체가 없는, 무분별하고 무책임한 타성과 익명의 기호이다. 그것이 현대를 특징짓는 정보화 사회의 실상이다. 인간의 내면으로부터 점점 멀어져 가는 피상적 외연의 파열음. 그 정보를 언어로 하는 현대 문화는 패러디, 퍼포먼스, 모자이크, 리메이크 등의 '유사 창작'만 난무할 뿐이다. 반짝 유행과 저속한 상업성에 나포되어 무게도 없고, 깊이도 없고, 실체도 없는 반 지성이 지성의 탈을 쓰고 세상을 피곤하게 어지럽힌다. 발자국이 없는 아스팔트 광장에서 길을 잃은 현대인은 길과 자신이 둘이 아닌 자신으로의 회귀가 필요하다. 어서 사색과 명상의 공간을 되찾아야 하는 것이다. 사색의 공간인 "자연으로 돌아가라"는 루소의 외침은 지금도 유효하다. 아니 어느 때보다도 절실하다.

부리 세운 딱따구리가 예고도 없이 마치 제집 드나들 듯 들어도 산비탈의 가냥가냥한 상수리나무는 얼른 팔을 뻗어 사뿐히 안고는 성큼 가슴 한복판을 도려내준다. 그러나 무거운 팔을 주머니 깊숙이 집어넣기 바쁜 버릇의 나는 머리부터 발끝까지 차고 미끄러운 지방으로 굳어 새들이 와 둥지를 틀 틈이 없다. 그리하여 풍선보다 가벼운 '그리움새'나 '희망새' 조차도 발을 붙일 수 없다. 날 바짝 선 얼음 절벽에 어느 새가 일부러 날아올 것인가. 오늘도 멋모르고 '바람새' 몇 마리 서성이다가 후닥닥 고개를 젓고 날아가 버린다. 하여 나는 산의 입구에도 못 이르고 추방당한다. 그리고 날마다 산을 그리워한다.

산은 침묵의 공간으로 읽힌다. 늘 흐르고 파도쳐야, 다시 말해 끊임없이 소리를 내야만 존재하는 강이나 바다는 산의 반대 이미지로 들린다. 그래선지 강이나 바다에 가서는 가슴에 쌓인 응어리를 풀고 오지만 산에서는 가려운 입을 닫은 견자見者의 귀를 달구고 밝혀서 돌아온다. 감히 산의 깊고 넓은 묵적默寂에 당할 언어는 인간에게 허락되지 않는다. 심산유곡의 천년 묵언에 엄숙하고도 고요히 귀 기울일 경청의 권리밖에는 없다. 영혼과 자연의 혼배성사 장소인 산과의 독대는 저잣거리의 소외와 소음 속에서 잃어버린 순수언어 그리고 자신과의 대화를 되찾는 절호의 기회이다. 깊은 산은 그만큼 응축된 순밀도의 언어를 품고 있다. 섬세하면서도 대범한 시간과 느리면서도 유장한 공간은 깊은 산의 보물이다. 그 주인인 나무 한 그루 풀 한 포기마다 놓치기 아까운 지혜의 원시림이다. 깊은 산에는 어디나 아름드리 썩은 고목이 화석처럼 누워 있다. 볼수록 처량하고 허전하며 또 고독한 저 나장裸葬의 시신 채로 대체 얼마나 버텨왔으며 또 얼마나 버틸 것인가. 오래 전에, 날다람쥐의 발자국은 물론 마지막 잎새의 울음조차 끊긴 아득한 침묵의 무게에 문득 소름이 돋는다. 그러나 그 절해고도 속을 들여다보면 개미를 비롯한 이름도 모를 벌레들이 잽싸게 보금자리를 펴고 와글거리는 생성의 현장이다. 한 알의 밀알조차 썩지 않으면 새싹을 틔울 수 없는 자연의 섭리가 아무리 깊은 산중이라고 제국의 광대한 영토를 너무 오래 독점해온 과욕과 노추老醜를 마냥 두고만 보겠는가. 그리하여 깊은 산마다, 마침내 산의 막중한 은혜를 갚을 요량으로 백년 아집我執을 기꺼이 버린 거장의 눈물겨운 희생제의가 치러지고 있는 것이다. 그러니까 죽은 고목은 하나의 국가이다. 다양한 부족들이 다투어 삶을 영위하는 거대한 다민족 사회의 영토이다. 한 몸이 죽어서 수백 수천 배의 목숨을 거둘 수 있다면 그 보시야말로 참으로 해볼 만한 장사 아니겠는가. 그 멸사봉공滅私奉公의 보살행 속에서 오늘도 무수한 생명들이 환골탈태의 새날을 기약한다.

버섯은 그 대표적 산물이다. 고목에서 나는 버섯 중에서 약으로 쓰이는 것은 영지버섯, 말굽버섯, 장수버섯, 상황버섯, 운지 버섯, 목이버섯, 마른 진흙버섯, 잔나비걸상버섯, 노루궁뎅이 버섯, 표고버섯, 느타리버섯 외에도 한참이나 많다. 나무에서 나는 버섯은 대개 암에 효능이 있지만 특히 상황버섯의 항암효과가 높은 것으로 밝혀졌다. 한때는 진시황이 그토록 갈구하던 불로초라고 해서 영지버섯이 만병통치의 영광을 누렸지만 지금은 상황버섯에 치어 아무래도 권토중래는 힘들 것 같다. 뽕나무에서만 나는 것으로 오해하기 쉬운 상황버섯은 깊은 산의 뽕나무, 산 벚나무, 전나무, 황철나무, 복숭아나무 등의 아름드리 고목이나 그루터기, 혹은 죽은 나무에서 자생한다. 처음에는 노란 진흙덩이가 뭉친 것 같이 자라다가 다 자란 후에는 마치 혀를 내민 모습을 한다. 윗부분은 오돌토돌 거칠고 딱딱한 진흙 빛이나 검은색이며, 갓 표면에 둥근 나이테가 있다. 아랫부분은 매끄러운 면에 가는 포자가 덮인 황색이다. 남쪽에는 손바닥만 한 것이 많고 추운 지방으로 북상할수록 크다. 겨울에는 성장을 멈추고 노란 부분이 진흙 색으로 변한다. 버섯을 물에 넣고 달이면 색깔은 담황색이며 별 맛은 없다. 주로 소화기 계통의 위암, 식도암, 십이지장암, 결장암, 갑상선암, 직장암 및 간암 치료에도 효능이 있는 상황버섯은 강력한 항암작용을 하면서도 부작용이 없는 것이 특징이다. 상황버섯 담자균 성분의 대부분을 차지하는 단백 다당류는 정상세포에 지장 없이 면역 기능을 강화해 주기 때문에 기존 항암제와 병행하면 이상적인 치료효과를 거둘 수 있다. 상황버섯은 암 말고도 면역력을 길러주고, 독을 없애며, 위장을 보호하고, 피를 맑게 하는 데에도 쓰인다. 여성의 자궁출혈 및 대하 생리불순 치료에도 도움이 되며, 특히 홍삼과 배합하면 당뇨와 고혈압을 다스리는 데에도 훌륭한 효과가 있다고 한다. 아무쪼록 그 활용도를 높이고 활용 폭을 넓히라는 청신호인 것이다. 나는 약초에 관심을 가지면서 먼저 독초부터 살폈다. 책에서 본 것은 꼭 현장에 가서 거듭 확인하고 전문가의 감정을 거쳤다. 약간이라도 독성이 있는 것들은 목록에서 과감히 뺐다. 버섯 중에는 독버섯이 많다. 쉽게 구분이 되지 않은 것들도 많다. 그럴 때는 일단 완벽한 것만 고른다. 상황버섯 역시 유사품이 많다. 상황버섯을 고를 때는 다른 버섯과의 구분은 물론 자연산과 재배산, 국산과 외국산, 숙주나무별 차이, 계절에 따른 차이, 같은 자연산이라도 지방에 따른 차이 등 정밀한 관찰과 분석이 반드시 필요하다. 나무가 완전히 썩어버리면 상황버섯도 소멸하고 만다. 말기의 암세포는 그 숙주인 인간과 운명을 같이 한다. 곰팡이가 페니실린의 원료이듯 나무의 암이라는 버섯도 암 치료에 페니실린 구실을 한다. 이를테면 이이제이인 셈이다. 그러나 결국 그 숙주인 고목과 한 무덤에 순장된다.

고목도, 고목에 매미처럼 붙어사는 버섯도 어김없이 때가 되면 산에서 산으로 되돌려진다. 무위의 고독을 함께 나누는 것이다. 그리고 산에서 산으로 다시 태어난다. 무한한 언어로 창조되는 것이다. 그렇게 나무의 종말과 부활을 반복하여 관장하는 산은 나무의 무덤이며 나무는 산의 비석이다. 산은 나무의 자궁이며 나무는 산의 태아이다. 덧붙여 소멸과 생성이 서로의 원인으로 작용하는 '산심山心'을 일원이차방정식을 풀듯 들여다보자. 산은 나무의 길이며 나무는 산의 이정표이다. 산은 나무의 보금자리이며 나무는 산의 영양소이다. 산은 나무의 금광석이며 나무는 산의 보석이다. 산은 나무의 분모이며 나무는 산의 분자이다. 산은 나무의 구심력이며 나무는 산의 원심력이다. 어디 나무뿐인가. 땅벌, 개미, 복수초 그리고 그 여린 잎에 맺힌 이슬 한 방울, 암벽과 그 메아리, 어젯밤을 애 녹이던 소쩍새, 가랑이를 적시는 오솔길, 옹달샘 약수 등, 산에 사는 모든 것들이 다 그렇게 산의 깊고 넓은 오지랖 속에 묻혀 생사의 숨바꼭질을 하며 제각기 눈부신 빛을 발한다. 산을 찾는 것은 행여 등산이 아니다. 산등에 올라탄다는 것은 얼마나 오만한 망발이냐. 웬만한 산의 나무치고 인간의 키보다 작은 것은 드물다. 한해살이 풀인 억새조차도 사람 키를 덮는다. 산의 터줏대감인 적송을 보자. 아무리 팔을 뻗어 새잎을 어루만지려 해도 맨 첫 가지조차 턱없다. 그리고 갈수록 나무와 인간의 고도차는 벌어진다. 인간의 한계로는 까마득히 우러러보아야 하는 나무들은 우리보다 한참이나 앞서서 하늘과 소통하고 있는 것이다. 계곡을 흐르는 물소리, 산새의 목청은 얼마나 유쾌한 청량제인가. 종일 들어도 지루하거나 귀에 설지 않다. 갈고 닦지 않아도 저절로 샘솟는 자연의 성대야말로 진짜 음악이기 때문이다. 인간의 손길이 미치지 않은 순음이기 때문이다. 그 지고의 순도를 지키는 산은 결코 인간을 부른 적이 없다. 헌데, 깊은 골짜기에 들거나 정상에 이를수록 짝 없이 작아지는 주제에 감히 산을 정복한다는 투의 허언이라니. 하여 등산이 아니라 입산이 맞다. 아니 입산조차도 범죄요 결례이다.

산에서는 만나는 사람마다 선하게 보인다. 가벼운 목례만으로도 충분한 대화를 나눈다. 옷깃을 스치지 않고 지나쳐도, 지하철 안이나 거리에서 몸과 몸을 밀착하는 경우와는 비교할 수 없는 친밀감을 나눈다. 힘들게 들쳐 매고 온 물도 기꺼이 나눈다. 그런 산은 행여 삼림욕장이 아니다. 감히 허락된다면 마음을, 언어를, 영혼을 씻어 자연의 숨결에 가까이 다가서는 신전이다. 입산. 속세와의 단절을 통한 입산수행과도 같은, 그 철저한 고독에 이르지 못한다면 산행은 단순한 운동이나 무의미한 고생에 지나지 않는다. 절대고독에서 우러난 주체성이야말로 곧 혼자이면서 여럿인 '우주세포'로서의 정체를 확인하는 계기가 된다. 산은 그 정체성을 재인식하는 최고의 장소이다.

소나무

텅 빈속에

맨 날 죽엽청주竹葉淸酒만 마시고도

아스라한 길 맵시 하나 흐트러지지 않고

그리 꼿꼿이 설 수 있다니

오, 소름끼치는 수직의 사리탑

숨 가쁜 직립보행아

어쩌다 내게 들킨 그

사각사각 귀엣말은 무엇이냐

첫 이슬에 씻은 잎 또

거르고 걸러

세상 저만치 밀주를 빚는 소리구나

그리하여 오백 년을 묵혀온
그 술을 내게도 다오

나는
제일 편한 자세로 마시고 싶다 그리고
이제는 두어 잔에도 맨발로
내 낡은 고딕체를 조금은 비틀거리고 싶다

- 「소쇄원 대숲을 거닐며」

자처울듯 산을 오르내리며 세상도 다 그처럼 그립고 아기자기하게 보자고 했다. 그러나 마을에 다다르고 보면 그게 그리 쉽지 않았다. 산에서의 청정하고 대견스러운 다짐이 하루도 못 되어 각불때듯 흐물흐물 허물어질 때면 나는 밤새 헝클어진 머릿속에 크고 작은 산을 만들어 오르고 또 올랐다. 산하면 제일 먼저 떠오르는 것이 소나무다. 지난해 가을. 고향 산자락. 아버지 묘와 어머니 가묘 앞에 문지기처럼 버티고 선 소나무 두 그루의 늘어진 가지와 삭정이를 손보았다. 왼 쪽 것은 형, 오른 쪽 것은 아우의 상징으로 청룡 백호 까치걸음하듯 잘 자라더니 어느 날 비바람에 형 것이 꺾이고 내 것만 혼자 푸르러 두렵고 송구스러웠다. 헌데 그 허리를 질끈 동여매 준 것이 질긴 세상, 형이 질끈 눈감고 나서야 거짓말처럼 부활하여 이제 완연한 좌우 균형을 이루게 되었다. 나는 핏덩어리 적부터 노박이로 살펴온 조카에게 내일의 두 목비木碑를 동시에 가리키며 "할머니 돌아가시고 나면 네 아버지 유골은 할거니 앞 소나무에 뿌리자. 그리고 나도 언젠가 할아버지 앞의 소나무에 뿌려라."하고 일러두었다. 늙은 어머니 앞질러 간 형은 유난히 장남이라고 챙기신 형극의 오목 가슴과 못 다한 이야기가 오죽 많을 것이며, 나도 생전 아버지에게 불만과 도피뿐 오붓한 대화라고는 아예 기억이 없으니 죽어서나마 살갑지 못한 불효를 덜고 싶어서였다.

국토의 칠 할이 산, 일구월심 그 바탕색을 가꾸는 송진 향내와 첫 인사를 나누는 맛이 별미인 산행 전, 나는 돌림길을 거치듯 강을 찾곤 한다. 그래야 산에 오르는 맛이 들이마음 쳐 무르익는다. 이를테면 소리꾼이 무대에 오르기 전 목청을 가다듬는 준비운동인 셈이다. 언제부터일까. 화장실을 다녀와서야 정작 본격적인 하루가 시작되듯 내게 강은 산의 전초이자 일부가 되었다. 하여, 가슴이 답답하거나 울적할 때면 산에 오르기 전 가까운 강변에 나가곤 했다. 크고 작은 샛강마다 홀연히 다 품고 가면서도 막힘없이 잔잔하고 쾌활한 강에 비해 그 끝장 모를 거구의 작은 점 하나만도 못한 주제에, 먹는 것마다 하루도 못 가 다 털어 내고 그도 부족해 덧드러나게 눈물로 역류해내기까지 하면서도 걸핏하면 체증에 시달리는 몸 안의 몸, 즉 유형 속의 무형을 씻어내기 위해서였다. 그러나 수평으로 누워서도 잘만 흐르는 강물에 비해 내 배수로는 수직으로 서서도 흐르지 못하는 습관성 변비였다. 한번 간 길은 결코 돌이키지 않는 강을 보면서도, 아침이면 간 길을 저녁이면 반사작용처럼 되돌아오는 해바라기의 기계적 선걸음은 행여 길이 아니었다. 그렇게 다람쥐 쳇바퀴 속의 피곤하고 우울한 행방불명이 늦잡죄는 내 길의 현주소였다.

소나무 역시 미처 똬리를 풀지 못한 구렁이처럼 구부러진 것조차
도 아득한 직립보행이었다. 가도 가도 옹이마다 쩍쩍 부르튼 발의
상처만 지문 같은 주름으로 새겨져 있을 뿐 한사코 하늘을 향해 달
리는 외길이었다. 그러나 길의 초입엔 생사의 경계 같은 삭정가지가
다 저녁 마른땀 같은 이정표로 섰고, 뿌리에 가까울수록 가지는 뒤
비침거울처럼 고개를 숙이고 있었다. 그 에돌아 치솟는 길허리쯤,
꽁지가 하얀 새가 한참 동안 도움닫기 하던 둥지를 박차고 하늘멀리
이륙하자 온 길이 바짝 달아오르는 것 같았다. 그러나 그 길은 가문
논바닥 같은 발자국을 다독이며 뿌리 깊숙이에서 고이 담가둔 생수
를 길어 올려 목을 축이는 중이었다. 하늘에 수원지를 둔 강처럼 소
나무는 지하에 마르지 않는 수원지를 두고 있었다. 그렇게 뿌리와
정수리의 잎은 가문 데 없이 수승화강水昇火降하듯 교감하며 시간의
강어귀를 흐르고 있었다. 그 사실을 눈여겨보기까지, 보이는 것은
보이지 않는 것에 포위되어 있는 줄 알았다. 그리하여 내 돋보기를
쓴 눈길이 머무는 주소마다 무수한 신단神壇이 생기고 삶도 죽음의
포로만 같았다. 그러나 실물 크기의 세한도를 보며 알았다. 보이지
않는 것은 보이는 것들을 돋보여 주는 부연설명이었다. 죽음도 삶이
라는 푸른 수채화의 소중한 여백이었다. 아직까지도 가시적으로 통
성명을 한 적 없는 신 역시 제 이름을 아무렇게나 지어 부르는 인간
의 무지와 결핍을 보완하기 위한 각주나 사족만 같았다.

어느 날은 본 적이 없는 새가 하늬바람과 으밀아밀 바스락장난하
는 적송의 가지에 젠체하며 앉아 있었다. 눈부신 깃털도 그러려니와

목청은 또 해맑고 고와서 차마 혼자 볼 수 없었다. 허둥지둥 산을 내려와 아이들과 함께 새김꺼리라도 만들 것처럼 발벾벽벾 발서슴하며 올라갔지만 그 미지의 신비는 벌써 날아가고 없었다. 가까이 가서 보니 그 자리에는 새똥 냄새만 알리바이처럼 바짓부리를 틀고 앉아 있었다. 나는 소나무만 나무랐다. 그리도 고고히 수백 년이나 한 자리를 지켜오면서 가널가널한 새 다리 하나, 그 새를 붙들어 두지 못했냐고. 하는 수 없이 번죽거리듯 투정부리는 아이들을 어렵사리 달래 돌아오는 길. 나는 내게서 그 소나무를 보았다. 그리고 그 가지 위의 새를 또렷이 보았다. 내 어깨에 곱발 딛고 목마를 타는 아이들은 오늘따라 더 어여쁘고 사랑스러웠다.

내심 핏대 세워 이런 말 하는 나 역시 그 나물에 그 밥이겠지만 가슴 졸이며 눈 밝히는 운동시합 때면 마치 못 볼 것을 보기라도 한 것처럼 언짢을 때가 많다. 국제경기일 때는 더욱 그렇다. 왜 그렇게도 우리 선수들은 잘 넘어질까? 특별히 기술이 돋보이는 것도 아닌데 가뜩이나 몸싸움을 사리는 것은 두고라도 한창 사내들이 왜 그리 주눅바치처럼 엄살이 심할까? 나약과 비겁을 응원해야 하는 산 고역을 치르려고 부러 경기장을 찾거나 퇴근길 서둘러 티브이 채널을 곧 잡아두고 흐린 화면에 잔물잔물한 눈을 바투 붙이는 건 아닌데 도무지 세월이 가도 그 고약한 버릇들은 고쳐질 줄 모른다. 선수 모두가 잔생이도 응석받이로 자라서 그런 것은 아닐 터. 그렇다고 먹을거리가 넘치는 시대에 잔주접을 떨며 못 먹어서 그렇다는 변명도 어울리지 않는다. 하다 보니 올림픽에서조차 우리 선수는 금메달을 따고도 버릇처럼 통곡에 가까운 울음을 시악이라도 부리듯 터뜨리기 일쑤다. 오히려 패자인 외국 선수가 시상대 꼭대기에 우러러보이는 승자의 어깨를 다독이며 위로해주는 정경은 한살 들뜬 기분에 찬물을 끼얹고 말아 배알이 썩 내키지 않는다. 꼬마신랑도 아닌 판에 무슨 유행처럼, 한참이나 난감한 터울의 누나나 고모뻘 연상 품에 천연덕스럽게 안기려드는 결혼 풍속도는 무슨 변고인가. 마치 애완견이나 마스코트를 자처하듯 야릇한 화장술을 부리고 간드러진 여성미를 자랑하는 내시풍의 꽃미남들이 야성미나 지성미를 밀치며 쥐알봉수처럼 두드러지는 판이다. 연기자들도 그렇다. 웬만한 남자 연기자들의 경우, 우는 연기는 곡비 못잖게 잘하지만 웃는 연기는 겉돌고 부자연스러울 때가 많다(한과 설움이 맺혀 있기로야 여성들이 몇 곱 더할 텐데도 오히려 여자들의 웃음 연기는 한결 자연스럽다). 한편 줏대 없거나, 박쥐오입쟁이 같이 음흉한 간신들 연기에는 대부분 수준급이다.

　　내우외환이 끊일 새 없던 반도. 그 모질고 가련한 환난의 역사. 외적을 물리치고 겨우 한숨 돌렸다싶으면 기다렸다는 듯이 그 못지않은 내적이 혼글혼글하게 홀랑이치며 악패듯 닦달해대곤 했다. 심판은 하늘이 아니라 늘 강팍한 강자의 몫이었다. 따라서 이 땅은 안팎장사 하듯 흑죽학죽 눈치 빠른 기회주의자들을 새끼치기에 더없이 좋은 환경이었다. 그처럼 자고이래로 사방의 눈치 보기에 연연해 온 민족의 상처가 아직도 씻어지지 않는 집단 무의식으로 도사리고 있는 것일까. 수술하듯 도려낼 수도, 허물처럼 벗어버릴 수도 없이 골수까지 오염된 식민지 근성이 그렇게 우리의 실쌈스러운 기상과

독립심을 좀 먹어온 탓인 것만 같다. 그러다 보니 설움과 자괴의 역사를 털어낼 마땅한 활로를 찾지 못한 눈물샘이 때 만난 듯 엉뚱하게 솟구치는 것은 아닐까. 그 외중에도 유난히 사내대장부라는 말을 즐겨 써온 대한의 건아(?)들. 밖에 나가서는 비록 좀살궂고 초라하더라도 집안에서만큼은 천산지산 헛수염 틀며 큰소리 뻥뻥 치던 소위 일가의 맹목적인 가장들. 그러나 그건 옛이야기다. 그 서글픈 허풍의 뒤안길을 뒤적질하듯 밟아보자. 밖에 나가면 사소한 일상 업무에 시달리며 상하전후좌우의 눈치를 동시에 살펴야하는 '다면증후군' 환자. 집에 돌아와서는 마누라 눈치 보는 것도 모자라 어느 틈에 아시아에서 가장 버릇없는 아이들로 타락시켜버린 자식들 눈치까지 살펴야 한다. 주변은 이를 것도 없고, 어쩌다가 아내와 자식들조차 장사웃덮기에 다름 아닌 사회적 능력으로만 평가하려 드는 살벌한 세태 속에서 점점 왜소해져 가는 자신을 어찌할 도리가 없다. 요즈음 남의 눈치 안 보고 당당하게 제 할 일만 묵묵히 하는 사내들이 얼마나 될까. 원정경기 중에도 함부로덕부로 넘어지지 않고 시종 상대가 기죽도록 안마당처럼 펄펄 나는 사내들. 질질 짜는 눈물보다는 호탕한 웃음이 더 어울리는 사내들. 주변의 강대국이나 서릿발 같은 독재자 면전에서도 의연하게 할 말 제대로 하는 정치가들. 자꾸만 정자가 줄어드는 당혹 속에서 진짜 사나이의 크고 넓고 굳센 기상과 도량을 유감없이 발휘하는 사내들은 몇이나 될까. 어쩌다 황혼이혼이 낯설지 않을 만큼 곤혹스러운 시절, 아무래도 극성스런 치맛바람 탓이 클 것 만 같은 '미친 교육'과 '망국적 부동산 광풍'을 차분히 가라앉힐 남편들은 과연 언제나 볼 수 있을까. 물론 남녀평등은 민주주의의 요체요 당연한 인권의 첫 항목이다. 그렇다고 남성이 여성화하거나 중성화 하는 것이 진정한 페미니즘은 아니지 않겠는가.

현대문명의 최대 병폐는 탈영토화한 음의 영역이 해체되어 양의 영역으로 거침없이 재영토화 하는 음양의 불균형이다. 현란한 빛의 광휘 속에 사라지는 밤, 걷잡을 수 없는 빙하의 해빙과 아마존 숲 그늘의 실종 등 음지의 영역이 점점 양지화 되는 것과 동시에, 여성들은 옷차림, 운동경기, 경제행위, 언어 등에서 남성의 영역을 무섭게 잠식해 가고 있다. 따라서 지구가 사막화되고 열대화되고 백야화되어가는 기상이변에 발맞춰 고유의 여성성이 남성화함으로써 생명의 원천인 모성과 언어의 원천인 모국어가 급격히 변질, 퇴화되고 있는 것이다.

소나무는 남성미를 뽐낸다. 송죽지절의 푸른 절개와, 송교지수松喬之壽의 고귀한 인품을 상징한다. 사군자가 인고의 감성미학을 살린 여성적 군자라면 소나무는 독야청청의 장엄미학을 자랑하는 남성적 군자이다. 건국 신화의 배경인 신단수처럼 수목신앙이 주류를 이루는 자연숭배 (혹은 자연 친화) 풍토 속에서 소나무는 영생을 상징하는 생명의 나무로 각인돼 왔다. 사람들도 오르기 어려운 벼슬의 정이품송은 늙고 병들었지만 지금까지도 유유히 그 영예로운 작위를 버젓이 누리고 있다. 항일독립운동의 성지, 용정 일송정 앞 푸른 소나무는 선구자의 대명사로 불리고 있다. "바람서리에도 끄떡없는 남산의 소나무"는 여전히 애국가의 한 소절을 이룬다. 성삼문의 피맺힌 고별사에도 소나무는 "봉래산 제일봉 낙락장송"으로 회자되어 올

곧고 강건한 지조로 아로 새긴 의로운 역사를 돌이켜보게 한다.

　소나무는 우리나라 전역에서 고루 자라며 다양하고 요긴하게 쓰인다. 적송은 붉은 빛을 띠며, 육송은 내륙지방에서 흔히 자라고, 여송은 잎이 다른 종류들에 비해 연하다. 한편 나무줄기가 곧게 자라는 금강소나무, 가지가 밑으로 처지는 처진소나무, 줄기 밑에서 많은 가지가 갈라지는 반송 등 다양한 종류가 있다. 소나무 중에서는 적송이 가장 멋스럽고 아름답다. 그윽하니 붉은 빛이 감도는 단청은 볼수록 은근하고 곱다. 약용으로도 소나무 잎 중 적송 잎을 으뜸으로 친다. 그러나 한길이나 곧추 자란 적송의 잎을 따기란 쉽지 않다. 적송도 죽을 때면 먼저 붉은 빛이 사라진다. 신비의 빛깔을 벗어놓고 가는 것이다. 소나무 꽃가루는 송화주를, 새순과 잎은 효소를 빚어 마시고, 날 것으로도 먹는 나무 속껍질로는 송피떡을 만들고, 씨는 껍질을 벗기고 볶아 차로 마시기도 한다. 송진은 반창고나 고약의 원료로 쓰인다. 대들보와 마룻대, 기둥으로 연상되는 나무는 흘륭한 건축재와 가구재로 쓰인다. 소나무는 우수한 한약재이다. 동의보감에서도 풍습창을 다스리고, 머리카락을 나게 하며 오장육부를 편하게 하고, 곡식대용으로 쓰인다고 이르고 있는 솔잎은 엽록소, 비타민 A와 C, 칼슘, 철분 등 다양한 영양과 필수아미노산을 함유한 양질의 단백질원이기도 하다. 엽록소와 비타민A, 비타민C는 혈액을 정화하고 괴혈병을 예방한다. 엽록소는 혈액 생산이나 육아 발육에 좋으며 특히 솔잎에 포함된 옥시파르티민산은 세포를 젊어지게 하여 노화를 방지하며 젊음을 유지시켜 주는 강력한 작용을 한다고 한다. 그밖에도 단백질과 인, 철, 효소, 미네랄 등 특수한 유효성분이 많이 들어 있는 솔잎은 약술 형태로 복용하는 경우가 많다. 소염, 진통, 지혈작용을 하며, 마비를 풀어 주고, 습진, 옴, 신경쇠약, 탈모, 비타민 C 부족 등의 치료에 쓰이기도 한다. 장기간 생식하면 늙지 않고 몸이 가벼워지며 힘이 나고 흰머리가 검어지고 추위와 배고픔을 모른다고 해서 신선식품이라고도 하였다. 뿌리에 기생하는 복령은 소화기능을 튼튼하게 하며 정신신경계통을 안정시키는 등의 효능이 있다. 맛과 향이 일품인 자연산 송이버섯은 소나무 군락지 사이사이에서 보일 듯 말듯 고개를 기웃거린다. 그런데 그 소나무들이 아우성이다. 자연재해와 인재가 물이못나게 협공하는 탓이다. 외국 목재와 함께 수입돼 온 재선충은 공생관계를 이루는 솔수염치레하늘소에 실려 순식간에 울창한 삼림지대를 황갈색 고사목 단지로 거덜 내고 만다. 재선충병은 소나무 에이즈로 불리듯 속수무책의 악성 괴질로 수천 년 역사를 감쪽같이 말살하는 끔찍한 변고요 재앙이다. 거기에다, 그나마 엄연히 산지기로 버티고 있는 아름드리조차 예고도 없이 가리사니 없는 조경업자나 지자체의 제말량에 앙감질하듯 도로변이나 공원으로 징발당하고 있다. 더욱이 산지의 난개발이나 무분별한 외래수종에 치어 아예 설자리를 잃기까지 한다. 마치 이 나라 사내들의 추락하는 위신과 궤를 같이 하는 것만 같다.

'상징의 퇴화'는 곧 정신의 퇴화를 뜻한다. 정신의 퇴화는 몸의 퇴화를 부르기 마련이다. 산자수려한 이 땅의 뭇 백성과 공통의 정서 그리고 '언어의 공감각'을 누려온 저 상징이, 우리의 정신이, 우리의 몸이 병들고 있다. 아니 시름시름 죽어가고 있다.

답지 못한 것들이 중구난방 설쳐대는 판 속. 그러나 아무리 세상이 변해도 사람은 사람다워야 하듯 사내는 사내다운 게 좋다. 남성이 남자다워야 여성도 여자다울 수 있고 그래야 세상도 세상다워진다. 사내들이 그 본연의 근성과, 힘과, 아량과, 의지를 회복할 때 마침내 무의식의 저변에 천형처럼 고인 식민지 근성도 떨칠 수 있을 것이다. 그래야만 저 소나무도 덩달아 유장한 생기를 회복할 것이다.

무등산이 높고 펑퍼짐한 기세를 살살 죽여 더 내려갈 데 없는 강변 기슭에 기나긴 똬리의 고리를 뭉툭 사리고 있는 충효동 뒷산. 적막산하가 죄 사색인데 청청한 송림만 생색을 내고 있다. 그 청솔이 반경 오리 안팎의 조산, 안산, 청룡, 백호 할 것 없이 상록의 시계를 이루며 사위를 울타리처럼 감싸고 있는 환벽당. 댓돌 위에 낡은 신발 하나 없는 누정. 찬마루를 깔고 앉아 솔 병풍에 가로막혀 되돌아오는 눈을 내리깔면 사촌과 송강의 땅불쑥한 인연전설이 고여 있는 실개천은 이끼 자욱한 알돌뿐 가만한 바람조차도 지레 숨죽여 겨울 가뭄 같은 적멸을 한결 돋운다. 면앙정가도 그렇지만 송강의 가사 역시 조선시대 대부분의 문학작품처럼 풍류와 사군이 배경과 주제와 귀결을 이룬다. 발은 여기 있어도 맘은 저기에 있는 표리부동의 어설프고도 안타까운 이중구조이다. 자연을 벗 삼아, 아예 자연과 한통속으로 어우러진 듯만 싶은 풍류로 보면 세상의 명리 따위야 버린 지 하 옛날 같은데 눈만 들면 밟히는 저 송죽이 막아서일까. 오히려 사군의 정은 여느 남녀 상열지사나 애끓는 별리의 애모도 비길 수 없을 만큼 간절하기만 하다. 그것을 굳이 위선이나 보신의 강박 쯤으로 오해하지는 말자. 한 치 밖, 험난한 세상을 눈감고 음풍농월

통음 가락에 안분 자족 하기엔 아무래도 염치가 없어서 순수문학에
걸맞을 풍류시에조차 꼭 무슨 안전핀이나 김장배춧속처럼 사군 아
니면 애민이 바리바리 끼는 것을. 그러니까 이조의 문학은 청담네의
두문불출 고담준론 청풍명월까지도 요샛말로 어쩔 수 없는 참여문
학이다.

　나는 난생처음 유와 무에 대해 오래 생각했다. 나(환벽당)와 소나
무 산 너머(세상)에 대해서. 그리고 잠시, 그동안 작고 싼 풍류에도
너무 인색했던 자신과 내 시에 미안했다. 그러나 아니었다. 역시 환
벽당을 싸고도는環 늘 푸른碧소나무 숲의 호통 때문이었다. 오백년을
딴 생각 없이 부지런 바지런 제 텃밭을 지켜온 청청 송림 앞에 감히
반 백 남짓의 짧고 게을러빠진 '순간'이 무슨 허튼 수작인가. 그래.
저 한결같은 무등송無等松의 절조와 한참을 들이맞춘 눈에 불을 켜고
세상으로 달려가자. 세상에 진 빚이 얼마냐.

김규성의 산행일기

산들내 민들레

초판 1쇄 찍은 날 2011년 3월 5일
초판 1쇄 펴낸 날 2011년 3월 10일

지은이 김규성
펴낸이 송광룡
펴낸곳 문학들
주소 503-821 광주광역시 동구 학동 81-29번지 2층
전화 062-651-6968
팩스 062-651-9690
메일 munhakdle@hanmail.net
등록 2005년 8월 24일 제2005 1-2호

값 10,000원
ISBN 978-89-92680-49-3 03800

잘못된 책은 바꿔드립니다.